BASTEI
LÜBBE

Mit *Mord im Waschsalon* liegt der achte Band der zwölfteiligen Krimi-Serie des renommierten dänischen Autors Dan Turèll auf Deutsch vor. Seine Romane gelten zu Recht als »Klassiker der Kriminalliteratur«.

Bisher sind bei Bastei Lübbe Taschenbücher erschienen: MORD IM DUNKELN (14959), MORD AUF MALTA (15106), MORD AM RONDELL (15177), MORD IM MÄRZ (15286) und MORD IN DER DÄMMERUNG (15370).

Über den Autor:

Dan Turèll, geboren 1946, war Schriftsteller und Journalist. Er hat sich in Dänemark zur Kultfigur entwickelt. »Onkel Danny« hat ein riesiges Œuvre aufzuweisen. Die Krimi-Serie über den namenlosen Journalisten brachte ihm den Durchbruch. Mit viel Ironie, schwarzem Humor und Gespür für die dänische Seele hat er dem Land seinen ersten klassischen »Privatschnüffler« geschenkt und die amerikanische Tradition des Genres kongenial ins Dänische verpflanzt.

»Dan Turèll ist:
der Lou Reed des Kriminalromans,
der Charlie Parker des Kriminalromans,
der Baudelaire des Kriminalromans.«
Kvällsposten

Dan Turèll

MORD IM WASCHSALON

und andere Kriminalgeschichten

Kopenhagen-Krimis

Aus dem Dänischen von
Bernd Kretschmer

BASTEI LÜBBE

BASTEI LÜBBE TASCHENBUCH
Band 15 526

Erste Auflage: Juli 2006

Vollständige Taschenbuchausgabe

Bastei Lübbe Taschenbücher in der Verlagsgruppe Lübbe

Die dänische Originalausgabe erschien 1986
unter dem Titel *Mord i Møntvasteriet* im
Borgens Forlag, Kopenhagen.
Published by agreement with Leonardt & Høier Literary Agency
aps, København.

Textredaktion: Thorsten Alms
Umschlaggestaltung: Bianca Sebastian
Titelbild: © corbis/zefa/Jack Hollingworth
Satz: hanseatenSatz-bremen, Bremen
Druck und Verarbeitung: Nørhaven Paperback A.S.
Printed in Denmark
ISBN-13: 978-3-404-15526-2 (ab 01.01.2007)
ISBN-10: 3-404-15526-2

Sie finden uns im Internet unter
www.luebbe.de

Der Preis dieses Bandes versteht sich einschließlich
der gesetzlichen Mehrwertsteuer.

– First you dream, then you die. –

CORNELL WOOLRICH

INHALT

Kleiner Macker

1

Ich war gerade dabei, mir einen Weg durch die offizielle Eingangstür zum Stjernecafé in der Istedgade zu bahnen, als zwei Herren in weißen Kitteln einen dritten – nicht im weißen Kittel – hinaustrugen.

Der Mann war jung und ziemlich dürr, hatte dünnes blondes Haar und war auf jeden Fall bewusstlos. Das Licht fiel so, dass ich nur seine Schulter und seinen Nacken in der Tür sehen konnte.

»Was ist passiert«, fragte ich Bob, den Barkeeper. Ich werde wohl nie lernen, meine Klappe zu halten.

»Er ist reingekommen«, sagte Bob (nicht gerade überraschenderweise), »hat ein Bier bestellt und sich dahinten an einen der Tische gesetzt, allein. Dann hat er noch ein Bier bestellt und hat dagesessen und geguckt. Er sah nicht gerade aus wie ein Mann, der etwas Bestimmtes vorhatte, eher wie einer, der auf etwas wartete.

Ich weiß nicht, wie lange er da gesessen hat, ich hab hier gestanden und gearbeitet, aber plötzlich kam jemand und setzte sich ihm gegenüber an den Tisch. Ein Herr und eine Dame. Ich sah nur ihre Rücken, ich musste ja gerade an der Bar ausschenken. Ein paar Minuten später wollte ich hingehen und sie bedienen« – (Sie sollten übrigens mal sehen, was Bob unter »Bedienen« versteht!) – »aber da waren sie auch schon wieder weg; er saß immer noch mit hängendem Kopf am Tisch und sagte nichts, und da dachte ich nur: Na, jetzt ist irgendetwas mit dem kleinen Macker schief gelaufen.«

»Ja, und dann nichts weiter ...«, schloss Bob ein bisschen lahm. »Aber dann, als Kurt an ihnen vorbeiging, stieß er den kleinen Macker leicht an, und es schien, als würde er schlafen, meinte Kurt, oder als wäre er eine Puppe. Aber er hatte ein Messer in der Schulter stecken, ganz tief bis zum Heft, und das hatte er da, seit seine Freunde gegangen waren. Du weißt ja, wie dunkel es hier bei uns ist!«

Ja, das wusste ich nur zu gut, und das war auch einer der Gründe dafür, dass ich mir ab und zu im Stjernecafé einen Drink genehmigte. Dort konnte man ganz für sich sein, diskret und anonym, solange man nicht direkt gewalttätig wurde.

Aber offenbar konnte man das jetzt nicht mehr.

Ich blieb an der Bar stehen, während Bob weiter bediente. Die Stammgäste kamen und gingen, draußen wurde der Großstadt-Autoverkehr zu den heißen Abendstunden hin heftiger und ebbte dann langsam wieder ab. In regelmäßigen, rhythmischen Abständen rollten immer wieder Rettungswagen und Polizeiwagen vorbei. Und im Rigshospital oder vielleicht auch im Krankenhaus von Frederiksberg lag ein junger Mann mit einem tief in der Schulter steckenden Messer. Bob stand etwas neben sich. Ein anständiger Barkeeper ist nicht gerade begeistert, wenn seine Gäste ein Messer im Rücken haben. Messer bestellen schließlich keine neuen Runden.

Es herrschte eine angespannte Stimmung, alle rieben sich nachdenklich die Nase oder fuhren sich gedankenvoll durchs Haar, und viel gesprochen wurde auch nicht. Die beiden Menschen waren gekommen und so schnell wieder gegangen, dass niemand sie richtig bemerkt hatte. Der kleine Macker, wie Bob ihn genannt hatte, war so unscheinbar und anonym gewesen. Und alle anderen waren natürlich viel zu sehr mit sich selbst beschäftigt gewesen – Tanzen, Trinken, Spielen, Sex.

»Ich glaub nicht, dass sie es gewesen sind«, sagte Jerry, der Besitzer der Bar, der einen Kontrollbesuch abstattete, nachdem er von der Geschichte gehört hatte. Seine roten Haare wehten ihm um den Kopf. »Nein, die können es nicht gewesen sein. Man kommt nicht einfach in eine Kneipe und sticht einen Mann nieder. Das wäre ja unverschämtes Glück, wenn das keiner sehen würde!«

»Das war unverschämtes Glück!«, brummte Bob.

»Du bist zu hitzig, Mann«, antwortete Jerry jovial. »Teufel auch, wie kannst du denn wissen, ob es nicht ganz einfach ein älteres Ehepaar aus der Provinz war, das wissen wollte, wie spät es war, oder nach dem Weg zum Pensionat von Fräulein Fromm fragen wollte?«

»Verdammt«, antwortete Bob. »Wir bekommen wohl bald einen neuen Kundenkreis.«

Ich glaube, er wollte seinem Boss gegenüber ein wenig sarkastisch sein, aber er bekam jedenfalls Recht. Gerade als er es sagte, betraten drei Bullen das Stjernecafé.

2

Die drei Bullen boten einen wirklich gelungenen Anblick. Wäre jeder für sich allein irgendwo hereingekommen, hätte man sie kaum bemerkt, zusammen aber ergaben sie eine Wirkung, als wären sie direkt einer Filmkomödie entsprungen. Ein großer Magerer, ein sehr Kleiner, ein Feister. Und dann hießen sie auch noch, wie sie so korrekt sagten – direkt hintereinander, wie bei Tick, Trick und Track: Frandsen, Andersen und Rasmussen.

Frandsen war der Chef. Er führte die Vernehmungen durch. Bob berichtete, was er auch mir gesagt hatte. Er beschönigte nichts und fügte auch nichts hinzu, jedenfalls nicht mehr, als ich selbst es getan hätte.

Frandsen nahm seinen Zigarillo aus dem Mund und fragte: »War er betrunken?«

»Er sah nicht so aus. Wie geht es ihm denn?«, fragte Bob vorsichtig, im Namen aller.

»Er ist am Leben«, sagte Frandsen. »Er liegt im Krankenhaus. Er kann nicht verhört werden. Der Arzt meint, es würde noch drei oder vier Tage dauern, bis er überhaupt eine Aussage machen kann. Er röchelt nur. Er fantasiert, faselt von Messern, und ab und zu taucht ein Mädchenname auf, falls es ein Mädchenname ist – er sagt jedenfalls die ganze Zeit ›Schneewittchen‹. Vielleicht ist er bloß verrückt.«

»Es sind selten die Verrückten, die ein Messer in die Schulter bekommen«, sagte Andersen, der Kleine, der dazu auch noch pockennarbig war, wobei er mit einem Finger nachdenklich den Rand seiner Brille berührte, etwa so wie ein Politiker, den man in den Fernsehnachrichten sieht, kurz bevor er im Parlamentssaal einschläft. »Es sind eher die Verrückten, die zustechen.«

Frandsen nickte seinem Untergebenen zu. »Da ist was dran«, sagte er nachdenklich. »Da ist was dran.«

»Vielleicht wusste er etwas, das er besser nicht gewusst hätte«, meinte Jerry. »Hier im Viertel kann es manchmal hart zugehen.«

Mir kam es so vor, als ob Jerry bis dahin einfach nur dagesessen und es geradezu genossen hatte – wie eine große, träge Katze, die sich daran ergötzt zuzusehen, wie ein Hund getreten wird. Andererseits, der Hund war ja weggetragen worden – und was machte ich selbst eigentlich hier?

»Nein«, sagte Bob kurz und scharf: »Nein, niemand würde ihm etwas erzählen, was man besser nicht wissen sollte. Verdammt, dieser Bengel ist doch noch grün hinter den Ohren.«

Bobs Stimme klang müde und hart. Es lag ein metallischer Unterton darin. Jerry konnte, wie man deutlich sah, damit spielerisch umgehen, aber für Bob war das, was geschehen war, ernst.

»Wir müssen unsere Pflicht tun«, sagte Frandsen, wie ein Kaufmann, der am Freitagabend nach einem zwölfstündigen Arbeitstag fünf Minuten vor Ladenschluss eine Bestellung für die Lieferung von Waren entgegennimmt. »Er kann nicht vernünftig reden, und er hat keinen Ausweis. Wie wissen noch nicht, wer er ist. Alles, was er bei sich hatte, war eine Packung Cecil-Zigaretten, ein Einwegfeuerzeug und eine Plastikgeldbörse mit knapp zweihundert Kronen. Wir müssen zunächst mal herausfinden, wer er ist.«

Frandsen wandte sich Jerry zu: »Wir brauchen Namen und Adresse von jedem einzelnen Gast, der im Laufe des Abends hier war, oder von so vielen, wie Sie kennen und an die Sie sich erinnern können.«

»Das sind nicht viele«, brummte Bob.

Immer noch seinen Zigarillostumpen im Mund, sagte Frandsen irritiert: »Nein, es waren nicht viele, das sind es nie. In so einer Spelunke verkehren immer nur völlig wildfremde Leute. Vorher haben Sie noch nie überhaupt jemanden von denen gesehen, und übermorgen bekommen Sie plötzlich haufenweise Runden von allen möglichen Stammgästen spendiert, die Sie nie zuvor gesehen haben. Wollen Sie mit auf die Wache? Möchten Sie, dass Ihr Etablissement geschlossen wird?«

»Na hören Sie mal«, sagte Jerry. »Es gibt überhaupt keinen Grund, sich hier so aufzuregen. Hier in unserer Bar haben wir stets das beste Verhältnis zur Polizei gehabt, das wissen Sie doch. Können Sie sich erinnern, als seinerzeit Polen-Pjotr hierher kam? Haben wir da nicht sofort angerufen? Ich bin erst seit einer Stunde hier, und Bob kann nicht alle gesehen haben, die gekommen und gegangen sind. Heute Abend war viel Betrieb.«

»Sicher«, sagte Frandsen.

Ich wusste, was er in seinem schnarrenden, langsamen Tonfall sagen wollte, und Bob und Jerry wussten es auch. Frandsen kannte das Viertel gut genug, um liebenswürdig anzudeuten, dass, selbst wenn im Laufe des Abends einige Drinks verkauft worden waren, man das kaum als betriebsamen Abend bezeichnen konnte. Frandsen wusste sicher auch gut, wie viele Nutten sich ihre Beute im Stjernecafé schnappten. Frandsen wusste bestimmt auch, wie viele sich dort ihre kleinen gelben Glückspillen abholten. Der Toilettenbereich und das ungewöhnlich gut abgeschirmte Münztelefon waren die meist frequentierten Orte im Stjernecafé.

Natürlich musste Frandsen das wissen. Sogar ich wusste es.

Aber ich bekam keine Gelegenheit, näher darüber nachzudenken, denn Frandsen wandte sich direkt mir zu, wie ich so an der anderen Seite der Bar stand, direkt gegenüber von Bob, und sagte: »Und Sie, junger Mann, was spielen Sie hier für eine Rolle?«

3

Ich bin nicht paranoid, jedenfalls nicht mehr als jeder andere heutzutage, aber trotz Frandsens keckem Anstrich eines Bullen à la Volkskomödie begann ich am Kragen zu schwitzen. Ich hatte nicht erwartet, so direkt in die Affäre mit hineingezogen zu werden. Und plötzlich wurde mir bewusst, dass sich das gesamte Lokal bis zum Eintreffen der drei Bullen unmerklich geleert hatte, während ich so dagestanden und mehr oder weniger planlos mit Bob und Jerry geplaudert hatte. Die Musikbox dröhnte immer noch, *I shot the Sheriff* hörte ich von fern herüberschallen, die Spielautomaten warfen ihr hektisch wechselndes Licht über die Szenerie, Flaschen, Gläser und Aschenbecher standen auf den mit grünen Tüchern gedeckten Tischen, hier und da standen auch noch Würfelbecher – aber alle Menschen waren weg. Es glich einer Filmkulisse kurz vor dem Moment, wenn die Schauspieler ankommen und sie füllen. Wir waren allein. Drei Bullen, ein Wirt, ein Barkeeper – und ich.

Durch Frandsens Frage wurde ich mit einem Mal unangenehm nüchtern. »Ich bin Journalist«, sagte ich, und meine eigene Stimme kam mir vor wie die eines Anrufers in einem Radioprogramm. »Ich wohne gleich hier in der Nähe. Ich war nur für einen Absacker hergekommen.«

Frandsen sah fragend zu Jerry hinüber. Jerry erwähnte großzügig meinen Namen, auf eine elegante Art, als ob es unter meiner Würde wäre, sich an solche Bagatellen zu erinnern, und fügte hinzu, dass ich ein Freund des Hauses sei.

»Journalist, ach so«, sagte Frandsen auf eine Art, die keinen Zweifel an seiner Meinung über meine Branche und meinen Stand hinterließ. »Wenn Sie glauben ...«

Jerry erzählte ihm, dass ich nicht zu dieser Art von Journalisten gehörte. Ich würde meist über Musik schreiben, erklärte er.

Frandsen war noch nicht überzeugt. Für ihn waren Journalisten wohl genauso alle gleich, wie für mich alle Bullen gleich waren. Er sah mich wohl schon im Geiste hinaus zum Münztelefon rasen und das BLADET anrufen, um eine fünfspaltige Titelstory per Telefon durchzugeben. Geheimnisvolles Messerstecherdrama am Halmtorvet: »Als unser Korrespondent gestern Abend ...«

Bob erzählte Frandsen, dass ich erst gekommen sei, als der kleine Macker schon hinausgetragen wurde.

Und plötzlich sah ich es vor meinen Augen aufblitzen, etwa so, als würde der Blitz direkt draußen vor dem Fenster einschlagen, an dem man sitzt. Kleiner Macker ... Makler ... Makrele ... Macbeth ... Mackett!

Mackett!

»Bob!« Ich schrie es fast. »Das war doch Mackett!«

Endlich hatte ich, nach zwei Stunden, das dünne blonde Haar und die Nackenpartie wiedererkannt. Es war Mackett. Er war vor zwei Jahren das letzte Mal im Viertel gewesen, dann hatten sie ihn wegen Heroinhandels geschnappt und eingesperrt, und damals hatte er einen langen, zottigen Bart getragen. Aber selbst ohne Bart musste es Mackett sein. Auch wenn ich sein Gesicht nicht richtig gesehen hatte, war ich mir sicher. Nacken können eine ganze Menge sagen. Natürlich, wenn man darauf achtet.

»Mackett?«, fragte Jerry. Er musste noch einmal kurz

nachdenken. Dann erinnerte er sich an ihn. »Heroin, nicht?«

Rasmussen, der dicke und schweigsamste der Bullen, trottete friedlich und schwerfällig rüber zum Münztelefon und wählte eine Nummer, die er auswendig kannte.

Bob sah mich aus irgendeinem Grund vorwurfsvoll an. Ich konnte sehen, dass ich etwas verkehrt gemacht hatte. Ich wusste aber nicht, was und warum. Und was hätte Mackett im Übrigen mit Bob zu tun haben können – abgesehen davon, dass er rein zufällig während seiner Schicht gestorben war?

Zum Teufel, wir waren wohl einfach nur müde. Wir alle.

4

Als Rasmussen vom Telefon zurückkam, sah er sehr zufrieden aus. In tiefer und offenkundiger Selbstzufriedenheit schwebte er nahezu zu seinem Chef hin und flüsterte diesem ein paar vertrauliche Worte ins Ohr. Frandsen brummte nur. Er sah aus, als hätte er etwas gehört, was ihn nicht im Geringsten interessieren würde.

Dann begann er auf und ab zu gehen, mit langen, zähen Schritten, während sein Zigarillo weiterhin kleine Rauchwolken ausspie.

»Mackett wurde gestern aus der Justizvollzugsanstalt West auf Bewährung entlassen«, sagte er dann, hauptsächlich an Jerry gewandt. »Mackett wurde auf Bewährung entlassen und ist offenbar ziemlich schnell hierher gekommen. Was er hier wohl gewollt haben mag?«

»Die gehen oft in die Stadt, sobald sie rauskommen«, sagte Jerry. Damit hatte er vollkommen Recht, aber das war nicht das, was Frandsen hören wollte.

»Er hat mit irgendjemandem abrechnen wollen«, sagte Rasmussen. Plötzlich sah er nicht mehr fett und nett aus. Er ähnelte einem Werwolf, der Menschenblut wittert.

»Gesetzt den Fall«, sagte Frandsen, während er so mitten auf der Tanzfläche in dem leeren Lokal stand und an niemand Besonderen gerichtet, »gesetzt den Fall also, sie haben Recht, junger Mann, und es handelt sich um Mackett, was ja ziemlich wahrscheinlich klingt, und er wäre seinerzeit hereingelegt worden ... Gesetzt den Fall, er wurde betrogen und musste jemand anderen decken. Gesetzt den Fall, er ist hier heute aufgetaucht, um von dem, den er gedeckt hatte, Wiedergutmachung zu bekommen – und hat dann stattdessen ein Messer in den Rücken gekriegt?«

»Er war ein Scheißkerl«, sagte Jerry plötzlich, als würde er laut denken. In seinen Augen war mehr als das zu lesen, wenn man ihn kannte. Da war zu lesen: Lass uns von was anderem reden.

»Selbst Scheißkerle können nicht einfach niedergestochen werden«, antwortete Frandsen umgehend.

Jerry antwortete nicht. Ein unglaublich bebendes, geladenes Schweigen breitete sich aus.

Ich bestellte einen weiteren Drink bei Bob, und es war, als würde meine Bestellung den Zauber lösen. Plötzlich sahen sie alle fünf – die drei Bullen, Jerry und sogar Bob – mich an, als hätte ich völlig taktlos in die Teekanne der Frau Stiftspropst gepinkelt. Als ob es nicht eine

Kneipe wäre und als ob sie nicht immer noch geöffnet hätte!

Vielleicht brachte es sie trotzdem dazu, etwas lockerer zu werden. Mir jedenfalls half es, mich ein bisschen zu entspannen. Ich dachte an das geheimnisvolle Paar, das vorher niemand so richtig gesehen hatte. Das war merkwürdig. Nicht weil ich Detektiv bin, aber ich glaube, jeder mit einem Funken Menschenverstand kann sich ausrechnen, dass Ehepaare als solche selten Morde begehen. Es gibt in der Geschichte sehr wenige Morde, die von Mann und Frau zusammen begangen wurden. Es ist einer der vielen Punkte, wo es bei der direkten Kommunikation zwischen zwei Ehegatten oft hapert, wie man heutzutage so sagt.

Vielleicht dachte Frandsen das Gleiche. Jedenfalls bat er Bob um eine Liste über möglichst viele der Gäste, die er im Laufe des Abends gesehen hatte. Bob schrieb langsam, nachdenklich und widerstrebend seine Liste. Danach musste er für heute Abend Kasse machen.

Für mich gab es keinen Grund, hängen zu bleiben. Ich sagte Gute Nacht und ging, nicht nach Hause, sondern in die Bodega Baronen direkt gegenüber, die vor Erregung schwirrte und summte. Dort traf ich die meisten des Klüngels aus dem Stjernecafé, die keine Lust gehabt hatten, sich Bullen anzusehen, und die mich mit Fragen über die Entwicklung in der Sache bombardierten.

Bis ich nach Hause kam, wurde es ziemlich spät, aber es kommt ja schließlich auch nicht alle Tage vor, dass man beinahe Augenzeuge eines Messerstecherdramas wird.

5

Am Tag danach erwachte ich mit einem Kater und einer letzten Ahnung schwerer Träume im Hinterkopf, und ich erinnerte mich dumpf, dass ich nach Århus musste. Ich musste mich zum Flugzeug sputen und den ganzen Tag mit einem nichts sagenden Gespräch vergeuden, das mir jedoch, insgesamt gesehen, meine Miete für den nächsten Monat sichern würde, also war nichts zu machen. Das Leben fordert das Seine, wie Herman Bang bemerkt haben würde.

Als ich am folgenden Tag wieder in Kopenhagen war, ging ich ins Stjernecafé. Es war genauso leer wie am Abend vorher. Hinter der Theke stand Bob und trocknete mit fatalistischer Miene Gläser ab. Es kam ansonsten selten vor, dass er Zeit hatte, Gläser abzutrocknen.

»Das Übliche«, sagte ich. »Was für ein Andrang heute.«

»Die Leute bleiben weg«, sagte er, »bis der Fall aufgeklärt ist. Übrigens ist es um ihn geschehen.«

»Mackett?«, fragte ich dumm.

»Er ist tot«, sagte Bob kurz. »Starb gestern. Kam nicht mehr zu Bewusstsein. Faselte nur unzusammenhängendes Zeug.«

»Woher weißt du das?«, fragte ich. »Waren Frandsen, Andersen und Rasmussen hier?«

»Ja«, sagte Bob. »Die waren hier und haben es erzählt. Sie haben alle verhört, die sie finden konnten. Sie haben nichts herausbekommen, das war offensichtlich. Die patrouillieren immer noch umher. Momentan ist der Fette hier.«

Tatsächlich: Durch die Fensterscheibe in der leeren Bar konnte man Rasmussens kleine, übermüdete, blutunterlaufene Augen erahnen, in eifriger Hoffnung, ein düsteres Geheimnis oder zwei zu entdecken.

»Er hat nichts anderes als Blödsinn geredet?«, fragte ich.

»Wer?«, sagte Bob. Er war mit seinen Gedanken unnormal weit weg.

»Mackett natürlich!«

»Nein, nur dummes Zeug, wie der Bulle neulich gesagt hat.«

Wie der Bulle neulich gesagt hatte? Richtig, Frandsen hatte gesagt, wovon Mackett fantasierte. Von Messern, selbstverständlich, und von … was war das noch gleich gewesen? Eine Märchenfigur, ein Mädchen. Aschenputtel? Dornröschen? Was war es gewesen?

Plötzlich fühlte ich mich am Rand eines großen Geheimnisses stehen. Ich war kurz davor, tief hinunter bis auf den Grund eines bemoosten Brunnens zu blicken, kurz davor, dass ich ganz klar durch die dunkelste Dunkelheit schauen konnte, aber auch nur kurz davor. Es gelang mir immer noch nicht richtig. Aber wie ein betrunkener Mann sich in einem dunklen Raum nach vorn tasten würde, die Wand entlang, mit nach vorn gestreckten Händen, so klammerte ich mich an meinen Gedanken.

Ich stand sofort auf und ging auf die Straße hinaus. Ich fand Rasmussen. Ich fragte, wie es so gehen würde. Er erzählte mir, was Bob mir gerade berichtet hatte. Er sagte, die Polizei würde »verschiedene Spuren« verfolgen. Es klang nicht sonderlich überzeugend.

Und es gelang mir, ihn auf Macketts Fantasien zu bringen. Er sagte das Wort »Schneewittchen«. Nicht Aschenputtel oder Dornröschen, sondern selbstverständlich Schneewittchen.

Mir fuhr es ganz kalt den Rücken hinunter, als wäre ich in einen Eisberg eingesperrt, der sich gegen meine Brust presste und das Atmen blockierte. Schneewittchen. Jetzt wusste ich Bescheid.

Dachte ich.

Ich ging wieder ins Stjernecafé hinein, nahm mir meinen Drink, der da gestanden und geduldig auf mich gewartet hatte, trank ihn aus und bestellte mir noch einen.

6

Es sah ganz so aus, als würden Bob und ich zusammen einen langen, ruhigen Abend verbringen. Das Stjernecafé war offenbar geächtet, wie von der Pest verseucht, bis die Affäre um den erstochenen Mackett gelöst war, so viel war klar – für die Stammgäste war der Ort für die tägliche Nutzung zu unsicher, und zufällige Gäste machen sich nichts aus Gerüchten über schnelle Messer. Wir waren und blieben allein. Bob war mit all den Dingen beschäftigt, die ansonsten niemals in Ordnung gebracht werden, Kleingeldkasse, Leergut, Säuberung der Regalböden, Bestellzettel für Geschirrtücher – und ich saß an der Bar und fühlte mich vollkommen hilflos. Ich wusste etwas, aber ich wusste nicht genau, was es war und was es bedeutete, und in erster Linie war ich keine Spur froh darüber, es zu wissen, und hätte es vorgezogen, am besten überhaupt nichts zu wissen oder nur zu glauben.

Aber ich tat es, und es gab niemanden, der etwas daran ändern konnte.

Draußen regnete es, und ich musste eingeschlafen sein, jedenfalls einen Moment lang. Ich erinnere mich daran, dass ich mich müde fühlte, endlos müde, und dann wieder hellwach, intensiv und klinisch wach, als ob irgendjemand liebenswürdigerweise die Batterien in meinem Gehirn ausgetauscht hatte. Im Hintergrund werkelte Bob immer noch herum.

»Gib mir noch einen Drink«, rutschte mir heraus, bevor ich es wollte. »Gib mir noch einen, ich hab's!«

Bob gab mir noch einen und fragte, wie es ein jeder richtige Barkeeper tun sollte: »Was hast du?«

»Ich weiß es jetzt«, sagte ich. »Ich weiß, wer das Messer in Mackett gepflanzt hat. Und ich glaube, ich weiß auch, warum.«

In dem Moment kam Jerry auf einen Kontrollbesuch herein.

»Uh, immer noch leer?«, sagte er und nickte mir zu. »Ich spendiere einen Drink für das ganze Haus. Wie herrlich, doch einen zufriedenen Kunden zu haben.«

»Er ist gerade dabei, das Mackett-Mysterium aufzuklären«, sagte Bob halb höhnisch, halb mit neu erwachtem Interesse. Eigentlich mache ich mich nicht oft zum Idioten.

»Erzähl schon«, sagte Jerry. »Wer war es?«

»Denk an Schneewittchen«, antwortete ich.

Die Wirkung war zwar nicht formidabel, aber sie war da. Bob ließ ein Glas fallen, dessen Scherben er mechanisch aufzufegen begann. Jerry blickte von Bob zu mir, wobei er nicht so aussah, als wäre er besonders erfreut über das, was er sah.

»Ich hätte es schon die ganze Zeit wissen müssen«, sagte ich. »Jedenfalls von dem Moment an, als Frandsen von Macketts unzusammenhängenden Fantasien zu erzählen begann. Schneewittchen ...«

»Was zum Teufel hat Schneewittchen denn damit zu tun?«, fragte Jerry etwas ungeduldig. »Ist es etwa von den sieben Zwergen ermordet worden?«

»Schneewittchen«, sagte ich, etwa so, wie ein Schullehrer die Zehnertabelle durchgeht, »Schneewittchen war das Wort, das Mackett immer wieder gesagt hat. Schnee bedeutet – wie du weißt, Jerry – Heroin.«

»Mach weiter«, sagte nicht Jerry, sondern Bob. Er schenkte ausnahmsweise sich selbst ein Glas ein.

»Aber Schneewittchen«, fuhr ich fort, und darauf war ich erst heute Abend gekommen, »Schneewittchen war das Mädchen, mit dem Mackett zusammenwohnte, bevor er ins Gefängnis kam. Er hat sie Schneewittchen genannt. Sie war auch drogensüchtig. Sie muss es gewesen sein, und sie kannte den Ort hier. Ich habe sie lange nicht gesehen, nicht seitdem sie damals zusammen waren.«

»Aber ich«, sagte Bob. Er sagte es sehr ruhig. »Ich hab sie ziemlich oft gesehen, öfter als dieser tote Wurm. Dir kann ich's ja sagen, sie ist meine Schwester.«

Bob fuhr geradeheraus fort: »Er hat nach ihr gesucht, als er rauskam. Er wusste nicht, dass sie, drei Monate nachdem man ihn eingelocht hatte, gestorben war. An einer Überdosis. Er und seine widerlichen Angewohnheiten haben sie getötet.

Und weißt du, was er dann vorhatte, als er hierher kam und sich an sie ranmachen wollte? Er wollte sie um Geld erpressen, damit er nicht zur Polizei gehen und sie als Helfershelferin bei seinem Heroinhandel verpfeifen würde!«

»Ich konnte es einfach nicht lassen«, schloss Bob

einfach. »Wenn es jemals einen Scheißkerl gegeben hat …«

Er schlug ergeben die Hände zusammen.

Er spielte nicht länger Komödie. Der kleine Macker existierte nicht mehr. Stattdessen war der Scheißkerl ins Spiel gekommen.

Eines Tages holt die Wirklichkeit uns alle mit heruntergelassenen Hosen ein.

Und endlich verstand ich alles.

Und als ich zu Jerry hinübersah, konnte ich sehen, dass auch er verstanden hatte, was zu verstehen war – und das schon seit langem. Eine Sekunde lang herrschte Stille. Als die Stille peinlich wurde, kehrte ich wie jedes andere Tier zu den Gewohnheiten an den Wasserlöchern zurück. Ich bestellte noch einen Drink.

»Wirst du der Polizei etwas sagen?«, fragte Bob.

Er sah weder nervös noch angespannt aus. Er war ruhig, er hatte seine Entscheidung ohnehin schon getroffen und war auch bereit, die Konsequenzen zu tragen. Er sah ganz einfach aus wie ein Mann, der wusste, was er tat. Die Götter mögen wissen, wie es ihm in der Zwischenzeit gegangen sein mochte, seit vor zwei Tagen Mackett hereinkam.

»Nein, warum?«, fragte ich. »Er war bestimmt ein Scheißkerl, ihr habt Recht. Ich bin mir sicher, dass es dieses eigentümliche Paar war, das ihn niedergestochen hat. Vielleicht waren sie die Drahtzieher hinter seiner Dealerei?«

Bob nickte ausdruckslos.

»Genau«, sagte Jerry, »genau der richtige Geist, alter Junge. Ich hab den Bullen das Gleiche gesagt, und die suchen nach dem Ehepaar … Du hast doch auch eine Schwester, oder? Jetzt schmeiße *ich* eine Runde!«

Mord im Mon Chéri

1

In Wirklichkeit war an allem nur der Zeitungsstreik schuld gewesen.

Verstehen Sie, ich wäre niemals in diesen Mordfall in der Mon-Chéri-Bar hineingezogen worden, hätten die Journalisten die gleiche zivile Höflichkeit wie die meisten anderen Gewerbetreibenden in diesem Land an den Tag gelegt, nämlich an ihren Arbeitsplätzen zu bleiben und ihrem Job nachzugehen – genau wie Busfahrer, Putzfrauen und Barkeeper.

Aber das taten sie nicht. Sie streikten, wahrscheinlich aus den gleichen unerfindlichen Gründen wie alle anderen, die gestreikt haben, seit unser Herrgott seinerzeit Adam und Eva ausgesperrt hat: um Geld für ein Pils mehr in der Woche zu verdienen.

Aber lassen Sie mich mit dem Anfang beginnen, auch wenn es sich dabei nur um eine Tradition handelt, die sich allmählich eingebürgert hat. Immer mehr machen es ja auf diese Weise.

Wissen Sie: Ich schlafe schlecht. Es liegt mir ganz einfach nicht. Böse Zungen – nicht zuletzt meine geschiedenen Frauen drängen sich in diesem Zusammenhang auf – werden behaupten, man könne ohne ein ruhiges Gewissen nicht gut schlafen, und ein solches hätte ich seit meiner Konfirmation nicht mehr gehabt, abgesehen von den Gelegenheiten, bei denen ich mein Gedächtnis vollständig verloren hatte. Was im Übrigen meinen Lieblingszustand darstellt, den zu erreichen bei der ständig steigenden Alkoholsteuer allerdings immer teurer wird.

Um den Gott des Schlafes milde zu stimmen (der garantiert eine Göttin ist, wenn man bedenkt, dass dieses Geschlecht eine verblüffend gut entwickelte Fähigkeit besitzt, alles, was im Leben wichtig ist, unter seine Kontrolle zu bringen), pflege ich also um Mitternacht eine Tour durch die Stadt zu machen. Ich latsche hinunter zur Istedgade, gehe ein paar Nebenstraßen auf und ab, schlendere durch den Hauptbahnhof und ende via Vesterbrogade am Rathausplatz. Das ist die feste Route.

Um dem Ganzen wenigstens so etwas wie einen Sinn zu verleihen, pflege ich am Schluss ein paar frische Zeitungen am Rathausplatz zu kaufen, wenn sie direkt aus der Druckmaschine kommen.

Der eine oder andere wird dies sicherlich nicht verstehen können – wiederum könnte ich meine geschiedenen Frauen als gute Beispiele dafür nennen –, aber eine Zeitung, die man um Mitternacht in die Hände bekommt, ist etwas ganz anderes als dieselbe Zeitung am Morgen danach, genauso wenig wie ein Brötchen, das man beim Bäcker um sieben Uhr kauft, duftend und frisch gebacken, später am Nachmittag noch dasselbe Brötchen ist. Brötchen muss man direkt aus dem Ofen des Bäckers haben, warm und so neu wie das Kind, das gerade aus dem Schoß seiner Mutter gekommen ist und noch keine Sozialversicherungsnummer bekommen hat. Zeitungen sollte man um Mitternacht holen, wenn sie noch nach Druckerschwärze riechen und im Zeitungsverlag immer noch Licht in den Fenstern ist, weil fieberhaft fleißige Mitarbeiter bereits an der nächsten Ausgabe arbeiten.

Deshalb diese Tour. Sie bedeutet für mich vermutlich dasselbe wie Scientology oder die Volkskirche für andere Leute: Sie gibt mir etwas zu tun. Sie verhindert, dass ich wahnsinnig werde.

Und darüber hinaus gibt sie mir etwas, was meine Eltern mir immer empfohlen hatten: jede Menge frische Luft. Jedenfalls so frisch, wie man sie in einer Großstadt heutzutage überhaupt bekommen kann.

Aber, wie gesagt: Die Journalisten streikten. Die Zeitungen erschienen nicht.

Und damit war mein mitternächtliches Ritual zunichte gemacht.

Also kreiste ich stattdessen ohne eine einzige Zeitung völlig ziellos um den Rathausplatz. Ich grüßte ein paar Contergan-Tauben, die dastanden und versuchten, ihr Gefieder aufzuplustern, damit sie wie Vögel aussahen – ein Anblick, der mich stark an Kopenhagens Oberbürgermeister erinnerte, wenn er versucht, wie ein Politiker auszusehen. Ich sah ein paar Strichjungen aus der unterirdischen Toilettenanlage heraufkommen, mit älteren Herren an ihrer Seite, ältere Herren mit weihnachtlich glänzenden Augen und Geldscheinen in den Innentaschen. Ich sah einige »Nein, jetzt müssen wir wirklich sehen, dass wir nach Hause kommen«-Gesellschaften, die sich am Taxistand versammelt hatten. Ich schielte verbissen zu der erloschenen Laufschriftzeitung hoch.

Und dann ging ich an diesem angenehmen Sommerabend über die Vesterbrogade zurück.

Da geschah es: Der Regen setzte ein.

Regen ist eigentlich ein zu mildes Wort. Es war nicht einfach nur Regen, es war eine wahre Sintflut, eine von der Art, wie man sie in diesem Land selten erlebt, es war ein Remake der großen Sintflut selbst, inszeniert von einem Cecil B. de Mille bei den Dreharbeiten für die Geschichte der Arche Noah. Es war ein Wolkenbruch, ein prasselnder Tobsuchtsanfall des Höchsten.

Er kam ganz plötzlich, ohne Vorwarnung. Es kamen nicht erst ein paar Tropfen, die mit einer Visitenkarte höflich die Ankunft des Wolkenbruchs ankündigten, von einem schrittweisen Übergang von milder mitternächtlicher Dürre gar nicht zu reden. Er war einfach da, und er ließ sich nicht ignorieren.

Innerhalb von einer Minute war ich durchgeweicht. Glauben Sie ja nicht, ich würde übertreiben, ich weiß es, denn ich stand genau gegenüber dem Hauptbahnhof und stierte auf den Imbiss *Favoritens Smørrebrød* und überlegte, ob ich mich selbst überlisten könnte, etwas zu essen. Essen soll ja so gesund sein, sagt man. Meine Exfrauen aßen mehrmals am Tag.

Die Uhr am Hauptbahnhof zeigte 0.18 Uhr, während ich über Smørrebrød nachdachte. Sie zeigte 0.19 Uhr, als ich das Projekt definitiv aufgegeben hatte.

Und sie zeigte 0.20 Uhr, als ich durchgeweicht war.

Und ich war ganz sicher nicht der Einzige. Auf der Vesterbrogade herrschte immer noch hektischer Betrieb. Die letzten Gäste schwirrten und schwärmten mitgenommen aus dem Portal des Tivoli. Das Kinopublikum glitt aus den diversen kleinen Lichtspielhäusern, die hier in der nächsten Umgebung liegen, rieb sich die Augen und versuchte – wie immer –, nach dem Filmtraum in die Wirklichkeit und in die Vesterbrogade zurückzukehren. Auch Leute, die die letzten Zugverbindungen in die Umgebung erreichen mussten, alle mit Abfahrt vom Hauptbahnhof um etwa

0.30 Uhr, wateten diesen Weg entlang und spekulierten wahrscheinlich, ob sie noch genügend Zeit für ein letztes schnelles Bier auf dem Bahnsteig hätten, bevor dieser Tag vorbei war.

Um 0.20 Uhr waren alle durchgeweicht, und ich hatte das zweifelhafte Vergnügen, noch einmal zu beobachten, wie der Mensch – jedenfalls der Kopenhagener – alles andere als ein vernunftbegabtes Geschöpf ist.

Ich meine: Es liegt in der Natur der Sache, dass man nur einmal durchgeweicht werden kann. Wenn man durchgeweicht ist, ist man durchgeweicht, und mehr ist dazu nicht mehr zu sagen. Man kann nicht zweimal durchgeweicht werden, und darin würde mir jeder vernünftige Mensch unbedingt Recht geben.

Aber so handeln Menschen nicht. Auch wenn man nass bis auf die Socken ist und es keinen Unterschied mehr macht, weil man nasser nicht werden kann, selbst dann sucht man Schutz.

Um 0.21 Uhr war das die bevorzugte Sportart in der Vesterbrogade. Im Laufe dieser Minute füllte sich *Favoritens Smørrebrød* mit Menschen, sowohl im Geschäft als auch unter der Markise davor, zu der die Leute hingelaufen kamen. Die Kunden des Hauptbahnhofs, die noch einen Augenblick zuvor träge dahingeschlendert waren, zeigten plötzlich ihr wahres olympisches Talent für den Sprint, und das Kinopublikum, das gerade auf dem Weg nach draußen gewesen war, zog sich umgehend wieder zurück, als ob es den Film gern gründlicher durchdenken würde, indem es sich noch einmal in die im Foyer ausgestellten Fotos vertiefte.

Wäre nicht der Regen gewesen, wäre ich vielleicht trotzdem direkt nach Hause gegangen. Vielleicht.

Aber wenn ich genauer darüber nachdenke, muss ich

zugeben, dass der Zeitungsstreik genauso schuld an den Folgen war wie der Regen.

Ich verließ das *Favoriten*, das heißt: Ich wurde geradezu hinausgedrängt. Ich ging über die Straße und dann durch den Hauptbahnhof und glotzte mit glasigen Augen – zum zehntausendsten Mal – auf die merkwürdige Szene, die der Hauptbahnhof nun einmal bietet, diese schwachsinnige Mischung aus Familien auf dem Weg zu Tante Anna in Holstebro, alten Alkoholikern ohne Zähne mit dem letzten Tuborg-Gold dieser Nacht und jungen Pärchen mit Schlaf- und Rucksäcken und Kaffeekannen auf dem Rücken. Ich widerstand der Versuchung, meinen Schuhabsatz reparieren und mir ein Passfoto machen zu lassen.

Als ich den Hauptbahnhof am anderen Ende wieder verließ, wobei ich noch nicht einmal von einem Rocker überfallen worden war, ging ich in strömendem Regen die Istedgade hinunter.

Da sah ich das Schild in einer der Nebenstraßen. Gelb leuchtendes Neon und in verschlungenen, altmodischen Buchstaben: Mon Chéri.

Aber vielleicht kennen Sie das Mon Chéri ja gar nicht?

Das Mon Chéri ist eine Nachtbar. Man öffnet um 22.00 Uhr, man schließt um 5.00 Uhr. Läuft das Geschäft gut, kann man eventuell die Tür abschließen und bis in den Tag hinein noch weiter ausschenken.

Was gelegentlich vorkommt.

Das Mon Chéri hat schon bessere Tage erlebt, verstehen Sie. Es wurde vor knapp hundert Jahren gebaut und eingerichtet, und damals war es ein Ort, an dem bekannte Gesichter der Stadt verkehrten und geistreiche Bemerkungen austauschten, während sie mit Burgundergläsern anstießen. Im Mon Chéri sind viele Gemälde bekannter Personen von Stand gemalt worden, damals, als Staatsmänner, Künstler und Mäzene sich dort trafen. Es gibt sogar einen Literaturforscher aus Århus, der ein ganzes Buch über die Beziehung eines bekannten Dichters zum Mon Chéri geschrieben hat, nicht zuletzt im Hinblick auf den Epoche machenden Abend, als ein anderer Dichter ihm unter kräftigem Applaus einen Whisky-Soda an den Kopf warf, also dem ersten Dichter – was, wie man sagt, den Anstoß dazu gab, dass dieser, der erste Dichter, noch am gleichen Abend den historischen Beschluss fasste, seine Heimat zu verlassen, nach Rom zu reisen, was sich wiederum als epochal für die dänische Literaturgeschichte erweisen sollte.

Heutzutage werden kaum noch bedeutende Entscheidungen im Mon Chéri getroffen. Jedenfalls nichts Epochaleres als über den nächsten Drink oder darüber hinaus, wo – oder mit wem – die Nacht verbracht werden soll.

Aber es gibt immer noch Spuren der früheren Größe der Stätte. Es gibt rote Samtvorhänge, es gibt dicke Teppiche auf den Böden, es gibt vornehme, altmodische Lederstühle mit Goldknöpfen auf dem Sitz. Aber die Vorhänge sind verschlissen, der Teppichboden noch abgenutzter als meiner, und die Goldknöpfe sind in den meisten Fällen von Gästen abgerissen worden, die dort ganz gedankenverloren gesessen und über die zwei zuvor genannten drängenden Probleme meditiert haben, deren Relevanz an Orten wie dem Mon Chéri stets besonders deutlich wird.

Heute ist das Mon Chéri eine Heimstätte für die Ehemaligen, die, die fertig sind – die, die sich nicht einmal dazu entschließen können, nach Rom zu reisen, weil sie sich auf überhaupt keine Weise dafür interessieren, überhaupt irgendwo hinzureisen. Das Mon Chéri ist zur Stätte der Verlierer geworden.

Im Mon Chéri können Sie spät in der Nacht die Schauspielerin treffen, die 1962 einen so erfolgreichen Karrierestart hingelegt hatte und bei der Sie, wenn Sie ihren Namen hören, zunächst gar nicht verstehen können, dass Sie von ihr seitdem nichts mehr gehört haben. Im Mon Chéri können Sie den bekannten Journalisten treffen, dessen Geschichten Sie gewöhnlich auf der letzten Seite Ihrer Zeitung lesen konnten, bis sie plötzlich eines Tages nicht mehr kamen. Im Mon Chéri können Sie eine repräsentative Auswahl der ehemaligen kommenden Talente in gewissen Branchen begrüßen.

Dementsprechend sind auch die Gespräche: Entweder erzählt man, was man seinerzeit gemacht hat, oder man lästert über die, die das Gleiche heute machen. Nicht allzu kompliziert. Und im Hintergrund schwebend die stille Hoffnung, dass die Aktiven, über die man redet, auch bald fertig und ausgepowert sein und sich der Stammgästetruppe im Mon Chéri anschließen werden.

Ich habe mir niemals besonders viel aus diesem Ort gemacht. Das letzte Mal war ich vor einem Jahr da gewesen.

Aber heute Abend lockte das Neonschild so lüstern.

Weil es keine Zeitung gab. Weil es regnete. Weil ...

Ich ging hinein.

Der Ort sah immer noch genauso aus wie früher. Für einen Menschen ist ein Jahr eine lange Zeit. Ein Jahr kann dich zum Vater oder zur Mutter machen, zur Waise, zum Hurenbock, zum Rauschgiftsüchtigen, zum Bankchef. Für Orte ist ein Jahr nichts, Stätten wie das Mon Chéri bleiben stets unangetastet sie selbst. Das

Mon Chéri hatte immer noch dieselben Teppiche, dieselben Vorhänge und dieselben Stühle, wie ich sie in Erinnerung hatte.

Und die gleiche Beleuchtung: gelbes Licht, das alles in einem verschleierten, tabakgeschwängerten Halbdunkel schweben ließ.

Ich fand einen leeren Tisch vor einem einzelnen Herrn und bestellte mir meinen Whisky, während ich mich umsah und einen Teil derselben Stammgäste wie zuletzt wiedererkannte, ergänzt mit ein paar neuen.

Auch die Tische standen so wie gewöhnlich, auch die festen Tische waren immer noch da. »Die Festen« waren der Journalistentisch und der Schauspielertisch, um die sich die jeweiligen Vertreter der fleißigsten zwei Kundengruppen des Mon Chéri versammelten.

Auf der kleinen Bühne, die schon bessere Tage erlebt hatte, stand Eva Erotica und sang, begleitet von nicht weniger als fünf groß gewachsenen, schlanken Männern an verschiedenen Instrumenten.

Aber vielleicht kennen Sie Eva Erotica gar nicht, die supersexy Sängerin?

Doch, bestimmt kennen Sie sie. Niemand in diesem Land kann Eva Erotica nicht kennen – niemand, der jemals eine Illustrierte gelesen oder im Radio das dritte Programm eingeschaltet hat. Natürlich kennen Sie ihre ganze Geschichte, von ihrem Job als Model in der Schulzeit bis zu der Zeit, als sie »unsere erotischste Sängerin« wurde.

Es sah putzig aus, diese fünf großen, breitschultrigen Burschen, für die es ein Leichtes gewesen wäre, Häuser zu bauen oder Gruben zu graben, die jetzt aber um Eva Erotica herumklimperten.

Sie sang gerade ein Lied von einem Typen, der abgehauen war. Die Pointe des Lieds war, dass sie sich dies nicht zu sehr zu Herzen nahm, denn sie hatte schon einen anderen gefunden. Sie gab sich wirklich Mühe. Sie schürzte die Lippen und rollte die Zunge im Munde herum, während sie sich mit rollenden Hüften um das Mikrofon schlang. Was sie wohl pro Abend bekommen mochte, dachte ich. Eva Erotica war nicht mehr jung, und in dieser Branche zählt nur die Jugend. Straffe Brüste!

Eva Erotica musste so an die vierzig sein.

Ich bestellte mir noch einen Whisky. Ich bekam ihn, ich bezahlte ihn, aber ich konnte ihn nicht mehr austrinken.

Gerade als die Band sich mit ein bisschen Klingklang für das nächste Stück aufwärmte, ertönte ein lautes, scharfes Geräusch, das durch die sanft beginnenden Akkorde drängte.

Es war ein Pistolenschuss. Es klang, als wäre er von hinten gekommen.

Ich drehte mich um und versuchte zu sehen, woher er gekommen war, aber das konnte man nicht, in diesem düsteren Licht.

Dagegen war ganz klar zu erkennen, wo die Kugel gelandet und das kurze Leben einer Kugel beendet hatte: im Bauch des Bassisten von Eva Erotica.

2

Es gab keinen Zweifel: Er war sofort tot gewesen. Er hatte nicht einmal mehr etwas rufen oder schockiert aussehen können, er war ganz einfach mitten in einem Akkord auf der Bühne hingefallen und hatte sich neben seinen Bass gelegt. Er war nahezu mit einem einzigen Bums hingefallen.

Die Musik stockte. Von irgendwoher im Lokal schrie eine Frau.

Der Barkeeper gab dem Türsteher ein Zeichen. Der Türsteher schloss umgehend die Tür ab. Der Barkeeper griff zum Telefon und wählte schnell eine Nummer.

Die beiden waren so effizient, dass man glauben mochte, es wäre gute alte Routine, wenn ein Bassist oder zwei im Mon Chéri erschossen würden.

Eva Erotica und ihre Kapelle standen auf der Bühne wie Statuen in öffentlichen Parkanlagen.

Der Barkeeper war offenbar ein Mann, der die Dinge im Griff hatte. Er stieg auf die Bühne und lieh sich Evas Mikrofon. Erst da, als er im Bühnenlicht stand, erkannte ich ihn wieder, Kurt, derselbe Kurt, der vor ein paar Jahren in meiner Stammbar, dem Stjernecafé, gearbeitet hatte.

Er erklärte kurz und knapp, dass ein Mord begangen worden sei und die Polizei sofort kommen würde. In der Zwischenzeit bat er alle, sich ruhig zu verhalten.

Nicht mehr und nicht weniger. Ein paar Leute begannen sofort, sich einen Weg zur Tür zu bahnen, als ob sie nicht unbedingt zugegen sein wollten, wenn die Polizei kam.

Aber das mussten sie nun doch. Der Türsteher war groß und stark. Und als er meinte, sie würden ihm zu dicht auf die Pelle rücken, zeigte er ihnen, dass er auch eine Pistole hatte.

Sie setzten sich wieder hin. Es wurde weiter bedient, aber niemand schien sich mehr zu amüsieren. Die Musiker setzten sich an einen leeren Tisch rechts von mir.

Eva Erotica schluchzte. Der Gitarrist murmelte beruhigende Laute.

Der Pianist sah vollständig verloren aus. Der Schlagzeuger steckte sich eine Pfeife Tabak an und zuckte mit den Schultern, als wolle er damit sagen, dass Bassisten nun einmal so sind, hoffnungslos unzuverlässig.

So gut es sich machen ließ, sah ich mich unter den übrigen Gästen um, wie sie so verstreut im Lokal dasaßen. Es war keine der großen Nächte, und darüber hinaus war es für das Mon Chéri immer noch früh, sodass die Versammlung einigermaßen überschaubar war.

Am Journalistentisch saßen vier Personen – drei Männer und eine Frau. Am Schauspielertisch sechs, drei von jeder Art. Am Fenstertisch eine kleine Gesellschaft mit zwei gut gekleideten Herren in Begleitung von genauso vielen blonden Damen, wie ich sie schon oft draußen auf der Straße gesehen hatte und über deren ehrbare Profession es keinen Zweifel gab. Weiter hinten saßen zwei Mädchen allein und an zwei Stellen jeweils ein einzelner Herr, der eine war der hinter meinem Rücken. Insgesamt achtzehn Menschen. Zusammen mit mir neunzehn. Dann waren da die Musiker bzw. der Rest von ihnen: fünf Menschen plus Barkeeper, Kellner und Türsteher – insgesamt siebenundzwanzig Menschen.

Siebenundzwanzig lebende Menschen. Und eine Leiche, ein toter Bassist, der die gesamte Aufmerksamkeit auf sich zog.

Wenn nur die verdammten Zeitungen erschienen wären.

Ich sah wieder zur Bühne hinauf, wo der Bassist immer noch so dalag, wie er hingefallen war, Seite an Seite mit seinem Bass. Ich sah, wie alle dasaßen und unverwandt auf die Leiche starrten, als erwarteten oder hofften sie, dass das Ganze nur ein Spuk wäre, ha ha, nur ein Teil der Show, dass er jeden Augenblick wieder aufstehen würde.

Aber es war kein Spuk, und es gehörte auch nicht zur Show. Er würde nie wieder aufstehen, so einfach war das.

Ich ging zu Kurt und bekam einen Whisky an der Bar.

»Das wird die ganze Nacht dauern«, sagte ich. »Wir werden verhört werden, wir werden durchsucht werden. Eine beschissene Art, seine Nacht zu verbringen!«

»Tja«, sagte er. »Es ist doch immerhin etwas, dass die Zeitungen nicht erscheinen. Wenn die Geschichte hier in die Zeitungen käme, könnten wir das Geschäft gleich schließen.«

»Ganz im Gegenteil«, sagte ich. »Die Leute würden doch erst recht herbeiströmen, um sich den Schauplatz anzugucken, wo der Bassist von Eva Erotica während seiner Arbeit umgepustet wurde. Es wäre eine tolle Reklame.«

»Das wird der Besitzer anders sehen.«

»Wer ist der Besitzer?«, fragte ich.

»Manuel Thomsen.«

Nicht, dass ich überrascht gewesen wäre, das zu hören. Es war eher – wie man in Gesellschaften sagt, wenn jemand entdeckt, dass seine Tischdame in dieselbe Klasse wie seine eigene Frau gegangen ist – eine weitere Bestätigung, wie klein die Welt doch ist.

Nicht zuletzt von der Istedgade her gesehen.

Manuel Thomsen war zurzeit der führende Hintermann in Vesterbro. Hintermänner leben und atmen und sterben auf die gleiche Weise wie ansonsten nur Mitglieder des Königshauses: Sie bestimmen, solange sie atmen. Wenn sie das nicht mehr können, haben sie vorher dafür gesorgt, dass ein Kronprinz den Job übernehmen wird.

Manuel – bestens bekannt als »schwarzer Manuel« – war die rechte Hand seines vorigen Bosses gewesen, des Dünnen. Der Dünne hatte im Laufe seines langen Lebens ein Imperium aus Bars, Hotels, Bordellen und Rauschgiftringen aufgebaut. Als der Dünne tot war – erschossen von einem Antiquariatsbuchhändler in der Absalonsgade, der Mann beging sofort danach Selbstmord –, hatte Manuel mit königlicher Selbstverständlichkeit dessen Geschäfte übernommen. Und ich wusste: Das waren viele. Ich hatte nicht gewusst, dass das Mon Chéri zu ihnen gehörte.

»Besser, ich rufe ihn an«, sagte Kurt.

Er wählte die Nummer und stand lange vor dem Telefon, ohne eine Verbindung zu bekommen. Dann zuckte er mit den Schultern und legte den Hörer wieder auf.

»Wer war der Typ?«, fragte ich, wobei ich auf die Leiche zeigte.

»Kenne ihn nicht sehr gut«, sagte Kurt. »Ich weiß nur, dass er Hugo heißt – Hugo Schantz. Er kriegt 200 pro Abend, und ich begreife nicht, wie er davon leben kann. Wie er davon leben konnte, meine ich. Aber vielleicht hatte er nebenbei noch einen Job.«

»Wer zur Hölle sollte einen Bassisten erschießen?«

»Keine Ahnung«, antwortete Kurt. »Ich persönlich habe noch nie einen Bassisten erschossen. Vielleicht würde ein Gitarrist das tun, wenn der Bassist falsch spielt.«

Er schien wegen des Mordes nicht weiter deprimiert zu sein, aber warum sollte er auch? Es war weder sein Bruder noch Vater noch Freund. Es war nicht einmal sein Bassist.

Auch nicht meiner.

Ich ging hinaus, um zu pinkeln. Den Toten kann das egal sein, aber die Lebenden müssen pinkeln, bis sie sterben.

Ich stellte mich vor das Pissoir und bedachte die Kloaken der Stadt mit den Resten meiner Whiskys.

Ich ging zu den Toiletten wegen eines Stück Toilettenpapiers, um meinen kleinen Freund abzutrocknen. Dabei musste ich mich zu der Rolle neben dem Klobecken hinunterbeugen. Als ich mich hinunterbeugte, sah ich hinter dem Klobecken etwas glänzen, in dem kleinen Zwischenraum zwischen Sitz und Wand, in den die Leute ansonsten ihre hereingeschmuggelten Flachmänner pfropfen.

Es war eine Pistole.

Ich wollte sie schon an mich nehmen, als mir die Vorliebe der Polizei für Fingerabdrücke einfiel. Ich ließ sie liegen.

Als ich zur Bar zurückkam, war die Polizei bereits eingetroffen – fünf Mann hoch, angeführt von dem allgegenwärtigen Polizeiinspektor Ehlers von der Wache am Halmtorvet. Er grüßte, vielleicht nicht gerade herzlich, aber immerhin grüßte er. Wir kannten uns. Ein Glück, dass er es war.

Kurt war gerade dabei, die kurze Geschichte vom Ereignis des Abends zu berichten, und Ehlers hörte aufmerksam zu. »Und keiner der Gäste konnte hinausschlüpfen?«, fragte er, als Kurt fertig war.

»Nein.«

Ehlers sah sich um, das verschlissene Mobiliar, die vielen Flaschen und Gläser, die Wolken von Tabakrauch in dem gelblichen Licht. Er blickte jeden Einzelnen forschend an, als wäre er davon überzeugt, dass der Mörder sich selbst enttarnen würde, wenn er ihn nur lange genug konzentriert anstarren würde.

»Ich glaube, die Pistole liegt draußen auf der Herrentoilette«, sagte ich höflich-informativ.

Ehlers ging zu seinen Leuten. Einen von ihnen schickte er zum Türsteher, einen Zweiten hinaus auf die Toilette. Den Dritten nahm er mit zur Leiche, wo der Vierte bereits mit dem Fotoapparat zugange war.

Der Bulle von der Herrentoilette kam zurück und hatte die Pistole in ein Taschentuch eingewickelt. Wahrscheinlich sind Bullen die letzten Männer, die Taschentücher bei sich tragen.

»Ich könnte wetten, dass da keine Fingerabdrücke drauf sind«, sagte der Bulle bedauernd.

»Wir versuchen es trotzdem«, sagte Ehlers. »Sieh nach, wo der Arzt bleibt!« Der Mann gehorchte. Wie man sagt, sind viele Bullen gut, sehr gut im Gehorchen.

»Nicht mehr als Kurt«, antwortete ich. »Ich bin höchstens zehn Minuten hier gewesen, als es geschah. Ich habe dagesessen und auf die Bühne geschaut. Alle haben wohl dagesessen und auf die Bühne geschaut. Der Mörder muss gute Nerven gehabt haben. Es war ein teuflisches Risiko, wenn jemand nun nicht hinaufgesehen hätte.«

»Ja, aber das tut man ja nun mal, nicht wahr?«, sagte Ehlers trocken. »Wenn schon eine Bühne da ist, schaut man auch auf sie hinauf. Ja, ja, da gibt es keine andere Möglichkeit als Verhör und Durchsuchung. Ah, Bendtsen …«

Bulle Nummer vier drehte sich um.

»Bendtsen, ruf an und bestell ein paar weibliche Beamte für die Leibesvisitation. Und fang einfach an, Namen und Adressen der Gäste einzusammeln.«

Dann wandte er sich an Kurt:

»Haben Sie ein Hinterzimmer, wo ich mit den Leuten reden kann?«

Kurt sah aus, als hätte er am liebsten Nein gesagt.

»Es gibt da einen Raum für die Musiker, den können Sie nehmen«, sagte er dann. »Allerdings ist er ziemlich schmuddelig.«

»Schmuddeliger als der hier?«, fragte Ehlers sarkastisch. »Okay, ich nehme ihn. Seien Sie so freundlich und schicken Sie die Band zu mir herein. Ja, danke, einfach die ganze Bande – die Sängerin auch. Die Übrigen müssen warten. Ja, sie müssen warten, mir ist es wirklich egal, ob sie zu tun haben ... Ja, ich werde ihnen schon selbst Bescheid geben.«

Diesmal war es Polizeiinspektor Ehlers, der auf die Bühne kletterte und sich Eva Eroticas Mikrofon griff.

Ein gespanntes, interessiertes Publikum betrachtete seinen kurzen breiten Körper und seinen struppigen Bart. So wie die Dinge standen, zog er mehr Aufmerksamkeit auf sich, als Eva Erotica es getan hatte.

Er erklärte trocken und bedächtig, dass – wie die meisten sicher bemerkt hätten – ein Mord geschehen und es daher notwendig sei, sämtliche Anwesenden einer Leibesvisitation und einem Verhör zu unterziehen. Er hoffe im Interesse aller auf Kooperationsbereitschaft, denn niemand würde hier herauskommen, bevor das Ganze überstanden war, und je mehr man zusammenarbeitete, desto weniger Zeit würde es in Anspruch nehmen.

Ohne Beifall stieg er von der Bühne herunter und zog sich mit Eva Erotica und ihrem Quartett in den Musikerraum zurück.

Es herrschte gedrückte Stimmung. Nur die festen Tische und die betrunkensten Gäste bestellten immer noch Drinks.

Zwei der Bullen suchten systematisch den Fußboden ab.

Ich ging in der Bar auf und ab. Ich war der Einzige, der seine Beine bewegte. Die anderen blieben sitzen, wie Gestalten in einem Wachsfigurenkabinett.

Vom Tisch der Schauspieler her hörte ich eines der Mädchen sagen, es wäre doch verdammt gut, dass sie in diese Sache hier nicht verwickelt worden seien, während die Zeitungen erschienen.

Vom Tisch der Journalisten her hörte ich eine halb betrunkene Herrenstimme bemerken, es sei doch auch zu blöd, dass keine Zeitungen da wären, wenn man gerade in so eine Geschichte hineingeriet.

So hat jeder seine Meinung.

Der Qualm wurde dichter und dichter. Hier und da kamen neue Gäste und klopften an die Tür, wurden aber vom Türsteher mit der Begründung abgewiesen, man habe aufgrund eines Unglücksfalls geschlossen. Sie versuchten einen Blick zu erhaschen, konnten aber von der Tür aus nichts erkennen. Kopfschüttelnd gingen sie weg.

Der Polizeiarzt kam und riss und zerrte an der Leiche des Bassisten Hugo herum. Zwei weibliche Beamte erschienen und gingen in das »Büro« des Mon Chéri hinter der Bar, zusammen mit einer der Blonden vom Fenstertisch.

Die Zeit verging. Kurt stand an der Bar und polierte die Gläser ein überflüssiges weiteres Mal. Alle waren wieder ziemlich schweigsam geworden. Alle hatten rote Augen. Den Frauen zerlief die Schminke im Gesicht.

Einer nach dem anderen wurden die anwesenden

Herren und Damen zur Leibesvisitation hineingeführt, um danach bei Ehlers zum Verhör zu landen. Einer nach dem andern wurden sie von Bendtsen abgeholt, und als ich so herumging und die Szenerie beobachtete, bemerkte ich, dass es niemanden gab, der nicht schuldbewusst aussah, als er oder sie abgeholt wurde – wir erwachsenen Menschen waren alle nervös bei dieser Untersuchung. Wir alle führten uns wie Schüler auf, die darauf warteten, in das Prüfungszimmer hineingerufen zu werden, und mit angehaltenem Atem dasitzen und nicht wissen, wer der Nächste sein wird. Viele fassten sich an die eine oder andere Tasche, als sie hineingingen.

Entweder war ein reines Gewissen eine Seltenheit in dieser Stadt, oder es verhielt sich so, dass die treuen Anhänger der Lehre des ruhigen Gewissens nicht so oft ins Mon Chéri kamen. Ja, so musste es wohl sein.

Die Stunden flossen dahin wie in einem Dämmerzustand. Über der Bar hing keine Uhr, und ich selbst hatte auch keine. Es konnte drei, vielleicht vier, sogar fünf Uhr sein. Von draußen drangen weder Laute noch Licht durch die schweren, dichten Gardinen des Mon Chéri. Drinnen war die Szenerie immer noch die gleiche: einer, der in Begleitung von Bendtsen den Tisch verließ, einer, der zurückkam, ein neuer, der wiederum ging.

Es war wie ein Kinderspiel, erfunden von einer fantasievollen Tante zum zehnjährigen Geburtstag des Neffen.

Und währenddessen räumten zwei Beamte herum, während der dritte uns mit wachsamem und aufmerksamem Blick beobachtete, wie er es auf der Polizeischule gelernt hatte.

Mir kam es vor, als hätte ich diesen Anblick wochenlang gesehen. Mir schien, ich würde ihn besser kennen als meine eigene unrasierte Visage morgens im Badezimmer. Ich dachte, dass ich wohl auch verdammt bald an der Reihe sein dürfte.

Gerade als ich das dachte, sagte Bendtsen: »Und jetzt sind Sie dran.«

Ich stand gehorsam auf und folgte ihm.

Gerade als ich – in Begleitung von Bendtsen – durch die Tür in den Musikerraum ging, ereignete sich die zweite spezielle Überraschung des Abends:

Ein weiterer Schuss durchbrach die Stille im Lokal.

3

Es ist schon merkwürdig, wie schnell man sich an einen Schuss hier und da gewöhnt, und das nur an einem einzigen Abend. Der erste Schuss war ein Schock, der zweite Schuss war das Flashback eines Schocks. Als würde man einen Schluck vom Kaffee der Gastgeberin trinken, dann merken, dass er bitter schmeckte und man beinahe kotzen musste, dann sehen, dass sie einen anglotzte, und verbindlich lächelnd noch einen weiteren Schluck nehmen.

Dachte ich.

Aber dieser Schuss hatte anders geklungen. Es war immer noch ein Schuss, okay, ein staatlich kontrollierter Qualitätsschuss, aber es war eine andere Art von Schuss als der vorige, der Hugo Schantz getötet hatte.

Dass der Schuss anders geklungen hatte, lag daran, dass er von vorn gekommen war.

In einem halbdunklen, schmuddeligen Raum voller Kisten mit Flaschen, mit einem einzigen, kleinen viereckigen Fenster, das anzudeuten schien, dass draußen der Morgen dämmerte, in dem Raum also, den man im Mon Chéri Musikerraum nannte, saß Polizeiinspektor Ehlers vom Halmtorvet hinter einem Tisch, der von Notizen, Aschenbechern und Gläsern überquoll.

In der rechten Hand hielt er eine Pistole. Sie zitterte immer noch in seiner Faust.

Er sah interessiert zur Wand hin.

An der Wand hatte er anscheinend eine Metallplatte aufgehängt, die er Gott weiß wo gefunden hatte. In dieser Metallplatte war ein Loch.

Ohne mich oder Bendtsen zu beachten – und was Polizeiassistent Bendtsen betrifft, kann ich ihm das nicht verdenken, denn niemand würde ihm ohne besonderen Grund Beachtung schenken –, ging er langsam und ruhig zur Metallplatte hin, zog ein Taschenmesser aus seiner Jacke und gab sich daran, die Kugel methodisch herauszubohren. Auf seinem Gesicht lag ein merkwürdiger Ausdruck, wie ich ihn so im Profil betrachtete – halb amüsiert, halb als ob er beinahe kotzen müsste.

Er bekam seine Kugel zu fassen und sah sie sich genau an. Nachdem er sie inspiziert hatte, gebärdete er sich wie ein aufgeblasener Kritiker bei einer Gemäldeausstellung: Er trat einen viertel Schritt zurück, kniff die Augen zusammen und stierte wiederum steif darauf – als wollte er sie hypnotisieren, als wollte er ihr begreiflich machen, dass er der Einzige wäre, der wirklich sah, was in ihr steckte.

Dann warf er sie mit einer plötzlichen Bewegung, wie es ein kleiner Junge mit einem Ball tut, in die Luft, fing sie wieder auf – und fing an, wiehernd zu lachen.

Ich sage »wiehernd zu lachen« – ein Ausdruck, den ich noch nie zuvor verwendet habe –, aber ich weiß nicht, wie man es sonst hätte nennen können. Es war ein Lachen, aber ein furchtbares Lachen, ein Lachen, das Böses verhieß. Es klang wie die Tonspur zu einem Gruselfilm.

Selbst Bendtsen, der Ehlers' ständiger Mitarbeiter war, selbst ich, der vorher schon einmal in einem Fall mit ihm zusammengearbeitet hatte, der schlimmer war als dieser hier – selbst wir erstarrten für einen Augenblick, als wir es hörten, als hätten wir am helllichten Tag einen Vampir gesehen.

Von einer Sekunde auf die andere fasste Ehlers sich wieder, aber er lächelte noch immer triumphierend, als er uns ansah und jede einzelne Silbe betonend sagte: »Ich hab's mir doch gedacht. Es ist nicht diese Pistole.«

Vielleicht hatte ich zu viel Whisky intus, vielleicht war die Nacht ganz einfach zu lang gewesen, vielleicht war sein Beispiel einfach nur ansteckend gewesen. Auch ich fing an zu lachen.

Bendtsen sah aus wie ein respektvoller Aufpasser in einer Krankenanstalt, der die Anweisung erhalten hatte, dass sich die Patienten »in angemessener Weise« entfalten dürften, er allerdings bei Bedarf »rechtzeitig« einschreiten sollte.

»Das ist gar nicht so sonderbar«, sagte Ehlers. »Es ist wirklich alles andere als merkwürdig. Alle haben etwas zu verbergen. Darüber hinaus hat fast jeder etwas in der Tasche, das er gerne verbergen möchte. Das ist ja gerade das Lustige dabei, wenn man eine ganze Reihe von Menschen untersucht.«

»Was haben Sie denn gefunden?«

»Das Übliche.«

»Was ist das Übliche?«

»Einer hatte zehn Gramm Hasch bei sich. Ein anderer zwei Röhrchen mit Morphium und eine Einwegspritze. Einer hatte ein sehr großes Messer in der Jackentasche, aber in einer niedlichen Scheide. Und dann war da eine Dame, die merkwürdigerweise das Scheckheft ihres Tischherrn in ihrer Handtasche hatte, ein Missverständnis, wie sie meinte – und er meinte dasselbe.«

»Und dann«, fuhr er fort, »gab es offenbar auch einen, der eine Pistole hatte, sie aber nicht mehr schnell genug weglegen konnte, im Gegensatz zu den anderen mit ihren Spritzen und Schecks. Aber es ist jedenfalls nicht die Pistole, mit der der Mord begangen wurde.«

»Braucht es da nicht einen Experten, um so was festzustellen?«, fragte ich.

»Doch, juristisch gesehen ja«, antwortete Ehlers. »Aber ich war beim Militär und bin Amateurexperte in Ballistik. Diese Kugel hat ein anderes Kaliber als die, die der Doktor aus Hugo Schantz entfernt hat. Und das überrascht mich nicht im Geringsten, ganz im Gegenteil. Deswegen habe ich lachen müssen. Sie müssen schon entschuldigen, falls ich ihre edlen Gefühle verletzt habe.«

»Keineswegs.«

»Das hab ich mir schon gedacht. Aber jetzt werde ich Ihnen etwas sagen: Seien Sie doch so freundlich und geben Sie mir eine klare Antwort auf eine Frage, die die meisten der Zeugen beantwortet haben, ohne dass sie übereinstimmten. Sagen Sie: Haben Sie heute Abend andere Pistolen gesehen als die hier von der Toilette?«

Ich dachte einen Augenblick nach. In solchen Situationen will man ja gerne fair sein.

»Nein, doch … Warten Sie einen Augenblick: Doch, natürlich – die Pistole des Türstehers …«

Ehlers ähnelte einer wohlgenährten, satten Hauskatze, die aber vielleicht trotzdem noch ein Schälchen Sahne vertragen konnte.

»Die des Türstehers?«

»Ja, ich habe sie gesehen, als er die zurückhielt, die abhauen wollten, nachdem sie den Mord gesehen hatten.«

»So, das tat er also?«

»Ja.«

»Das war sehr freundlich gegenüber der Polizei.«

»Ja.«

»Wissen Sie, wie er heißt?«

»Nein.«

»Gruzowski.«

»Ein russischer Immigrant?«

»Wohl kaum erst seit gestern. Er spricht fließend Dänisch. Aber wissen Sie, was ich entdeckt habe?«

»Nein, erzählen Sie.«

»Als heute Nacht hier im Mon Chéri der Mord geschah, waren siebenundzwanzig Menschen anwesend. Acht davon arbeiten hier im Lokal, die anderen neunzehn waren Gäste. Man kann die beiden Gruppen auf unterschiedliche Weise betrachten. Zum Beispiel lassen sich die Gäste in achtzehn Herren und neun Damen aufteilen. Man kann sie auch in Paare aufteilen. Man kann sie nach den Berufen aufteilen, die sie angeblich ausüben.«

»Ja«, sagte ich. »Und was weiter?«

Ehlers pflegte doch ansonsten nicht so herumzufaseln.

»Dann«, antwortete er, »dann würde es mich nicht wundern, zum Beispiel auf zwei Hansens oder zwei Sørensens zu stoßen. Aber gleich zwei Gruzowskis auf einmal ...«

»Zwei Gruzowskis?«

»Der einzelne Herr da hinter Ihnen heißt auch Gruzowski.«

Ich erinnerte mich schwach an ein Gesicht, das ich in dem gelblichen Licht gesehen hatte, bevor ich mich hingesetzt hatte, was mir vorkam wie vor mindestens zwei Tagen. Bevor ich meinen ersten Drink bestellt hatte, nachdem ich aus dem strömenden Regen hereingekommen war, den ich längst vergessen hatte.

Ich war müde. Ich verstand kein Wort von dem Ganzen mehr.

Es beruhigte mich ein wenig, dass dies anscheinend in gleichem Maße auch auf Bendtsen zutraf.

»Hol den Türsteher«, sagte Ehlers zu ihm.

Bendtsen machte sich pflichtschuldigst auf den Weg.

Der Türsteher sah gar nicht so wunderlich aus, als er kam. Er sah nach dem aus, was er war: ein Türsteher. Er war so anonym, wie es nur Türsteher und Angestellte an der Hotelrezeption sein können.

»Darf ich mir Ihre Pistole leihen?«, fragte Ehlers.

Der Türsteher gab sie ihm. Ehlers gab Bendtsen ein Zeichen und schickte sie wieder hinaus.

Ehlers feuerte einen Schuss auf die Metallplatte ab. Wieder ging er hin und bohrte die Kugel heraus, aber dieses Mal lachte er nicht, als er sie inspizierte.

»Die ist es nicht«, sagte er lakonisch.

Er setzte sich für einen Augenblick auf seinen Stuhl und sah aus, als ob alle Kümmernisse der Welt auf seinen Schultern lasten würden und als ob die übrige Welt ein klein wenig dankbarer dafür sein müsste, dass er sie sich aufgebürdet hatte. Er schien konzentrierter zu denken, als irgendjemand dies seit dem Zweiten Weltkrieg getan hatte. Dann richtete er sich auf.

»Natürlich«, sagte er.

Er öffnete die Tür zum Musikerraum. Es war unnatürlich still in der Bar. Draußen wurde das Licht klarer.

»Kurt!«, rief er.

Kurt kam herein.

»Hast du nicht eine Pistole in der Bar?«, fragte Ehlers.

Kurt machte den Anschein, als wäre dies ein Gesprächsthema, das er nur ungern streifte.

Ehlers starrte ihn nur an und machte eine ungeduldige Handbewegung.

»Doch«, sagte Kurt. »Mit Waffenschein.«

»Zeig sie uns«, sagte Ehlers.

»Aber ...«, sagte Kurt.

»Aber was?«, fragte Ehlers.

»Nichts aber«, sagte Kurt.

»Geh mit und hol sie«, sagte Ehlers zu Bendtsen.

Einen Moment später kamen Bendtsen und Kurt mit einer Pistole zurück, eingewickelt in ein weiteres dieser trendigen Taschentücher der Polizei.

Ehlers lehnte sich auf seinem Stuhl nach vorn, als er die Pistole sah. Er schoss nicht einmal auf die Metallplatte. Er roch nur an ihr, schien sie zu streicheln und legte sie dann auf den Tisch.

»Das ist nicht deine Pistole«, sagte er dann. »Du hast die Pistole heute Abend bestimmt getauscht, stimmt's?«

Kurt sagte nichts.

»Mit der des Türstehers, nicht?«, sagte Ehlers. »Mach's Maul auf! Entweder bist du es oder er!«

Kurt sagte immer noch nichts.

»Ist ja auch egal«, sagte Ehlers ungeduldig und müde, als wäre sein Triumphgefühl verraucht und ihm das

Ganze mittlerweile völlig gleichgültig. »Das hier ist die Mordwaffe, und du hast sie von jemandem bekommen und deine eigene abgeliefert. Es ist mir egal. Ich kann ganz einfach euch beide festnehmen!«

»Er ist mein Schwager«, sagte Kurt. Das waren seine ersten Worte.

Und dann erzählte er die Geschichte in drei Sätzen.

Er, Kurt, sei mit einer Schwester des Türstehers Gruzowski verheiratet, und so habe Gruzowski den Job bekommen. Gruzowskis älterer Bruder, der einzelne Herr hinter meinem Tisch – der Ivan hieß und eine Baufirma hatte –, war längere Zeit mit Eva Erotica zusammen gewesen, aber sie hätte ihm den Laufpass gegeben zugunsten von Hugo Schantz. Ganz einfach.

»Ivan kann so was nicht ertragen«, sagte Kurt. »Das kann er ganz einfach nicht.«

»Und dann hat ihn der Bruder beschützt?«, fragte Ehlers sarkastisch.

Kurt zuckte mit den Schultern. Das bedeutete: Ja. Das bedeutete: Das würde sowieso kein anderer als die beiden verstehen.

Einen Moment später war Kurt draußen und der Türsteher Gruzowski drinnen. Er leugnete nichts. Er sagte überhaupt nichts.

Auf keine der vielen Fragen.

Ich dachte stattdessen an Eva Erotica, die vierzigjährige Sängerin, die immer noch so viel Macht über die Männer hatte, dass sie sich gegenseitig niederschossen, weil sie den einen dem anderen vorzog. Ich sah sie vor mir in dem gelblichen Bühnenlicht und dachte darüber nach, was sie wohl in ihr gesehen haben mochten.

Während ich so dasaß und darüber meditierte und Ehlers dasaß und einen Dauerregen von Fragen auf

Gruzowski niederfallen ließ, richtete er sich plötzlich aus seiner vornübergebeugten Stellung auf und sah Ehlers direkt in die Augen. Ehlers hatte, müde von der Wiederholung der gleichen Fragen, die Augen eine Sekunde lang geschlossen.

Diese Sekunde nutzte Gruzowski, um nach der Pistole zu langen, die vor Ehlers auf dem Tisch lag.

Ich stieß einen idiotischen und vergeblichen Alarmruf aus. Bendtsen zog in einer verblüffenden Geschwindigkeit seine Dienstpistole und war bereit. Ehlers sah aus, als würde er Gruzowski hypnotisieren wollen.

Es war aber alles ganz egal. Gruzowski richtete die Pistole gegen seine eigene Stirn und drückte ab.

Dann sank er zurück und kippte mit seinem Stuhl um.

Durch die Wände hindurch konnte ich die Erregung in den Stimmen der Bargäste hören. Es war auf einmal ein Summen, als schwirrte ein Bienenschwarm durch das Lokal.

Gruzowski blutete, als würde eine Flut durch seine Stirn dringen, als wäre die ganze Wolga lange von einem provisorischen und nun zerschmetterten Damm zurückgehalten worden.

Einen Augenblick lang ähnelte Ehlers dem Mann mit dem Lachen, so wie man ihn von mittelalterlichen Malereien her kennt: der Tod, der kommt und Ernte hält, wenn er die Zeit für gekommen hält.

Oder vielleicht wurde ich ja auch nur langsam hysterisch.

Jedenfalls war es jetzt überstanden, aber trotzdem dauerte es noch ein paar Stunden länger. Der Polizeiarzt kam und untersuchte die Leiche des Türstehers, ein Super-Spezialexperte für Pistolen kam und checkte die Ernte des gesamten Abends, und Ehlers bekam schließlich bei all seinen Schlussfolgerungen Recht. Er verhörte Eva Erotica ein weiteres Mal, aber sie wollte nichts sagen.

Erst am späten Vormittag erzählte er mir, dass er einen Abschiedsbrief von ihr in Ivan Gruzowkis Tasche gefunden hatte. Da war er auf die Idee gekommen.

»Aber denk dir nur«, sagte er, wobei er aus lauter Schlafmangel und Anspannung ins Duzen verfiel, »denk dir nur, dass ein Bruder so den Bruder rächt!«

Auch bei mir kann es Schlafmangel gewesen sein, aber zu diesem Zeitpunkt fand ich es fast hübsch. Ich konnte auch nicht von dem Gedanken lassen, ob einer meiner Brüder ein Mädchen erschießen würde, weil es mit mir Schluss gemacht hatte. Nein, das würden sie nicht. Nein, das hätten sie nie getan.

Ich dachte mit neuem Respekt an Eva Erotica, die nicht allein die Macht besaß, Männer dazu zu bewegen, solche Sachen zu machen, sondern darüber hinaus auch noch im Namen anderer Männer.

Ich dachte, dass Eva Erotica trotzdem der Verlierer des Abends war. Sie hatte sowohl ihren Liebhaber als auch ihren Bassisten verloren.

Ich konnte schon die Anzeige in der Musikerzeitschrift sehen.

Andererseits war sie auch die Gewinnerin des Abends. Jedenfalls war sie am Leben und auf freiem Fuß.

Und dank der Solidarität von Bruder Türsteher auch Ivan Gruzowski.

Vielleicht würden die zwei wieder zusammenfinden? Vielleicht würde dies für alle Zeit unmöglich sein.

Es war strahlend heller Vormittag, als wir inzwischen sechsundzwanzig Menschen aus dem Mon Chéri entlassen wurden, mit der Auflage, an dem und dem Tag an dem und dem Ort zu erscheinen.

Es regnete nicht mehr. Es herrschte strahlender Sonnenschein. Die Sonne stach unangemessen scharf in die Augen.

Es war eine harte Nacht gewesen, um nur für einen Drink im Mon Chéri einzukehren. Hugo Schantz, der Bassist, war tot. Peter Gruzowski, der Türsteher, war tot. Zwei große Verluste.

Und das war nicht der einzige Verlust. Wir alle hatten verloren. Einer der Gäste hatte sein Hasch verloren, einer sein Morphium, eine ein mit Mühe geklautes Scheckheft, zwei Nutten ihre rechtmäßig erkämpfte Beute, ein paar andere für eine Zeit lang wohl noch ihren Seelenfrieden – und ein ganzer Tisch von Journalisten eine gute Story.

Selbst ich war unter den Glücklichen. Ich hatte nur meine Pistole eingebüßt – die, die ich ohne Waffenschein besitze und die ich deswegen so sorgfältig hinter der Herrentoilette versteckt und gefunden hatte.

Und Gott weiß, was mich eine neue im Schwarzhandel kosten würde.

Das ist ja das, was ich sage: Wenn doch bloß die verdammten Zeitungen erschienen wären!

Das Mädchen mit den grünen Augen

1

Ruhiger Abend«, sagte Bob, der Barkeeper, als er mir einen neuen Drink reichte.

Er sagte es zum dritten Mal, und ich musste ihm Recht geben.

Wenn man wollte, hätte man darüber diskutieren können, ob es anderswo ein genauso ruhiger Abend war, aber hier im Stjernecafé war es jedenfalls so. In dem breiten, winkelförmigen Lokal standen nur Bob und ich an der Bar, jeder auf seiner Seite, allerdings bekam nur Bob Geld dafür. Der Rest der Gäste bestand aus drei Typen, die an einem Tisch in der Ecke würfelten, und einem Pärchen, das an einem Tisch möglichst weit davon entfernt saß, völlig im Dunkeln, und das sich anscheinend noch nicht hatte entscheiden können, nach Hause zu gehen.

Draußen regnete es. Es regnete nicht nur, es schüttete geradezu, und das schon den ganzen Tag. Wahrscheinlich waren alle vernünftigen Menschen der Meinung gewesen, dass einem bei so einem Wetter nichts anderes übrig blieb, als schlafen zu gehen. Wahrscheinlich blinkten aus jeder Wohnung in dem dicht bebauten Vesterbro, wo wir saßen, all die kleinen viereckigen Fernsehapparate mit ihrem kalten Licht.

Ich war müde. Ich hatte einen langen Tag beim BLADET

hinter mir, wo ich wie eine ganze Herde Ochsen malocht hatte. Mein gesunder Menschenverstand sagte mir, dass es das einzig Richtige wäre, nach Hause zu gehen und zu schlafen. Die Müdigkeit und dieses nervenzehrende, monotone Regenwetter einfach zu verschlafen.

Mein gesunder Menschenverstand stieß – wie schon so oft – auf taube Ohren.

Ich nahm einen Schluck aus meinem Glas und blickte hinaus in den Regen, während Bob zu den drei Würfelspielern hinüberging, um nach beendetem Spiel die Bestellung für eine weitere Runde aufzunehmen.

Noch eine Runde, noch ein Spiel. Bisweilen scheint das Leben aus nichts anderem als Runden und Spielen zu bestehen.

Natürlich musste das Gegenteil der Fall sein – anderswo als hier. Irgendwo, vielleicht in der Provinz, musste das Leben aus anderen Dingen bestehen. Irgendwo musste der Alltag der Menschen darin bestehen, den Boden zu bestellen, die Tiere zu füttern, den Stall auszumisten. Rein theoretisch wusste ich, dass dies der Fall sein musste.

Aber von Vesterbro aus gesehen wirkte dies so fern wie ein verblichenes Klassenfoto aus Großvaters Grundschule im Familienalbum.

Ein ruhiger Abend, ja. Einer von diesen Abenden, an denen die Welt stillzustehen scheint, als hätte Gott vergessen, die Uhr aufzuziehen. Einer dieser Abende, an dem man allzu sehr ins Grübeln gerät.

Ich warf eine Münze in die Musikbox und setzte eine Krone auf *Strangers in the Night*. Dies veranlasste die Dame und den Herrn, einander etwas tiefer in die Augen zu schauen. Die drei würfelnden Männer ließen sich von so was nicht beeinflussen.

Langsam öffnete sich die große, schwere Eingangstür des Cafés. Herein kam eine junge Frau im Regenmantel mit Kapuze und glänzenden Lackstiefeln, tropfnass von oben bis unten. Sie stellte ihre schwarze Tasche auf die Theke, bestellte einen Gin Tonic, nahm einen Taschenspiegel und einen Lippenstift heraus und begann, sich die Fassade zu sanieren.

Ich hatte sie schon mal gesehen – sie war eine der anziehendsten Nutten auf der Straße, sogar eine der hübschesten – und folglich sicher auch die teuerste. Auch bei ihr wollte heute Abend keiner anbeißen. Nichts los im Tourismus- und Dienstleistungsgewerbe.

»Ruhiger Abend«, sagte Bob zu ihr.

Sie nickte. »Tote Hose«, sagte sie.

Mehr nicht.

Ich warf noch eine Münze in die Musikbox, diesmal aber aufs Geratewohl.

Ich hatte kein Glück. Ein schwachsinniges, deutsch singendes Tirolerorchester begann durch das Lokal zu scheppern, mit Tönen wie von geistig zurückgebliebenen Affen. Genau das Richtige für einen Ball der einsamen Herzen.

»Verzeihung«, sagte ich, als ich an die Bar zurückgekommen war. »Das war reiner Zufall. Ein Fehlschuss.«

»Unterläuft uns der nicht allen?«, sagte das Mädchen. Sie hatte eine weiche, sympathische Stimme.

Und grüne Augen. Sehr grüne. Fast wie ein Rasen im Sommer.

Ich machte mir Gedanken, was für eine Vergangenheit sie haben mochte – wie es dazu gekommen war, dass sie jetzt hier war. Wir, die wir hier im Viertel wohnen, haben alle einen besonderen Grund dafür. Würden alle Geschichten darüber, was jeden Einzelnen von uns in den Istedgade-Bezirk geführt hatte, öffentlich bekannt, würden viele so genannte »anständige« Menschen Dinge erfahren, die sie zuvor nicht gewusst hatten. Anständige Menschen wissen nicht besonders viel.

Ganz im Gegensatz zu Nutten und Barkeepern.

Bisweilen können selbst ein wenig heruntergekommene Journalisten – wie ich selbst – sich einbilden, doch ein bisschen herausgefunden zu haben.

Dieses Mädchen war der Typ, der sich schwer in ein Schema einordnen ließ. Die Meisten von ihnen – wie alle anderen Menschen – gehören einem bestimmten Typ an. Sie sind Alkoholiker, sie sind Drogensüchtige, sie sind ganz einfach geldgeil und haben einen festgeschraubten Kronen-Blick in ihren Augen, oder sie haben das Ganze einfach aufgegeben. Sie gehörte keiner dieser Gruppen an. Und sie sah immer noch erstaunlich frisch aus, als ob sie noch nicht ernsthaft mitgenommen war.

Aber das würde schon noch kommen. Ich habe es in den Jahren, in denen ich in dem Viertel wohne, schon öfter gesehen. Eines Tages, an einem Tag wie alle anderen, ähneln plötzlich alle diese Mädchen lebenden Leichen – und sofort einen Tag danach fällt der Marktpreis.

Die Klügsten von ihnen wissen das genau und haben für den Tag, an dem sie einen praktischen Job bekommen, etwas auf die hohe Kante gelegt, die anderen …

Aber das war nicht mein Problem, und im Übrigen sollte ich nach Hause gehen und schlafen, anstatt hier an der Theke zu sitzen und mir grünäugige Mädchen anzusehen.

Ich hatte den besten Willen dazu. Ich leerte mein Glas und begann sogar, vom Barhocker aufzustehen.

»Die Runde geht auf mich«, sagte Bob und schenkte ein.

Es war wie ein sanfter Knuff, der mich auf meinen Hocker zurückschubste. Noch eine Runde, fürwahr. So kann's halt im Leben gehen.

Bob hatte ganz einfach keine Lust, an diesem trostlosen Abend allein in der Bar zu sein. Er schenkte auch dem Mädchen einen Drink ein.

»Danke«, sagte sie.

Der Regen fiel immer noch auf die hohen grauen Mietskasernen draußen. Es musste klamm und abscheulich sein.

Ich steckte mir und ihr eine Zigarette an.

Bob ging mit einer neuen Runde zum Würfeltisch hinüber. Die drei Würfelspieler schienen ihre Umwelt überhaupt nicht mehr wahrzunehmen, wie richtige Spieler, wenn sie spielen. So wie sie da in dem giftgelben Licht über die Becher gebeugt saßen, existierte für sie ganz einfach nichts anderes mehr als die Würfel und die Augenzahlen.

Der Herr und die Dame waren sich immer noch nicht einig geworden. Sie tranken auch nichts. Ihr erster und einziger Whisky Soda ging nur langsam zur Neige. Sie schienen sich nicht einmal zu unterhalten.

Es schien, als würde überhaupt nie mehr etwas geschehen. Als wäre die ganze Welt – oder jedenfalls das Stjernecafé – ein Aquarium, in dem die Goldfische nur ziellos hin und her schwimmen würden und trotzdem nirgendwo hinkämen.

So wirkt die Welt oft.

Das Mädchen verließ die Theke, um zur Toilette zu gehen.

»Flotte Dame«, meinte Bob.

Er sagte das ohne jegliche Form von Anzüglichkeit – Bob ist Mitinhaber einer der wenigen glücklichen Ehen, die ich kenne. Er sagte es in dem gleichen ruhigen, offenen Ton, wie er gesagt hatte, dass es ein ruhiger Abend war: Er beugte sich ganz einfach den Tatsachen.

»Ja«, sagte ich.

Auch ich war ja nicht blind. Und es war mir schon vorher aufgefallen, als ich sie die Straße auf und ab wandern sah. Nur ein einziges Mal hätte ich sie beinahe aufgesammelt. Ich hätte ja nicht so überwältigend viele Freuden und Vergnügungen, hatte ich mir bei dieser Gelegenheit selbst gestanden, unter anderem keine glückliche Ehe, und sie sah wirklich nach etwas ganz Besonderem aus, und warum auch nicht, wenn das Leben so kurz ist und man so selten so etwas Besonderes sieht?

Dann hatte ich zu mir selbst gesagt: Junge, du wirst langsam alt und sentimental, und war dann weitergegangen. Klug oder unklug, wie man's nimmt. Ich weiß es nicht.

Sie tauchte wieder in der Tür zur Damentoilette auf und ging leichtfüßig zur Musikbox. Sie beugte sich darüber, um die klein gedruckten Buchstaben lesen zu können, die in dünnen Linien jede Platte bezeichneten.

Dann warf sie ein Kronenstück hinein, richtete sich auf und sandte einen Blick mit ihren grünen Augen ins Lokal. *Strangers in the Night* begann von neuem. Gleichzeitig blickte das Mädchen hinüber zu dem Paar am Tisch, und in dem Moment trat ein Schimmer in ihre Augen, als würde sie etwas sehen, das sie nicht sehen wollte. Plötzlich wurde sie krankhaft bleich in dem grünen Neonlicht der Musikbox. Sie sah ängstlich aus.

Der Mann am Tisch erhob sich halb im Dunkeln und griff nach etwas in seiner Manteltasche.

Eine Sekunde später, gerade als Frank Sinatra zum Refrain kommen wollte, schoss er.

Sie taumelte und fiel auf die Musikbox. Die spielte unverdrossen weiter.

Der Mann war durch die Tür hinaus, bevor überhaupt jemand begriffen hatte, was geschehen war.

2

Wahrscheinlich ist es in solchen Situationen immer so: Der Vorfall ereignet sich so schnell, dass die schwachen menschlichen Sinne nicht folgen können. Die ganze Episode konnte höchstens eine Minute gedauert haben, von dem Augenblick an, als sie sich von der Musikbox aufgerichtet hatte bis zu dem, als er aufstand und schoss und sie auf die Musikbox fiel. Die Platte war noch nicht einmal zu Ende – trotzdem konnte keiner von uns den Vorfall verstehen oder überschauen.

Bob, professionell wie immer, war der Erste. Zu den letzten schrillen Tönen von *Strangers*, ein paar ausklingenden Geigen, die wie gedopte Vögel im Käfig zwitscherten, ging er hinüber zur Musikbox. Ich folgte ihm.

Durch ihr Gewicht war das Glas der Musikbox zersplittert, und das Blut, das ihre Hand herunterlief, sah so aus, als stamme es von den Schrammen durch die Glasscherben. Nur Schrammen. Das Gefährliche war das Blut, das durch den Regenmantel hindurchsickerte, das Blut, das durch die Kugel verursacht worden war, die sie getroffen hatte und die durch sie hindurchgegangen war.

Wir knöpften ihren Mantel auf und fühlten nach ihrem Puls.

Sie war nicht tot. Jedenfalls noch nicht.

Die drei Würfelspieler hatten endlich ihre Gesichter erhoben und ihre stumme Konzentration auf die Würfel aufgegeben. Sie saßen alle drei da und sahen mit großen, verwunderten Augen unserer Untersuchung der stillen, zusammengesunkenen Gestalt zu. Sie blieben ganz einfach in der gleichen Haltung sitzen und glotzten.

Auch die andere Frau hatte sich nicht bewegt.

Bob sah zu ihr hinüber, und ihm schien eine Idee zu kommen. Er ging zu der großen Tür und schloss diese sorgfältig ab.

»Arzt. Und Polizei! Ruf an!«, sagte er verbissen zu mir, während er sich wieder über das Mädchen beugte.

»He, he, warum schließt du ab?«, brummte einer der Spieler mürrisch – ein großer, schwerer Mann, der jedenfalls das eine oder andere Doppelkinn mehr hatte als notwendig.

»Niemand verlässt das Lokal, bevor nicht die Polizei hier gewesen ist«, sagte Bob. »Wir sind alle Zeugen.«

»Ich hab keine Lust, als Zeuge auszusagen«, sagte der große schwere Mann. »Ich hab hiermit nichts zu tun. Ich will nicht in irgendwas hineingezogen werden. Ich hab bloß gewürfelt.«

»Sie sind bereits mit hineingezogen«, sagte Bob. »Sie waren hier.«

»Das brauch ich nicht zu sein. Ich will jetzt raus – bevor die Polizei kommt.«

»Na, so was«, sagte Bob.

»Ja, so was«, knurrte der Mann.

Seine beiden Mitspieler saßen stumm da. Der eine war ein großer, dünner Typ mit reichlich blondem Haar für eine ganze Fußballmannschaft, der andere ein kurz geschorener, südländisch aussehender Mann mit Schnäuzer. Beide waren so etwa in meinem Alter – unerbittlich auf die vierzig zugehend.

Der Mann stierte Bob von oben bis unten an, als würde er abschätzen, wie groß seine Chancen bei einem offenen Angriff wären.

Ich hätte ihm keine großen Chancen eingeräumt. Er war zwar schwer, aber er war fett und sah nicht aus, als ob er im Training wäre. Bob dagegen ist nicht bloß der geborene Kämpfer, sondern auch wie eine Tanne gewachsen: schlank und rank von Kopf bis Fuß, mit einem Kiefer, der an ein Stück Bornholmer Granit von Hammershus erinnert.

Der Mann war wohl zu dem gleichen Ergebnis gekommen. Jedenfalls setzte er sich wieder hin.

Die Frau hatte sich immer noch nicht gerührt. Sie saß einfach da, wie vom Blitz getroffen.

Erst jetzt sah ich sie mir näher an, soweit dies bei dieser Beleuchtung möglich war.

Sie hatte rotes Haar, war mager und wahrscheinlich jünger als die etwa 45 Jahre, nach denen sie aussah. Das Leben hatte ihr ziemlich übel mitgespielt, sie sah heruntergekommen und ausgehurt aus – ohne ein einziges Lachfältchen, ein einziges versöhnliches Blinzeln. Sie schien die Selbstaufgabe in Person, und ihre Augen waren weit entfernt – als befänden sie sich ganz woanders.

Drogensüchtig, sagte ich mir.

Die Polizei würde gleich kommen. Die Polizei würde ihren eigenen Arzt mitbringen.

Die Polizeiwache hier im Viertel liegt unten am Halmtorvet, etwa hundert Meter vom Stjernecafé, es würde also keine fünf Minuten dauern, bis sie hier wären.

In diesen knapp fünf Minuten blieben wir alle stehen oder sitzen wie ein Tableau in einem Wachsfigurenkabinett. Bob stand immer noch drüben bei dem Mädchen, ohne etwas zu tun, als wollte er sie allein durch seine Anwesenheit vor weiteren Überfällen schützen. Der schwere Mann machte anscheinend immer wieder den Versuch, von seinem Stuhl aufzustehen, ließ sich aber jedes Mal wieder darauf zurückfallen, wenn Bob ihn ansah. Seine beiden Mitspieler starrten völlig ausdruckslos vor sich hin. Ihre Gesichter waren blank wie Spiegel. Sie waren nicht einmal neugierig.

Ich war der Einzige, der ein wenig auf und ab ging. Es schien die anderen zu irritieren, reichte aber nicht aus, dass irgendjemand etwas sagte.

Ja, ja, sagte ich mir, so kann's gehen. Da kommst du nach einem langen, harten Tag in ein Lokal, um dir noch einen Absacker zu genehmigen und ein wenig mit Bob zu quatschen, und ehe du dich versiehst, bist du ganz schnell in einen kleinen Mordfall verwickelt. Es wird noch ein paar Stunden dauern, bis du ins Bett kommst, aber du hast ja selbst Schuld, mein Junge, du hättest ja gleich nach Hause gehen können.

Dann klopfte es massiv und nachdrücklich an die Tür, und eine laute gebieterische Stimme rief: »Polizei!«

Ich öffnete.

An der Spitze einer kleinen Patrouille stand Polizeiinspektor Ehlers, Oberhaupt unserer lokalen Ordnungsmacht, und strich sich grimmig die Regentropfen aus seinem struppigen Bart.

»Du schon wieder?«, sagte er.

Hinter ihm konnte ich ein paar Gestalten erahnen.

»Ja«, sagte ich. »Ich bin rein zufällig vorbeigekommen.«

»Warst du hier, als es passiert ist?«

»Das waren wir alle.«

»Ausgezeichnet.«

Er betrat gut gelaunt das Lokal, als ob ein frischer Mordfall genau das war, was er den ganzen Abend über vermisst hatte, wie das Tüpfelchen auf dem i an einem ansonsten gelungenen Tag.

Hinter ihm erschienen der Polizeiarzt, Doktor Bang, wie stets elegant im Nadelstreifen und mit weißen Handschuhen, und zwei uniformierte Beamte. Einen von ihnen kannte ich – er hieß Kellermann und ähnelte dem schweren Mann am Würfeltisch, als wären sie eineiige Zwillinge.

Der andere sah jung und noch grün aus. Wie er sich so neugierig und blinzelnd im Stjernecafé umsah, glich er einem Praktikanten aus der Provinz, der noch nie in so einem Lokal gewesen war.

Das war er vielleicht auch noch nicht.

Aber Ehlers. Nachdem er die Tür erneut geschlossen hatte und gesehen hatte, wie Bang sich über das Mädchen beugte und sie näher untersuchte, ging er, als fühlte er sich fast zu Hause, zur Theke und rief nach Bob.

Bob und ich erzählten die Geschichte gemeinsam. Das war ganz leicht. Es gab ja auch nicht so verdammt viel zu erzählen.

»Aber der Mann?«, fragte Ehlers. »Wie hat er ausgesehen?«

Da hatten wir den Salat, wir konnten es genauso gut gleich zugeben.

Die Sache war nämlich die, dass wir den Mann überhaupt nicht gesehen hatten. Er hatte drüben in der dunkelsten Ecke gesessen, über die das Stjernecafé verfügt – und das ist sowieso schon dunkel. Außer dem Käfer, mit dem er zusammen gewesen war, hatte er sein Gesicht niemand anderem zugewendet – Bob deutete auf sie. Nach ihrer ersten Runde hatte der Mann nicht einmal mehr den Ober gerufen – vor etwa einer Stunde. Kurz gesagt, er hatte nicht sehr viel Aufhebens von sich gemacht. Er hatte dagesessen, hatte geschossen – und war gegangen.

»Groß oder klein? Dick oder dünn? Mit Bart oder ohne?«, fragte Ehlers. »Irgendwas müsst ihr doch gesehen haben.«

»Etwa mittelgroß«, sagte Bob. »Weder dick noch dünn, kein Bart. Er trug einen Hut. Und einen grauen Mantel, ganz oben am Hals aufgeknöpft. Mehr hab ich nicht.«

»Die Augen?«

»Keine Ahnung. Ich sehe meinen Gästen nicht so tief in die Augen.«

»Hast du etwas?«, Ehlers wandte sich mir zu.

»Nein.«

Ich hatte tatsächlich nur eine Silhouette gesehen. Ich stimmte Bob zu. An dem Mann war wirklich nichts Außergewöhnliches gewesen. Er war weder groß noch klein, schwer oder mager, jung oder alt, er war ganz einfach mittel, Medium, mittel. Jedenfalls, wenn man ihn sich ansah.

Dr. Bang kam zu Ehlers herüber. »Ich glaube, sie schafft es«, sagte er. »Ich würde jedenfalls sagen, die Chancen stehen fifty-fifty. Er hatte auf das Herz gezielt – guter Schütze, glaube ich – und genau das bisschen daneben getroffen, das bewirkt, dass wir es schaffen könnten. Umgehende Operation. Ich nehme sie jetzt sofort mit. Wir haben keine Zeit, Aufnahmen zu machen.«

»Ich glaub auch nicht, dass das notwendig ist – in diesem Fall«, sagte Ehlers. »Ich glaube, es ist das erste Mal, dass ich auf einem Schauplatz eines Mordversuchs so schnell zur Stelle war.«

»Falls es nicht noch Mord wird«, sagte Bang sachlich.

»Es ist dein Job, dies zu verhindern«, sagte Ehlers trocken. »Ruf an und bestell einen Krankenwagen. Und wir machen in der Zwischenzeit unseren Job.«

Er winkte seine Leute heran.

3

Eine Stunde später – eine Stunde, in der die Polizei dann wirklich ihre Arbeit gemacht hatte – war niemand einen Schritt weitergekommen.

Ein Krankenwagen war gekommen, um das Mädchen mit den grünen Augen abzuholen, und Bang und ich hatten sie vorsichtig hinausgetragen. Es war schon etliche Jahre her, dass ich etwas so vorsichtig hinausgetragen hatte.

Ehlers hatte mit sämtlichen Zeugen gesprochen, ohne mehr aus ihnen herauszubekommen – abgesehen davon, dass er entdeckt hatte, warum der schwere Mann so gerne abgehauen wäre: Man fahndete nach ihm im Zusammenhang mit einem Raubüberfall auf eine Tabakwarenhandlung in der Oehlenschlägersgade in der letzten Woche.

Er folgte Kellermann mit scheelem Blick ins Untersuchungsgefängnis, leise fluchend und mit sauren Blicken zu Bob hinüber, wie um ihm zu zeigen, dass er nicht so schnell vergessen würde und dass er eines Tages, wenn er wieder frei wäre, dann …

»Da hast du wirklich einen Freund fürs Leben gefunden«, sagte ich.

»Das passiert mir nicht zum ersten Mal«, sagte Bob. »Er wird sich schon wieder beruhigen. Die beruhigen sich alle wieder. Hat eben nur Pech gehabt.«

»So ist es immer«, sagte Ehlers, der unser Gespräch mit angehört hatte. »Jedes Mal, wenn man ein Netz auswirft, um einen großen Fisch zu fangen, gibt es ein paar kleine Fische, die sich auch darin verfangen. Jedenfalls hier im Viertel.«

Die beiden anderen Würfelspieler saßen immer noch an der gleichen Stelle. Sie hatten aufgehört zu spielen, saßen aber immer noch da und stierten ausdruckslos vor sich hin. Sie hatten sich beide mit Namen, Adresse und Beruf ausgewiesen, ihre Identität war bestätigt worden, und so gab es keinen Grund, sie festzuhalten.

Trotzdem forderte Ehlers sie auf, sitzen zu bleiben, bis er mit der Frau gesprochen hatte.

Jetzt, da keine Würfelbecher mehr auf den Tisch knallten und niemand mehr Münzen in die Musikbox warf, war es wirklich ein ruhiger Abend im Stjernecafé geworden. So ruhig, dass man jedes einzelne Wort hören konnte – ob man wollte oder nicht.

Ihre Stimme war wie ihre Ausstrahlung: kaputt, tonlos, flach – ein größerer Unterschied zu der weichen, melodischen Stimme der Grünäugigen war kaum denkbar.

»Ihr Name?«

»Majbritt. Majbritt Ellegaard.«

»Adresse?«

»Saxogade 22.«

»Können Sie sich ausweisen? Führerschein, Personalausweis oder Ähnliches?«

»Nein. Nicht hier. Zu Hause.«

»Dann sind wir wohl gezwungen, sie nach Hause zu begleiten.«

»Na gut.«

»Wer war der Mann, mit dem Sie zusammen waren?«

»Hab ich nicht gekannt.«

»Aber Sie sind doch mit ihm zusammen gewesen.«

»Hab ihn draußen auf der Straße getroffen. Er hat mir einen Drink angeboten.«

»Sie waren draußen, um einen Spaziergang zu machen?«

»Ja.«

»Bei diesem Wetter?«

»Ja.«

»Und dann sind Sie hier hineingegangen?«

»Ja.«

»Hat er Ihnen etwas über sich selbst erzählt?«

»Nein.«

»Sie sind eine Stunde zusammen gewesen. Über irgendetwas müssen Sie doch gesprochen haben.«

»Über Fisch.«

»Über Fisch?«

»Er hat viel von Fisch geredet. Ich glaube, er war Angler. Er hat mir dauernd erzählt, wie man die eine oder andere Art Fisch mit verschiedenen Ködern fangen muss.«

»Hat Sie das interessiert?«

»Nein.«

»Warum sind Sie dann geblieben?«

Sie zuckte mit den Schultern, als wollte sie sagen, das könne er sich doch denken.

Das konnte Ehlers.

Es entstand eine kleine Pause. Ihre Finger glitten in ziellosen Kreisen über den Tisch.

Kellermann kam zurück, er rauschte geradezu durch die Tür. Als er sah, was gerade vor sich ging, stellte er sich augenblicklich um und zog sich diskret in den Hintergrund zurück.

Ehlers stand einen Moment da und überlegte. Dann sagte er zu der Frau: »Zeigen Sie mir Ihre Arme.«

Mit einem Mal hatte sie einen störrischen Gesichtsausdruck – als wollte sie sich weigern – oder als wäre sie vielleicht kurz vor dem Zusammenbruch.

»Wenn Sie nicht wollen«, sagte Ehlers höflich, »kann ich eine Beamtin kommen lassen, der Sie Ihre Arme zeigen können. Das dauert nur zehn Minuten. Ist Ihnen das lieber?«

Sie war sich völlig darüber im Klaren, dass das auch keinen Unterschied mehr machen würde. Sie streifte sich ihre Jackenärmel hoch, öffnete die Ärmel der Bluse und zeigte eine gut sortierte Sammlung von Einstichen vor.

Ich hatte richtig getippt. Nicht, dass ich gerade stolz darauf gewesen wäre.

»Sie sind drogensüchtig«, sagte Ehlers.

Es war keine Frage. Es war eine Tatsache, die er feststellte.

Sie antwortete nicht. Da gab es auch nichts zu antworten.

Ich signalisierte Bob, mir ein Bier aufzumachen. Der junge Bulle aus der Provinz sah mich vorwurfsvoll an. Seiner Meinung nach trank man offenbar kein Bier, wenn gerade ein junges Mädchen erschossen worden war.

Aber zum Teufel, wenn man nicht gerade gewohnt ist, dass einem alle fünf Minuten junge Mädchen vor der Nase erschossen werden, dann braucht man doch gerade in solchen Situationen ein Bier.

»Wir begleiten Sie nach Hause«, wiederholte Ehlers.

Sie nickte, als hätte Sie es die ganze Zeit gewusst, und rollte ihre Ärmel wieder herunter.

»Soll ich schließen?«, fragte Bob.

Es war 1:30 Uhr, und draußen goss es immer noch. Das Licht war noch ein bisschen gelblicher geworden, und die Tabakswolken trieben dicht über die Theke und den Würfeltisch hin.

»Nein, warum denn?«, sagte Ehlers, fast freundlich. »Sie haben hier eine Lizenz bis fünf Uhr morgens. Es könnten ja noch Gäste kommen. Die beiden Herren hier – er wandte sich zu den Würfelspielern um – können gehen oder bleiben, ganz wie sie wollen. Möglicherweise werden sie später noch einmal zu einem weiteren Zeugenverhör vorgeladen, aber das glaube ich eigentlich nicht. Tun Sie, was Ihnen beliebt.«

»Wir haben doch schon bezahlt, nicht wahr?«, sagte der südländisch Aussehende zu Bob.

Bob schien an alles andere zu denken als an den Betrieb seiner Bar.

»Ja, danke«, sagte er.

»Auf Wiedersehen«, sagte der Südländische. Er und sein Kumpel standen auf und gingen zur Tür.

»Ihnen nach«, sagte Ehlers zu dem jungen Bullen.

Der verschwand eifrig durch die Tür, wie ein junger Mann, der seinen ersten wirklichen Job anvertraut bekommt.

Kellermann zuckte mit den Schultern, als wollte er sagen, dass das eine überflüssige Maßnahme wäre.

Ehlers blinzelte ihm zu. »Eine gute Übung«, sagte er.

Kellermann grinste.

Er war aber auch der Einzige, der das tat. Bob stand wie eine Statue hinter seiner Theke und überlegte vielleicht, ob es irgendeinen Grund gäbe, die ganze Nacht über hier zu bleiben.

Seit dem Schuss hatten nur zweimal Kunden an die Tür geklopft, und in keinem dieser Fälle hatte jemand reagiert. Vielleicht hatte sich das Gerücht verbreitet, dass das Stjernecafé bis auf weiteres von der Polizei geschlossen wäre. Das war durchaus denkbar, das ist immer denkbar hier in Vesterbro. Es gibt gesetzestreue Bars, und es gibt die anderen, es gibt graduelle Unterschiede wie bei Nuancen von Grau. Aber kein Barbesitzer oder Barkeeper kann sich davor schützen, was z. B. in kleinen weißen Päckchen auf den Toiletten den Besitzer wechselt oder was bei einem stillen Gespräch an einem der entferntest stehenden Tische verabredet wird.

Das gilt natürlich auch für das Hotel d'Angleterre und das Sheraton, aber aus irgendeinem Grund sieht man da nicht so viele Bullen.

Ehlers reichte der Frau höflich seinen Arm – auf eine Art, bei der sich unmöglich sagen ließ, ob er galant war oder ob er das nur tat, weil er seine Handschellen nicht unnötig verschleißen wollte.

Kellermann bildete den Abschluss.

Ich trank mein Bier aus, drückte meine Zigarette aus und sah hinaus in den Regen.

Selbst wenn ich jetzt nach Hause ginge, würde ich in den ersten zwei, drei Stunden nicht einschlafen können, so viel war sicher. Jeder, der das schon mal erlebt hat, weiß, dass es nichts Schwierigeres gibt, als nach dem kürzlichen Erlebnis einer Gewaltszene einschlafen zu können. Alle Nervenfasern erheben sich, stehen aufrecht da und zittern bis aufs Äußerste. Und das kann stundenlang so gehen. »Kann ich mitkommen?«, fragte ich.

Ehlers überlegte. Einerseits hält die Kriminalpolizei – zweifellos aus gutem Grund – nicht viel davon, bei ihrer Arbeit Journalisten wie ausgelassene Hundewelpen um sich herumspringen zu haben.

Andererseits kannten wir uns. Ich hatte mich schon einmal als nützlich erwiesen.

Und immerhin war ich ja Augenzeuge.

»Okay«, sagte er.

Wir gingen alle vier hinaus und überließen Bob das leere Stjernecafé und die zu erwartende Fortsetzung dessen, was trotz allem eben kein ganz ruhiger Abend geworden war.

4

Als wir hinaustraten, waren die Straßen nahezu leer, verlassen wie nach einem Bombenangriff. Hier und da wanderte eine frustrierte Prostituierte in der Hoffnung auf einen Kunden die Straße auf und ab. Hier und da streifte ein einzelner Nachtschwärmer herum, den Hut tief in die Stirn gezogen. Einzelne Lichtschimmer von Autos und Taxis zeigten, dass es in der Stadt immer noch aktive Einwohner gab.

Ehlers ging mit der Frau voran, Kellermann und ich folgten.

Wir brauchten nur zwei Minuten, um völlig durchgeweicht zu sein.

Das Haus Saxogade 22 war eine dieser grauen, zu Slums verkommenen, geradezu ausgestorbenen Mietskasernen, von denen es hier im Viertel so viele gibt. Zehn Wohnungen, zwei auf jeder Etage, jede mit zwei Zimmern, einer klaustrophobisch engen Küche und einer Toilette von der Größe eines Besenschranks. Der Architekt musste seinerzeit gedacht haben – falls Architekten so etwas überhaupt tun –, dass das gut genug wäre. Oder vielleicht hatte der Architekt sich auch rächen wollen.

Das Haus daneben war von der gleichen Art. Auch das nächste. Im Großen und Ganzen gesehen alle.

Die Adresse stimmte. Ihr Name stand auf einem Pappschild an der Tür. Sie schloss auf und ließ uns eintreten.

In einen kleinen, bleichen Flur mit einer nackten Glühbirne an der Decke und einem Läufer, der aussah, als wäre ein kleineres NATO-Heer im Rahmen eines Manövers darüber hinweggetrampelt.

Wir kamen in ein Wohnzimmer – wenn man es überhaupt so nennen konnte. Es bestand aus zwei alten Sesseln, einem kleinen Tisch mit einem überquellenden Aschenbecher sowie einem Regal mit abgegriffenen Taschenbüchern, einer Uhr und ein paar Familienfotos. Mehr gab's nicht. Es war deutlich erkennbar, dass Majbritt Ellegaard keine seriöse Sammlerin von Kunst oder Antiquitäten war.

Sie zog sich die Jacke aus und setzte sich in den einen Sessel, der genauso müde und verschlissen aussah wie sie. Beide schienen zu einem einzigen Wesen zu verschmelzen.

Hier saß sie sicher jeden Tag und fixte.

Das Schlafzimmer musste dahinter liegen. Der Ort, an dem sie später zusammensank.

Ehlers setzte sich auf den Sessel ihr gegenüber. Er schien nicht richtig zu wissen, was er tun sollte – jetzt. Er hatte sie nach Hause begleitet, und er hatte festgestellt, dass sie dort wohnte, wo sie gesagt hatte. Er könnte jetzt auf Teufel komm raus ihre kleine, klamme Wohnung durchsuchen und vielleicht Beweise finden, dass sie etwas Stoff versteckt hatte – aber wozu sollte das gut sein? Sie sah aus, als hätte sie es schon hart genug getroffen.

Auch Bullen haben so etwas wie ein Herz.

Kellermann sah zum Fenster hinaus, als würde er sich auf einmal mächtig für den Regen interessieren. Ich bewegte mich hinüber zum Bücherbord hinter dem Rücken der Frau, um nicht im Weg zu stehen.

Bei den Büchern handelte es sich um antiquarische Arzt- und Liebesromane zu 50 Øre das Stück. Die Fotos zeigten Vater und Mutter, so schien es jedenfalls, ein Konfirmationsbild von ihr selbst – fast nicht wiederzuerkennen, wenn man es nicht vor der Nase gehabt hätte, als vierzehnjähriges Schulmädchen mit Zöpfen und im Tüllrock, dreißig Jahre früher – und ein Foto von …

Ja, so arbeitet das Gehirn nun mal – diese schlaue, eigentümliche Maschine. Ich hatte den Mann im Stjernecafé nicht beschreiben können, hatte keine Personenbeschreibung abgeben können.

Aber ich würde ihn jederzeit wiedererkennen.

Wie er so leicht nach hinten geneigt in einem Holzrahmen auf dem Regal stand, dieser Otto Normalangler, der mit einer Angel vielleicht ein bisschen größer als normal wirkte, war er auch wirklich leicht wiederzuerkennen.

»Der war's!«, sagte ich zu Ehlers. Er kam zu mir herüber und sah sich das Bild an.

»Bist du sicher?«, fragte er.

Ich nickte. Ich war mir so sicher, wie man überhaupt nur sein konnte.

Die Frau saß genauso im Sessel, wie sie es auch im Stjernecafé schon getan hatte: als ob für sie bereits alles gelaufen wäre.

Sie wirkte kraftlos, so kraftlos, wie nur Drogensüchtige werden können, wenn sie längere Zeit ihre Dosis nicht bekommen haben. Sie sank zusammen wie eine Qualle.

Von dem Moment an, als Ehlers ihr das Foto gezeigt hatte, bis sie zugab, dass es sich um ihren Bruder handelte, vergingen zwei Minuten. Dann rückte sie mit ihrer Geschichte heraus – in langsamen, gebrochenen, suchenden Sätzen, so wie ein Mensch spricht, der es nicht gewohnt ist, relativ lange, zusammenhängende Sätze zu bilden.

William – so hieß er – war ihr Bruder. Er sei immer »schwierig« gewesen. Einen Teil seines Lebens hatte er im Gefängnis verbracht. Bislang hatte er sich in Jütland aufgehalten, woher sie stammten, aber vor einem halben Jahr, nach seiner letzten Entlassung, war er nach Kopenhagen gekommen – nach Vesterbro. Er war jetzt völlig sauber. Er hatte alle seine Strafen verbüßt und war vielleicht zum ersten Mal in seinem Leben ganz sein eigener Herr mit völliger Kontrolle über sein eigenes Schicksal.

Und dann hatte er sich – an einem der ersten Tage, an denen er im Viertel herumging – in ein Mädchen verliebt. Sie selbst hatte von ihm nie Details wie Namen oder Aussehen des Mädchens erfahren, er hatte ihr nur erzählt – oder sie hatte es vielmehr geahnt –, dass es passiert war. Und sie hatte deutlich spüren können – wie jede Schwester, die ihren Bruder kennt –, dass seine Annäherungsversuche zurückgewiesen worden waren.

»William ist so hitzig. Das ist er immer gewesen«, sagte sie resignierend und sank wieder zusammen.

Für diesen einfachen Bericht hatte sie fast zwanzig Minuten gebraucht.

»Dann ist Ihnen also erst heute Abend klar geworden, dass es sich um dieses Mädchen handelte?«, fragte Ehlers.

»Das muss es doch gewesen sein, nicht wahr?«, sagte sie. »Ich wusste nicht mal, dass er bewaffnet war.«

Sie saß da und massierte ungeduldig ihre Finger, sodass jede Silbe von einem scharfen Knirschen begleitet wurde.

Ehlers stand auf.

»Wir müssen das Foto mitnehmen«, sagte er. »Sie bekommen es natürlich zurück.«

»Das ist egal«, sagte sie.

Es klang wie eine Grabinschrift.

Wir gingen.

Als wir draußen auf der Treppe waren, meinte Kellermann:

»Jetzt geht sie raus und fixt!«

»Sie fixt, um über etwas hinwegzukommen«, sagte Ehlers. »Das geht uns nichts an.«

Tja, dachte ich – das Einzige, aus dem man sich herausfixen kann, ist und bleibt das Leben. Aber okay, wenn man es so haben will. Wir leben in einem freien Land. Ein freies Land mit Verbrechen, Korruptionen, Drogen und Slums.

Ehlers und Kellermann gingen zur Polizeiwache am Halmtorvet zurück.

Ich kehrte bei Bob ein, der immer noch unerschütterlich auf seiner Wikingerwacht zwischen ein paar späten Gästen stand, denen er von den Ereignissen des Abends erzählte.

Ich gab meinen Senf dazu.

Eine Stunde später sprach ich von der rücksichtsvoll geschlossenen Telefonzelle im Stjernecafé aus mit Ehlers. Er saß in seinem Büro am Halmtorvet und schien ziemlich zufrieden zu sein. William Ellegaard war bereits gefasst worden – in einer anderen Bar, wo er gerade gesessen und noch einen dünnen Whisky Soda getrunken hatte, von dem er gerade erst genippt hatte. Er hatte gestanden und befand sich jetzt in Gewahrsam. Alles war klipp und klar und bezeugt und beeidigt und mit Stempeln und Aktenzeichen zu Protokoll genommen worden.

»Und das Mädchen?«, fragte ich mit gedämpfter Stimme.

»Sie wird es überleben, meint Bang. Mit einer Narbe – einer sehr verunstaltenden Narbe – an einer sehr intimen Stelle. Sie tun alles, was sie können, aber …«

»Danke«, sagte ich. »Keine Details. Ihre grünen Augen werden auch weiterhin genauso hübsch sein. Was ist mit ihm?«

»Bis auf weiteres Gewahrsam und Untersuchung auf seinen Geisteszustand.«

»Danke. Schönen Abend noch.«

»Danke gleichfalls. Grüß Bob.«

Ich setzte mich wieder an die Theke, und während ich noch ein Gläschen bekam und erneut in den Regen hinausstarrte, begann ich zu träumen. Ich träumte von einem Mädchen, mit Augen, so grün wie Sommergras. Ich träumte von einem Mann durchschnittlicher Größe, der eine Verbrecherlaufbahn hinter sich hatte, der sich in dieses Mädchen verliebt hatte und es nicht ertragen konnte, abgewiesen zu werden – was, wie ich gehört habe, Männer im Allgemeinen schlecht können.

Ich träumte von einer Schwester des Mannes, die aufgrund ihrer Drogensucht zur Prostituierten geworden war, aufgrund ... von was? Jeder hat seine Gründe. Ich träumte von einem schweren Gangster, der geschnappt worden war, während ich mich gerade entspannte, nur weil er gerade an einem Ort saß, wo auch die anderen sich befanden.

So war's nun mal. So war der Alltag. Schmerzvoll, aber sinnlos.

Irgendjemand, einer, der früher am Abend nicht hier gewesen war, warf eine Münze in die Musikbox. Frank Sinatra begann erneut sein *Strangers in the Night*.

Wie Recht er doch hatte. Wie sehr er doch jeden Tag, der verging, immer mehr Recht hatte.

Ich steckte mir eine Zigarette an, schloss die Augen und sah die halb leere Drogen-Wohnung in der Saxogade vor mir. Was für ein Leben, jeden Morgen so aufzuwachen. Eins, wie wir es alle führten.

»Schläfst du?«, fragte Bob.

»Ja«, sagte ich. »Bin sicher gerade kurz eingenickt. Wohl, weil es ein so ruhiger Abend gewesen ist.«

»Ich geb eine Runde«, sagte Bob.

Noch eine Runde.

Es regnete immer noch.

Frauen und Messer

Es war ein langer Tag gewesen.

Das heißt, sieht man die Tatsachen kühl und mit Abstand – wie dies zum Beispiel die Politiker vorzugsweise tun –, war dieser Tag, objektiv betrachtet, wohl kaum länger gewesen als die üblichen Tage. Aber es war *just one of these days …*

Im BLADET, der führenden Boulevardzeitung, bei der ich – bisweilen jedenfalls – als eine Art Mitarbeiter für Kriminalfälle fungiere, war es ein ganz verrückter Abend gewesen, so wie er bisweilen vorkommt. Ununterbrochen hatte der Fernschreiber getickt, und die Telefone hatten gebimmelt, als ginge es um den Ausbruch des Dritten Weltkriegs.

Es hatte eine Auseinandersetzung zwischen zwei rivalisierenden Rockerbanden gegeben, die mindestens ein, möglicherweise zwei Todesopfer gefordert hatte. Das zweite, noch nicht identifizierte Opfer lag immer noch ohne Bewusstsein im Rigshospital. Ich hatte mit dem Fotografen hingehen müssen, für einen Schnappschuss von ihm in tiefem Koma.

Nicht alle Jobs in meiner Branche sind gleich attraktiv.

Später hatte es eine Bombendrohung gegen einen bekannten Politiker gegeben, und ich hatte zwei Stunden lang in strömendem Regen gestanden und gewartet, dass etwas passieren würde. Das war nicht der Fall gewesen. Der Politiker war – zum vermutlichen Bedauern vieler Wähler – lebend und unbeschadet in einem Polizeiwagen nach Hause gekommen. Während ich dort gewartet hatte, war anderswo in der Stadt eine Razzia durchgeführt worden, im Freihafen war man in einem Lagerhaus auf eine größere Ladung Gewehre gestoßen, die für die illegale Ausfuhr nach Südafrika bestimmt waren. Ich hatte rausfahren müssen, um dort im letzten, spärlichen, verrinnenden Abendlicht mich weiterhin vom Regen gleichmäßig durchweichen zu lassen.

Und dann – wie es nun mal des Journalisten Job ist – zurück zum BLADET und die Ereignisse des Tages in die Schreibmaschine gehackt – bevor man sie selbst überhaupt richtig begriffen hatte.

Merkwürdiger Job. Merkwürdige Welt.

Aber erfahrungsgemäß muss man ja jeden Monat seine Miete zahlen. Also muss man auch seine Vorkehrungen treffen.

Um 2.00 Uhr sollte dieser lange Tag doch zu Ende sein, dachte ich. Ich lieferte mein Manuskript ab, drückte die letzte Zigarette im Aschenbecher aus, wo sie anscheinend recht zufrieden damit schien, so viele ihrer Geschwister versammelt zu sehen. Dann schnappte ich mir meinen immer noch vor Nässe tropfenden Mantel, verließ – der Regen war nicht mehr ganz so stark – das BLADET und ging geradewegs zu meiner bescheidenen Wohnung in der Istedgade.

Aber es wurde ein noch längerer Tag.

Das zeigte sich, als ich den Hauptbahnhof hinter mir gelassen hatte und an den ersten sechs, sieben kleinen Hotels und Bars vorbeigekommen war, solche, in denen erst nachts das Leben so richtig beginnt. Wie immer, wenn ich an dieser Szenerie vorbeiging, sah ich durch die Fenster hinein und wunderte mich über das seltsame Leben der Menschen – wunderte mich über all die verschiedenen Geschäfte, die da gemacht, und die Bedürfnisse, die befriedigt werden mussten, von Sex bis Alkohol, von Rauschgift bis Glücksspiel – das ganze Programm, von dem dieses Viertel, in dem ich wohne, direkt oder indirekt lebt.

Das ging mich nichts an. Gott sei Dank.

Es ging mich so gesehen auch nichts an, dass in der Colbjørnsensgade – in dem Regen und in der Dunkelheit fast flimmernd wie eine Filmszene – zwei weiß gekleidete Männer mit einer Bahre aus einer Toreinfahrt kamen und sie zu einem wartenden Krankenwagen trugen. Allerdings ging es mich zu einem gewissen Grad etwas an, dass es sich bei dem Mann, der den Schluss dieses kleinen Aufzugs bildete, um Polizeiinspektor Ehlers von der Wache am Halmtorvet handelte – ein alter Bekannter, um nicht zu übertreiben.

Ich überquerte schnell die Straße und ging zu ihnen. Einmal Journalist, immer Journalist.

Ehlers sah aus, als wäre es auch für ihn ein ungewöhnlich langer Tag gewesen. Er hatte an die vierzig Prozent mehr Falten im Gesicht als unter normalen Umständen, und seine Augen schienen sich zielbewusst zu einem Punkt so etwa mitten auf dem Kinn hinunterzuarbeiten.

»Was ist passiert?«, fragte ich. Eine relevante Frage, wenn ich das so sagen darf. Nicht sonderlich originell vielleicht, aber angebracht.

Ehlers deutete nur auf die Bahre.

Darauf lag ein blondes Modell, eine hübsche Dame, ein

attraktives Exemplar ihres Geschlechts und ihrer Rasse, eine mögliche Zierde für jede Familie und auf jeden Fall die Erfüllung der heißesten Träume eines jeden Mannes – hätte sie nicht nur einen ins Auge fallenden Fehler gehabt: Sie war tot. Sie war ausgesprochen tot. Sie war, verdammt noch mal, unwiderruflich eiskalt und tot.

»Mord?«, fragte ich.

Ehlers antwortete nicht. Während die beiden Träger immer noch stumm und ausdruckslos dastanden, die Bahre zwischen sich, hob er das Tuch und ließ mich einen Blick auf sie werfen.

Ich schaue mir Mädchen genauso gerne an wie jeder andere Mann, aber auf diesen Anblick hätte ich gut verzichten können.

Das Mädchen war schlichtweg aufgeschlitzt worden, vermutlich mit einem großen Küchenmesser. Daran gab's keinen Zweifel. Der Körper war zerfleischt und zerrissen, als wäre ein Metzger am Werk gewesen, und von den Brüsten bis zum Bauch waren dicke Streifen von geronnenem Blut zu sehen.

Ich wendete mich ab und steckte mir eine Zigarette an.

»Sexualmord?«, fragte ich.

»Sowohl als auch«, sagte Ehlers.

Der Krankenwagen fuhr ab, mit einer hübschen Leiche als Ladung, und Ehlers und ich blieben zurück und sahen uns in der Dunkelheit der Colbjørnsensgade an. Ein paar betrunkene Schweden lärmten singend an uns vorbei. Eine einzelne Prostituierte mit Lacktasche erkannte ihren lokalen Polizeiinspektor wieder und ging sicherheitshalber in die andere Richtung zur Istedgade.

»Was meinst du mit ›sowohl als auch‹? Entweder ist es Sexualmord, oder es ist kein Sexualmord!«

»Komm«, sagte Ehlers müde. »Lass uns irgendwo reingehen. Ich bin fertig. Es war ein langer Tag, und ich brauch jetzt was zu trinken.«

Ich begleitete ihn. Auch ich brauchte einen Drink. Wenn ich jetzt so drüber nachdenke, ist es lange her, dass ich keinen Drink gebraucht habe. »Doch«, sagte Ehlers, als wir uns im Stjernecafé an einen der abgelegensten Tische gesetzt und anerkennend von dem wohltemperierten Bier gekostet hatten. »Es war ein ›sowohl als auch‹-Sexualmord. Sie wurde wegen einer Affäre ermordet.«

»Wer war derjenige, der sich gerächt hat?«

»Es gab keinen ›denjenigen‹.«

»Was?«

»Es war eine Frau.«

»Unmöglich. Frauen morden nicht mit Messern.«

»Das hab ich auch immer gehört – ich hab das so auf der Polizeischule gelernt. Männer verwenden Messer, Frauen benutzen Gift, Pulver oder Pillen, oder kleine feminine Pistolen mit Perlmuttkolben – so sagt die Regel. Aber hier war es eine Frau. Ihr Mann hatte ein Verhältnis mit diesem Mädchen – oder jedenfalls hat sie das geglaubt –, und dafür musste sie sich rächen. Das Merkwürdige ist nur, dass die Rache nicht ihrem Mann galt, sondern dem Mädchen. Üblicherweise ist es umgekehrt – aber vielleicht hat sie ihn trotz dieser Sache zu sehr gemocht.«

»Verstehst du«, fuhr Ehlers fort, »das ist ein leichter Fall. Der ist quasi schon abgeschlossen, fertig zugebunden, mit einer roten Schleife dran. Die Mörderin hat sich sofort selbst angezeigt. Ein unglaublich flottes, schwarzhaariges Modell mit einem Temperament wie ein Orkan in Übergröße. Sie war ganz in Schwarz gekleidet –

so schwarz wie der Tod. Sie erschien sofort nach der Tat und war vollkommen außer sich – sie schluchzte und krümmte sich wie eine ganze Entbindungsstation im Rigshospital. Sie wurde ins Krankenhaus eingewiesen. Wahrscheinlich wird sie nie wieder ganz normal.«

»Wusste sie nicht, was sie tat? Handelt es sich um den Tatbestand ›zum Zeitpunkt der Tat unzurechnungsfähig‹?«

»Ich weiß nicht, wie das Gericht entscheiden wird«, sagte Ehlers und leerte sein Glas. »Aber ich glaube nicht, dass sie zum Zeitpunkt des Tathergangs unzurechnungsfähig war. Das wurde sie erst zwei Minuten danach, schätze ich.«

»Warum das?«

»Weil sie die Falsche niedergestochen hat.«

»Das klingt ja völlig verrückt.«

»Das ist es wohl auch. So was passiert ganz leicht, auch wenn es eigentlich unmöglich sein sollte. Von der Mörderin – der Señorita, möchte ich sie nennen – keine Namen, nichts in der Zeitung, wegen der Familien, du weißt, Schutz der Privatsphäre, okay?«

Ich nickte. Ich kannte die Spielregeln.

»Nun ja, sie ist also fest entschlossen, sich zu rächen. Sie findet die Adresse, das Messer mit blitzblanker Klinge ist bereit, und ein blondes Püppchen kommt an die Tür, zu der die Beschreibung passt, die sie bekommen hat. Sie – die Señorita – hat keine Lust, lange zu diskutieren, sie will nur dieses Modell auslöschen. Sie metzelt drauflos – wie ich schon sagte, hat sie Temperament, das kann man an den Wunden sehen –, und erst hinterher entdeckt sie, dass es gar nicht das betreffende Mädchen ist – sondern dessen Schwester, die zu Besuch und zufällig allein zu Hause ist. Das wird ihr klar, als die andere dann kommt. Sie geht sofort los und zeigt sich selbst an.«

Ich bestellte eine zweite Runde.

»Verrückt«, sagte ich wieder – vielleicht nicht gerade besonders originell.

»Tja«, sagte Ehlers. »So verrückt wie das Leben.«

»Nicht nur ein langer, sondern dazu noch ein verrückter Tag«, murmelte ich.

»Und trotzdem – besser so ein Tag als überhaupt keiner«, antwortete Ehlers. »Aber da gibt es eine, die ist verrückt geworden – und eine, die kein verrücktes Leben mehr haben wird –, und das nur aufgrund eines schlichten Versehens.«

»Vielleicht sind wir alle ein Versehen«, sagte ich. »Die ganze Rasse. Wir so genannten ›Menschen‹.«

»Das denke ich auch oft, wenn ich auf der Wache sitze und auf den Halmtorvet hinaussehe«, sagte Ehlers. »Mit dem Teil des Lebens, den ich sehe.«

»Mir geht's genauso«, antwortete ich. »Von der Redaktion her gesehen.«

Wir waren uns einig. Wir gingen nach Hause. Wir wussten oder erwarteten wohl beide, dass es morgen wieder ein langer, verrückter Tag sein würde.

Der einzige Unterschied würde vermutlich darin bestehen, dass es in der Stadt eine Frau – plus ein paar Rocker und etwas Mobiliar – weniger gab. Und dann noch, dass wir ein bisschen klüger sein würden, Ehlers und ich. Wir wussten jetzt – so wahr, wie man sein Leben lang lernen muss –, dass auch Frauen Messer benutzen, sofern sie in der entsprechenden Stimmung sind.

Aber wie ich zu Ehlers sagte, als wir uns verabschiedeten: »So lange sie sich nur auf ihr eigenes Geschlecht beschränken!«

Mord und Motive

Friede?«, sagte Polizeiinspektor Ehlers vom Halmtorvet, wobei er hitzig über seinen sich in alle Richtungen sträubenden Bart strich. »Friede? In dieser Welt wird es niemals wirklich Frieden geben. Und ich werde dir noch etwas verraten, völlig gratis: Es hat ihn auch noch nie gegeben.«

Wir saßen im Stjernecafé in der Istedgade und feierten, jeder mit seinem Pils, das Ende dieses Arbeitstages, bevor wir zu unseren jeweiligen Familien nach Hause gingen. Es war in jenen Tagen, als Reagan und Gorbatschow sich unter wohlwollendem Interesse der gesamten Welt – nicht zuletzt der Weltpresse – zur Friedenskonferenz in Genf trafen. Daher Ehlers' Ausbruch.

»Du kannst mich ruhig einen Pessimisten nennen«, fuhr Ehlers fort. »Aber ich für meinen Teil bin davon überzeugt, dass die Menschheit blind auf ihre eigene Vernichtung zusteuert. Genau wie diese Tiere – heißen die nicht Lemminge? –, die kollektiven Selbstmord begehen, indem sie sich einfach ins Meer stürzen, eines nach dem andern.«

»Du bist ein Pessimist«, antwortete ich.

Nicht, dass ich ihm nicht zustimmte. Aber ein bisschen Widerstand würde ihm gut tun.

»In meinem Job wird man das«, antwortete er – ganz

wie ich erwartet hatte. »Wenn man ständig mit Menschen beschäftigt ist, die morden, vergewaltigen oder andere betrügen, wird man sich bewusst, dass Krieg das eigentliche Fundament menschlichen Daseins ist. Es können große Kriege sein oder die Kleinkriege im Alltag – im Prinzip ist es das Gleiche. Jeder Mord ist ein Mini-Krieg. Während des Vietnamkriegs pflegte ich immer zu sagen, dass wir hier in Vesterbro schon genug Vietnam hätten.

Zum Beispiel, allein im letzten Monat ...«

Ich ahnte schon, dass jetzt eine längere Geschichte kommen würde, und gab Bob, dem Barkeeper, ein stummes Zeichen für eine neue Runde. Es ist nicht nötig, Bob so etwas mit Worten zu sagen. Jedenfalls nicht, wenn man im Stjernecafé ein bekanntes Gesicht ist.

Was ich nun einmal bin – zweifellos sehr zum Leidwesen meiner Mutter, wenn sie noch gelebt hätte.

Als Bob uns die gewünschte Ware geliefert hatte, seufzte Ehlers, warf einen Blick zum Fenster hinaus, auf die langsam dunkler werdende Istedgade mit dem letzten Verkehr in der Rush Hour, zwischen Geschäften und ›Zuhause‹ – sofern man die verlausten, zerfallenen Wohnblock-Hütten in Vesterbro überhaupt ›Zuhause‹ nennen konnte –, und erzählte seine Geschichte.

»Du kennst meine Theorie zu Mordmotiven«, sagte Ehlers.

»Ja«, antwortete ich. »Du hast sie mir schon so oft erklärt. Es gebe eigentlich nur zwei, behauptest du: Sex oder Knete, Muschi oder Money.«

»Genau«, sagte Ehlers. »Aber diese Sache hier war ein ganz spezieller Fall – es war ein Motiv, von dem ich vorher noch nie gehört hatte. Noch nie! Und dabei bin ich ja nicht gerade erst gestern in den Polizeidienst eingetreten.«

»Was war denn an diesem Motiv so einzigartig?«

»Lass mich die Story von Anfang an erzählen. Also, ich sitze oben im Büro am Halmtorvet und bin gerade damit beschäftigt, verschiedene Akten für die Staatsanwaltschaft durchzulesen und zu unterschreiben ...«

Er seufzte erneut, ganz tief, wie ein japanischer Perlentaucher bei einem Rekordversuch.

»... und dann kommt Kaspersen herein und berichtet von einer merkwürdigen Anzeige. Eine anonyme Frauenstimme hatte angerufen und erklärt, sie wäre sich sicher, dass bei einem ihrer Nachbarn im Gasværksvej irgendeine Gewalttat geschehen sei, Mord oder Überfall. Sie wollte ihren Namen nicht nennen, aber sie hätte gehört, dieses Ehepaar – sie nannte den Namen, was ich aber nicht tun werde.«

»Ach, jetzt komm aber«, unterbrach ich ihn. »Habe ich nicht immer mein Maul halten können, wenn ihr es so gewünscht habt?«

»Fast immer«, antwortete Ehlers.

Okay, ich musste zugeben, dass es schon mal vorgekommen war, dass ich vertrauliche Informationen von Ehlers dazu benutzt hatte, um daraus ein paar ordentliche Spalten für einen Zeitungsartikel im BLADET zusammenzubasteln, der Zeitung, die – falls das nicht zu viel gesagt ist – mir regelmäßig bei der Lösung eines der zentralsten Probleme des Daseins hilft, nämlich der Zahlung meiner monatlichen Wohnungsmiete.

So tief kann man sinken. Für Miete und Hühnersuppe tun die Menschen alles – selbst Journalismus, ja sogar Polizeiarbeit.

Ich bekam den Namen aber doch aus ihm heraus, versprach allerdings, ihn niemandem gegenüber zu erwähnen – und wie der Leser bemerken wird, habe ich dieses Mal Wort gehalten.

»Wir erhalten eine ganz stattliche Anzahl von Anrufen dieser Art«, fuhr Ehlers fort. »Du weißt schon, so wie es auch einige Standardtypen gibt – Leute mit ›Schuldkomplexen‹, wie Dr. Bang sagt; die erscheinen bei uns jedes Mal, wenn ein Mord passiert ist, und legen ein Geständnis ab –, selbst wenn sie sich gar nicht richtig daran erinnern können, ob sie Gift oder ein Messer verwendet haben. Genauso haben wir hier eine kleine Gruppe – zumeist Frauen, aber auch ein paar Männer –, die zweimal in der Woche bei uns anrufen, weil sie Stein und Bein schwören könnten, dass bei ihrem Nachbarn irgendwas nicht stimmt, beim Nachbarn gegenüber, beim Obermieter oder auch beim Untermieter.

Aber die da, die ›Standardtypen‹, deren Lebensinhalt darin besteht, die Polizei anzurufen, wenn sie sich nicht gerade bei ihrem Pfarrer oder ihrem Lebensmittelhändler beschweren – die kennen wir einigermaßen. Und zu denen hatte die Anruferin nicht gehört, soweit Kaspersen dies beurteilen konnte. Es war also durchaus möglich, dass da wirklich was passiert war; da es außerdem sowieso ein ruhiger Abend war und es von der Polizeiwache bis zum Gasværksvej nur ein paar hundert Meter sind, würde es ganz nett sein, sich ein wenig die Beine zu vertreten.

Kaspersen stiefelt also dahin, stellt sich draußen vor das Haus und sieht zur Wohnung hoch. Sie liegt im zweiten Stock, es brennt immer noch Licht, aber es ist nichts zu hören und natürlich auch niemand zu sehen. Er entschließt sich, zu läuten und zu sehen, ob er nicht vielleicht ein bisschen herumschnüffeln kann. Er könnte ja immer vorgeben, einen Herrn Clausen zu suchen und sich dabei in der Tür geirrt zu haben – daran ist nichts Ungesetzliches.«

»Ein guter, alter, schleimiger Trick«, gab ich zu. »Davon habt ihr aber auch verdammt viele auf Lager.«

»Genau so viele wie ihr Journalisten«, antwortete Ehlers.

Er hatte zu einem großen Prozentsatz Recht, sodass es sich lohnen könnte, diese Diskussion fortzusetzen. Ich steckte mir die 25. Zigarette dieses Tages an und sah ihn in gespannter Erwartung an, wie ein Kind, das auf den Knien seines Großvaters sitzt und dem eine Geschichte erzählt werden soll.

»Kaspersen läutet also an der Tür«, fuhr Ehlers fort, »und der Mann öffnet und bittet ihn herein. Der Mann wirkt über Kaspersens Erscheinen keineswegs überrascht. Er ist auch nicht verschreckt wegen der Uniform, was die Leute ansonsten sehr oft sind. Der Mann scheint fast erleichtert zu sein. Er dankt Kaspersen für sein Kommen und erklärt, er habe selbst gerade bei der Polizei anrufen, vorher aber eben noch schnell eine Tasse Kaffee trinken wollen.«

»›Eine Tasse Kaffee‹«, wiederholte Ehlers gedehnt. »Der Mann hatte seine Frau erwürgt, und er wollte seine Tat selbst anzeigen – aber vorher wollte er natürlich nicht auf seinen abendlichen Kaffee verzichten.«

»Hat er gestanden?«, fragte ich.

»Sofort. Da gab's ja auch nichts zu rechtfertigen. Die Frau saß erdrosselt auf dem Sofa, mit so was wie Strickzeug auf dem Schoß.

Es war ein merkwürdiger Mann, verstehst du. Ein anständiger Mann, ein bisschen anonym, ein bisschen verbraucht – einer von der Art, der einem auf der Straße oder im Zug nie auffallen würde. Er hatte sozusagen überhaupt keine besonderen Merkmale an sich. Nicht groß, nicht klein, nicht dick, nicht dünn, nicht attraktiv, nicht abstoßend. Er wirkte ganz einfach wie ein Schatten in einem Treppenhaus. Er war Büroangestellter – bei einer Versicherungsgesellschaft. Nachdem Kaspersen mich angerufen hatte, ging ich sofort dorthin. Es dauerte nur fünf Minuten, dann hatten wir ein volles Geständnis von ihm, und der Mann machte auch überhaupt keinen Ärger, nicht die Spur.«

»Ihr brauchtet nicht mal eure kleinen Folter-Tricks anzuwenden?«

»Du weißt genau, dass wir so was nicht tun.«

»Im Gegenteil, ich weiß, dass ihr das bisweilen tut. Kannst du dich erinnern, damals, mit ...«

»Ja, ja, aber nicht bei so kleinen, farblosen Büroangestellten. Mit eindeutig professionellen Verbrechern ist das was anderes.«

»Okay, Fachleute sind Fachleute. Und was dann?«

»Ja, dann haben wir also alles rausgekriegt. Der Mann steht da mitten in einem hübsch bürgerlichen Wohnzimmer mit Wandtellern aus Porzellan und Hochzeitsfotos an der Wand hinter dem Sofa, der Kaffee steht auf dem Couchtisch – und die Frau liegt da, erwürgt. Seltsam, dass sie ihm in einem Punkt ähnelte. Sie sah genauso durchschnittlich aus wie er.

Ich würde sie niemals wiedererkennen – selbst als Leiche hatte sie nichts Persönliches an sich. So viel Durchschnittlichkeit hat direkt etwas Unheimliches an sich. Genau das Gleiche galt für ihre Wohnung. Sobald ich das Zimmer gesehen hatte, wusste ich, wie es in ihrem Schlafzimmer aussehen musste. Ich ging hinein und schaute nach. Es war so, wie ich mir gedacht hatte.«

»Herr und Frau Mittelmäßig.«

»Ja, mal abgesehen von dem Erwürgen.«

»Hatte sie ihn betrogen?«

»Sie sah nicht danach aus, dass sie je darauf kommen könnte, überhaupt irgendjemanden zu betrügen. Er übrigens auch nicht. Wie ich dir schon sagte, es war der für mich bisher einzige Fall, bei dem keines der beiden Modell-Motive – Geld oder Sex – im Spiel war. Er hätte an ihrem Tod nichts verdient, es gab kein erwähnenswertes Vermögen oder etwas von der Art, er war nicht eifersüchtig oder meinetwegen Sadist, was er getan hatte, tat ihm tatsächlich ein bisschen Leid – wie ein Schuljunge, der einsieht, dass er zu weit gegangen ist. Er war darüber ganz einfach kindlich betrübt – war zugleich aber auch erwachsen genug, die Verantwortung dafür zu übernehmen.«

»Nett von ihm.«

»Das musste er auch. Wie er selbst erklärte, hatte die Frau laut geschrien und gerufen ›Du erstickst mich!‹ – das muss das gewesen sein, was die Nachbarin gehört und uns deshalb angerufen hatte. Und als seine Frau dann dabei war, ihr Leben auszuhauchen, hatte er das Sofa umgekippt, was ziemlichen Lärm verursachte. Er hat es dann wieder ordentlich hingestellt – nicht zuletzt, damit nicht zu viel Unordnung im Zimmer herrschen sollte.«

»Eine traurige Geschichte«, gab ich zu. »Es ist immer traurig, wenn Versicherungsleute im Gasværksvej ihre Frauen ermorden und darüber hinaus das Sofa umkippen. Ich hoffe wirklich, der Bezug hat dabei keinen Schaden genommen. Aber was zum Teufel ist dann das Motiv gewesen?«

»Gequassel«, sagte Ehlers.

»Was?«, fragte ich.

»Gequassel«, wiederholte Ehlers. »Das war das Einzige, was der Mann als Motiv angeben konnte, und ich glaube, es stimmte. Sie hätte schlichtweg unaufhörlich gequasselt, wie er mir erklärte. Morgens, wenn er aufwachte und sich zu rasieren begann, fing sie damit an, bis er zur Arbeit gehen musste. Wenn er nach Hause kam, begann sie sofort zu quasseln, kaum dass er den Kopf durch die Tür hereingesteckt hatte und bevor er sich überhaupt den Mantel ausziehen konnte. Beim Abendessen quasselte sie dann weiter und hörte den Rest des Abends nicht mehr auf, bis sie zu Bett gingen.

Er sagte, das hätte ihn im Laufe von fast zwanzig Jahren allmählich wahnsinnig gemacht, und er hätte gewusst, dass es eines Tages schief gehen würde. Er hätte viele Male dagesessen und die Hände zu Fäusten geballt, bis die Knöchel weiß hervorgetreten seien, nur um – ihr nichts anzutun. Aber dann, an diesem Abend, wäre für ihn das Maß voll gewesen.

Sie habe jeden Tag dasselbe geredet, erklärte er. Immer genau dasselbe! Dieselben Geschichten über die Geschäfte, in denen sie eingekauft hatte. Dieselben Berichte über das, was die übrigen Hausbewohner im Laufe des Tages gemacht hatten. Dieselben endlosen Referate über völlig gleichgültige Gespräche mit ihrer Mutter. Es muss schlimmer gewesen sein als eine chinesische Wasserfolter!«

»Hm«, sagte ich. »Ich hatte mal eine Schwiegermutter von der Art …«

Ehlers überhörte das geflissentlich. Welcher Mann hat schon Lust, sich etwas über Schwiegermütter anderer Männer anzuhören?

»Aber genau wegen solcher Sachen«, sagte er abschließend, »bin ich ein bisschen skeptisch bezüglich der Idee vom Frieden. Eine nette Idee, natürlich – aber ... Also, stell dir dieses Ehepaar vor. Ordentliche Menschen. Keine Schulden, sind vermutlich noch nicht mal mit einem Dreirad ohne Licht gefahren. Zwanzig Jahre Ehe in dieser Wohnung mit Porzellan-Wandtellern und mit ›Hirsch am Waldsee‹. Und in zwanzig Jahren hat sie ihn langsam immer mordlüsterner gemacht. Wie er selbst erklärte, war es die Monotonie gewesen, die er nicht mehr aushalten konnte. Jeden Abend, wenn sie bis zu irgendeinem Satz kam, habe er genau gewusst, wie der nächste Satz lauten würde und auch der darauf folgende. Er habe buchstäblich gewusst, wie weit sie kommen würde, bis er seinen Zigarillo ausdrückte, den er nach dem Abendessen zu rauchen pflegte.

Man kann sich keine friedlichere Szene vorstellen als ihre Wohnung«, sagte Ehlers mit schwerer Stimme. »Aber schau dir an, wie es geendet hat. Sie waren einfach nicht füreinander geschaffen, und trennen konnten sie sich auch nicht; so wird es auf der Welt immer Menschen geben, die nicht füreinander geschaffen sind. Deshalb wird es auch niemals Frieden geben – egal, wie viele Konferenzen die Russen und Amerikaner in Genf abhalten. Das hab ich aus diesem Fall gelernt, glaube ich jedenfalls.«

»Vielleicht hast du etwas gelernt«, sagte ich. »Aber dir ist die Moral aus der Geschichte völlig entgangen.«

»Was meinst du damit?«, fragte Ehlers.

Ich nahm mir Zeit mit der Antwort, um Bob zu signalisieren, uns eine neue Runde zu bringen. Ich war ganz trocken im Hals wegen Ehlers. Vermutlich eine Epidemie.

»Nun ja«, sagte ich, nachdem ich einen Schluck genommen hatte, »hättest du etwas daraus gelernt, würdest du nicht so viel reden.«

Aber nachdem ich mich dann von Ehlers verabschiedet hatte und nach Hause gekommen war, achtete ich an diesem Abend doch sehr darauf, was Gitte während unseres Abendessens sagte.

Mord im Waschsalon

Es war ein nasskalter Herbstabend, der erste einer Reihe nasskalter Herbstabende, denen man nicht entrinnen kann, wenn man in Kopenhagen lebt. Der Wind pfiff in rasender Wut die Istedgade hinunter, riss und zerrte an Mänteln und Hüten, und alle, die auf der Straße waren, beeilten sich, um so schnell wie möglich hinein ins Warme zu kommen.

Auch Polizeiinspektor Ehlers und ich sahen zu, dass wir hinein ins Warme kamen – in die Wärme meiner Stammbar, des Stjernecafés. Wie alle anderen, die an diesem frühen Abend hereinkamen, standen auch wir ein Weilchen da und schüttelten uns, wie um den Wind aus dem Körper zu bekommen, bevor wir uns an einen Tisch setzten.

»Das ist heute so ein Tag, an dem man was Warmes braucht«, sagte ich genial.

»Wie wär's mit einem Kaffee mit Whisky?«, fragte Bob, der Barkeeper, aufmerksam wie immer. »Das ist heute am meisten gefragt. Ich hab gerade frischen Kaffee aufgesetzt.«

Ehlers nickte. Der Vorschlag war angenommen.

Und schließlich begann die Wärme sich auf eine äußerst liebenswerte Weise den Weg durch den Körper zu bahnen. Es war der Höhepunkt des Tages. Ehlers hatte seine Arbeit getan und einen gesuchten Verbrecher gefasst, oder jedenfalls die Verbrecher verhört, die er sollte, und ich hatte meinen Job getan und beim BLADET ein paar Artikel abgeliefert. Wir waren, wieder für einen Tag, fleißige Arbeiter im Weinberg der Gesellschaft gewesen und ernteten jetzt den angemessenen Lohn: ein Stündchen, in dem wir uns entspannen und gegenseitig Gesellschaft leisten konnten, bevor wir nach Hause zur Familie gehen würden – wohlgemerkt, jeder zu seiner eigenen.

»Gab's was Besonderes heute?«, fragte ich im Ton höflicher Konversation.

»Nein«, sagte Ehlers. »Ein Raubüberfall, eine Vergewaltigung – allerdings nur eine ›versuchte‹ – und ein offensichtlicher Selbstmord. Ganz das Übliche. Und bei dir?«

»Das Gleiche.«

»Keine Neuigkeiten für morgen?«

»Die größte Neuigkeit ist vorläufig, dass die Regierung eine Steuererhöhung plant.«

»Das ist aber nun wirklich nichts Neues.«

»Nee, jetzt, wo du's sagst.«

Weiter war ich nicht gekommen (was für die Menschheit absolut keinen größeren Verlust bedeutete), als Bent E., ein anderer Stammgast, an unseren Tisch stürzte und in schrillem Diskant halb hysterisch schrie: »Da unten im Waschsalon in der Colbjørnsensgade liegt eine Leiche!«

Bent E. war völlig ausgeflippt und bot einen seltsamen Anblick. Das hatte ich absolut nicht erwartet. Aber so sind die Menschen: Selbst wenn man sie schon jahrelang kennt, zeigen sie sich plötzlich von einer ganz neuen, bislang unbekannten Seite.

Sich über eine Leiche aufregen! Und das in seiner Branche.

Bent E. – auch Bente genannt – ist nämlich von Beruf Transvestit. Man sagt, dass er ursprünglich Frauenkleider trug, weil er das mochte – jeder nach seinem Geschmack, und er ist schließlich mündig –, später aber herausfand, dass man damit feste Einnahmen erzielen konnte. Seine Methode ist, kurz gesagt, folgende: Er stellt sich, zweihundertprozentig herausgeputzt, an eine passende Straßenecke und zupft ein wenig an seinen Netzstrümpfen. In den meisten Fällen erscheint dann so ein Herr mit gewissen Gelüsten und bekommt das Angebot, Bente nach Hause zu begleiten.

Wenn der Herr Bente dann nach Hause begleitet hat – zu einem weniger und weniger anständigen Hotel, wo man Bent E. kennt –, zückt Bente sein Küchenmesser und drückt in deutlichen Worten sein aufrichtiges Bedauern darüber aus, was die Frau Gemahlin des Herrn wohl sagen würde, wenn er mit Schnittwunden und verstümmelt nach Hause käme – was zweifellos passieren würde, es sei denn, der Herr sähe sich ganz zufällig spontan in der Lage, Bent E.'s Wunsch nach einem bescheidenen Darlehen in bar auf unbestimmte Zeit entgegenzukommen.

Was diese Art Herren verblüffend oft tun.

Vielleicht nicht gerade ein schöner Beruf, und schwerlich einer, den man den in den Sonntagsschulen heranwachsenden Talenten empfehlen würde, aber doch eine Art Arbeit.

Und welcher Beruf ist schon schön? Ehlers lebte davon, seine Mitmenschen gefangen zu nehmen und hinter Gitter zu bringen. Ich lebte davon, darüber zu schreiben, wie und warum man sie hinter Gitter gebracht hatte.

Die Menschen sind so verschieden. Das Einzige, was

sie gemeinsam haben, ist, dass sie etwas haben müssen, von dem sie leben können.

»Setz dich«, sagte Ehlers zu Bent E. »Beruhige dich. Hol erst mal Luft. Und dann erzähl, was passiert ist.«

»Einen Moment«, stöhnte Bent und stürzte in geradezu abfahrtslaufartiger Geschwindigkeit hinaus auf die Herrentoilette.

»Du kennst ihn, nicht wahr?«, fragte ich Ehlers.

»Ja«, brummte Ehlers. »Du auch?«

»Ja.«

»Sonderbare Freunde hast du.«

»Ich hab nicht gesagt, dass er mein Freund ist. Ich hab nur gesagt, dass ich ihn kenne.«

Bent E. kam wieder heraus. An seiner Haltung sah man, dass er sich erbrochen hatte. Vielleicht würde er seine schreckhafteren Kunden künftig ein wenig besser verstehen.

»Es ist ein junger Typ«, sagte Bent. »Blond. Er liegt im Waschsalon auf der Bank. Ich bin mir sicher, dass er tot ist. Er blutet – ziemlich viel.«

»Ist jemand da drüben?«, fragte Ehlers.

»Bei dem Wetter? Nein!«, antwortete Bent. »Nur er war da – und dann bin ich gekommen …«

»Gut. Wir gehen rüber«, sagte Ehlers resolut. »Überstunden, wie üblich.«

Wir winkten Bob zu und gingen drei Mann hoch – na ja, also zweieinhalb Mann – in den Wind hinaus. Bis zur Colbjørnsensgade war es nicht weit, nur knapp hundert Meter. Gerade genug, sich eine Erfrierung siebenten Grades zu holen.

Der Waschsalon war tatsächlich verlassen wie eine Kirche in Dänemark am Sonntagvormittag. Nur drei Waschmaschinen wirbelten lustig herum und verbreiteten diesen speziellen miefigen Duft von Waschpulver und Sanitätsartikeln, der in Waschsalons immer zirkuliert.

»Die beiden sind meine«, sagte Bent und zeigte auf die betreffenden Waschautomaten.

Die beiden waren mit Damenwäsche gefüllt.

»Ich hatte die Wäsche gerade hineingetan«, erklärte er. »Erst dann hab ich mich umgedreht, und dann sah ich ihn …«

Auch wir drehten uns um und sahen ihn.

Er war tatsächlich blond, ziemlich schmächtig und wahrscheinlich unter dreißig. Er trug Jeans, ein schwarzes T-Shirt und eine abgewetzte Lederjacke mit einem Halstuch. Von dieser Art laufen tausende herum, aber dieser Typ würde nicht mehr laufen. Er war von vorn erschossen worden, genau in die Brust, und das Blut lief in einem hübsch gleichmäßigen Strom das T-Shirt hinunter.

»Ruf an, die sollen den Polizeiarzt schicken«, sagte Ehlers, während er sich über die Leiche beugte und mir die Aussicht versperrte.

Ich bestellte telefonisch einen Krankenwagen.

»Ich glaub, ich kenne ihn«, sagte Ehlers nachdenklich.

»Vorbestraft?«

»Vielleicht. Wir wollen sehen – vielleicht hat er seine Papiere bei sich …«

Mit dem Blut des Toten an seinen Händen wühlte Ehlers in den Taschen des Mannes. Ich beneidete ihn nicht um diesen Job.

»Hier«, sagte er. »Ha! Entlassungspapiere von heute Morgen, aus der Justizvollzugsanstalt West. Ich hab's mir doch gedacht …«

Jetzt war er an der Reihe, zum Telefon zu greifen.

Inzwischen waren Bents Waschmaschinen zum Stehen kommen. Mit einem entschuldigenden Lächeln warf er seine Damenwäsche in den Wäschetrockner. Das Leben musste ja weitergehen.

Für einige.

Mit heulender Sirene stoppte draußen der Krankenwagen, und in den Fenstern des Wohnblocks auf der anderen Straßenseite tauchten ein paar Gesichter auf.

Ein Arzt und zwei Assistenten kamen herein. Der Arzt legte sich auf allen vieren auf den Boden und untersuchte die Leiche. Dann schüttelte er nur den Kopf und machte den Assistenten ein Zeichen.

Fünf Minuten später gab es keine Leiche mehr, und der Waschsalon sah wieder ganz normal aus – abgesehen von ein paar Blutspuren auf der Bank.

Ich fand einen Lappen und wischte sie weg. Warum die anderen Kunden erschrecken. Es könnten ja empfindliche Naturen darunter sein. Wirklich.

Bent E. bügelte konzentriert einen Rock.

»Ja«, sagte Ehlers, eher zu sich selbst. »Ich hatte Recht. Er hat vier Jahre gesessen, wegen Drogenhandels – unter erschwerenden Umständen.«

»Heute Morgen entlassen – und dann ...«

Ehlers strich sich seinen strubbeligen Bart und blickte sich noch einmal um, als gäbe es da etwas, das er übersehen hätte.

Aber da gab es nicht viel, was man hätte übersehen können. Das geht in einem Waschsalon ganz einfach nicht. Da gibt es nur blanke, glänzende Flächen.

Wir gingen zusammen hinaus und verabschiedeten uns draußen auf der Straße voneinander. Ehlers versprach, mich auf dem Laufenden zu halten, falls er etwas herauskriegen würde.

Vielleicht würde er das tun, vielleicht auch nicht. Bei Ehlers kann man das nie so genau wissen.

Als ich nach Hause kam, erzählte ich Gitte von der Geschichte. Sie erklärte, sie habe Waschsalons noch nie ausstehen können.

Der nächste Tag wurde verdammt stressig. In der Redaktion dröhnten schwere Schritte die Korridore auf und ab, und es herrschte ein erregtes Stimmengewirr. Man nahm an, die Regierung habe die Steuererhöhung jetzt verabschiedet. Das Gerücht war durchgedrungen, allerdings fehlte noch die offizielle Bestätigung. Alle wurden mobilisiert. Alle freien Fingerknöchel im BLADET waren weiß vor Anspannung um die Telefonhörer geklammert und versuchten, mit den unterschiedlichsten politischen Kreisen in Verbindung zu kommen.

Selbst ich musste mit Hand anlegen.

Ohne nennenswerten Erfolg.

So wurde es Abend, bis ich mich – nach telefonischer Vereinbarung – wieder mit Ehlers traf. Es war genauso nasskalt wie am Abend vorher, aber jetzt war es schon das zweite Mal, und das ewig anpassungsfähige menschliche System gewöhnte sich bereits allmählich daran und pegelte sich auf die richtige Wellenlänge ein.

Als wir uns am selben Tisch im Stjernecafé wieder gegenübersaßen, fragte ich Ehlers, ob er in dem Mordfall im Waschsalon weitergekommen sei.

»Weiter?«, fragte er. »Das kann man wohl sagen. Der Fall ist erledigt. Der Schuldige ist verhaftet. Er verweigert nur die Aussage.«

»Wer ist es gewesen? Was war das Motiv?«, fragte ich.

»Um die letzte Frage zuerst zu beantworten: Rache«, antwortete Ehlers trocken. »Eine Rache, die letztlich auf Kosten des Rächers ging – so ist das Leben. Dieser Typ, die Leiche – du entschuldigst, dass ich die Namen vergesse, ich habe meine Order –, hatte seinerzeit bei der Verurteilung in dem Drogenprozess offenbar seinen Kopf auch für andere hingehalten, und jetzt war er zurückgekommen, um abzurechnen. Unbewaffnet – er hat wohl damit gerechnet, ganz einfach einen ganzen Sack voll Geld zu bekommen. Aber die hatten gar nicht daran gedacht, ihm einen Sack Geld in die Tasche zu stecken, sondern haben es mit einer Anzahlung erledigt – in Form einer Kugel.«

»Ja, aber wie hast du sie gefunden?«

»Ich habe nur nachgedacht.«

»Gute Antwort. Los, sag schon.«

»Ja doch, verstehst du, gleich vom ersten Moment an war mir das mit dem Waschsalon merkwürdig vorgekommen. Ich habe gewisse Erfahrung mit entlassenen Häftlingen – und diese Erfahrung sagt mir, dass sie, wenn sie nach vier Jahren rauskommen, nur selten in einen Waschsalon gehen. Sie gehen in die Kneipe, sie gehen ins Bordell, sie finden zur Familie zurück – falls sie immer noch eine haben – oder zu alten Freunden, aber sie sausen nicht umgehend zu einem Waschsalon. Übrigens haben sie auch gar keinen Grund dazu, denn sie kriegen am Gefängnisausgang ihre frühere Zivilkleidung wieder ausgehändigt – sauberer und weitaus besser gebügelt, als sie üblicherweise zuvor je gewesen war.«

»Dann ...«

»Dann bin ich einfach davon ausgegangen, dass der dritte der Waschautomaten, die in Betrieb waren, also nicht der von Bent E. – großer Gott, was für Spitzenwäsche er trägt! –, dass dies nicht der Waschautomat der Leiche, sondern der des Mörders sein musste. Der Gedanke erschien mir ganz einleuchtend, dass der Mörder zu dem Entlassenen gesagt hatte: Du, ich lass gerade meine Wäsche waschen. Komm rüber zum Waschsalon. Hier ist kein Mensch. Lass uns ganz ruhig und friedlich darüber reden – unter vier Augen.

Und tatsächlich hat der Mörder auch so gehandelt. Trotzdem war er aber so unvorsichtig, zurückzukommen, um nach seiner Wäsche zu sehen. Darauf hatte ich in der Tat gehofft.«

»Was hast du dann gemacht?«

»Sobald wir beide uns gestern voneinander verabschiedet hatten, habe ich eine Polizeibeamtin angefordert und ihr gesagt, sie solle einen großen Korb Wäsche mitbringen. Und dann hab ich sie – ein üppiger, hausfraulicher Typ – beauftragt, dazustehen und zu waschen, trockenzuschleudern und zu bügeln, die Wäsche ihrer ganzen Familie. Sie war ganz hingerissen. Sie hat vier Kinder. Und jetzt konnte sie das während ihrer Arbeitszeit erledigen – auf Staatskosten.

Als Bent E. mit allen seinen Klamotten gegangen war, blieb sie allein im Waschsalon zurück. Es war weiterhin ein ruhiger Abend. Nichts geschah. Sie war schon dabei, ihre Wäsche zusammenzulegen und die Sache als erledigt zu betrachten, als der Mörder hereinkam und seine Waschmaschine öffnete. Ebenfalls ein junger Kerl – er sah dem Toten sehr ähnlich. Ich begreif nicht, was mit den jungen Kerlen heutzutage los ist.«

»Sie selber auch nicht. Was hat sie gemacht, als sie ihn sah?«

»Sie hat einfach gepfiffen. Wir hatten in der Toreinfahrt gegenüber zwei Mann postiert. Wir verfolgten ihn nach Hause und fanden den Revolver. Kein Zweifel. Er saß in der Patsche – nur weil er seine zerknitterten Jeans und T-Shirts nicht hatte liegen lassen können. Der Fehler bei dieser Art von Kleidung ist nämlich, dass sie sich unmöglich zurückverfolgen lassen – wenn nicht der Besitzer selbst dies übernimmt.

Die Wäsche war in der Tat Beweis genug. Der Waschautomat war in Betrieb gewesen, als Bent E. erschien. Niemand anderer war in der Zwischenzeit da gewesen. Das konnten wir uns zusammenreimen, als wir mit den benachbarten Geschäften gesprochen hatten. Und obendrein gab es also auch noch den Revolver. Und jetzt haben wir hier im Bezirk zwei Drogenhändler weniger auf der Straße.«

»Ehlers«, sagte ich, »mein Kompliment. Schnell erledigt. Darf ich jetzt eine Runde spendieren – im Namen der Steuerzahler?«

»Danke, einen Kaffee mit Weinbrand«, sagte Ehlers. »Es ist immer noch verdammt nasskalt. Und Mord wärmt nicht sehr.«

Kaffeebar und Koks

Nein«, sagte Ehlers mit gedämpfter Stimme. »Nein, ich begreife das nicht.«

Der Grund für seine ungewöhnliche Mäßigung war, dass er sich auf fremdem – ja, vielleicht sogar feindlichem – Territorium befand. Wir saßen in einer Kneipe mit dem diskreten Namen »43«, eine inspirierende Zahl, die mit der Hausnummer des Etablissements in einer der Seitenstraßen der Istedgade identisch war. Und das »43« war allgemein bekannt als Aufenthaltsort für viele unterschiedliche Persönlichkeiten, denen eins gemeinsam war: Sie gingen in der Hauptsache ihrem Gewerbe innerhalb der Branchen nach, die Polizeiinspektor Ehlers seiner offiziellen Pflicht folgend gewissermaßen zu beaufsichtigen hatte.

Wir saßen daher ganz still, anonym und zivil in einer dunklen Ecke und unterhielten uns fast im Flüsterton, wobei Ehlers gerade von seinem momentan größten Problem berichtete – einem neuen Drogenring im Bezirk.

Nicht, dass ein neuer Drogenring eigentlich etwas Neues gewesen wäre, so was gehört zu unserem lokalen Alltagsleben: Ab und zu fliegt ein solcher Ring auf, oder er löst sich von selbst auf, und die Mitglieder finden sich zu neuen Ringen zusammen – genau so, wie sich eine Rockband auflöst.

Aber es hatte sich gezeigt, dass dieser jüngste, neueste Ring bislang am schwierigsten auszuheben gewesen war.

»Wir wissen, woher der Stoff stammt«, sagte Ehlers und trommelte leise mit den Fingern auf dem Tisch. »Wir können nur nicht die Verbindung zwischen Dealer und Zwischenhändler finden. Sie haben sich etwas Neues ausgedacht. Es läuft über keine der üblichen Kontaktadressen. Wir haben es schon bei allen ausprobiert.«

»Um was für Stoff geht es?«, fragte ich.

»Koks. Diesmal.«

»Und was machst du *hier?*«

Ich war gerade auf der anderen Straßenseite vorbeigekommen und hatte gesehen, wie Ehlers in die Kneipe ging und sich in die dunkelste Ecke setzte. Und das so früh am Tage!

»Auf jemanden warten«, sagte Ehlers. »Er kommt gerade herein. Guck nicht zu ihm rüber.«

Um das zu tun, hätte ich mir selbst den Hals umdrehen müssen, also ließ ich es bereitwillig sein. Ehlers senkte den Kopf und starrte wie gedankenvoll meditierend auf die Tischplatte, als würde er nur ungern wiedererkannt werden. Der Mann setzte sich an die Bar.

Es war ein großer, breitschultriger, untersetzter, muskulöser Herr mit einer kräftigen, schwarzen Mähne; er trug einen schlichten, hellen Leinenanzug und ein offen stehendes Hemd. Er holte eine Zeitung, es war das BLADET, aus seiner Tasche und begann, sich die Titelseite anzusehen, während der Barkeeper ihm, ohne zu fragen, ein Bier hinstellte, was er nur freundlich nickend zur Kenntnis nahm. Der Mann benahm sich, als wäre er hier zu Hause. Ganz klar, er war hier Stammgast.

Uns warf er einen kurzen, unpersönlichen Blick zu.

»Wie wär's mit ein bisschen Musik?«, riefen ein paar Jugendliche, die an einem Tisch mitten im Lokal saßen. »Spiel was, Marcus!«

Marcus startete ein Tonbandgerät mit *Hits für alle zum Mitsingen*, was die Truppe auch sofort bewies. Der Mann las unbeirrt weiter in seiner – und meiner – Zeitung. Ehlers beugte sich zu mir herüber.

»Das ist er«, sagte er. »Er ist der Lieferant. Ganz sicher.«

»Warum verhaftest du ihn nicht?«

»Nicht ihn will ich haben – jedenfalls nicht in erster Linie, nur als Beipackgabe. Ich will an ihren Organisationsapparat ran.«

Ehlers sah auf seine Uhr.

»Nun denn«, sagte er. »Ich muss zum Tagesrapport. Aber jedenfalls weiß ich jetzt, dass er regelmäßig hier vorbeikommt. Am besten, ich setze jemanden zur Beschattung auf ihn an.«

»Ich kann ruhig noch ein bisschen hier rumhängen«, sagte ich hilfsbereit. »Vor allem, wenn ich *auch* eine Zeitung hätte.«

»Ausgezeichnet«, antwortete Ehlers. »Geh los und hol dir eine. Und wenn du zurückkommst, dann gehe ich – und innerhalb einer Stunde schicke ich dann Kaspersen her.«

»Fein.«

Ich verließ das Lokal und ging zum nächstgelegenen Kiosk, wo ich mir drei Zeitungen und eine weitere Packung Zigaretten kaufte. So ausgestattet und mit einer Bar an meiner Seite würde ich so lange warten können, wie es sein müsste.

Nachdem Ehlers gegangen war und ich mir noch ein

Pils bestellt hatte, begrub ich mich scheinbar in die Lektüre der Tagespresse.

Zwei Mädchen kamen herein und setzten sich an einen Tisch. Eines von ihnen fuhr sich unaufhörlich und fieberhaft mit den Händen über den Körper. Vermutlich eine Drogensüchtige auf Entzug. *Cold Turkey*, wie es in der Branche heißt.

Auch ein einzelner Mann kam herein. Er nahm sein Bier mit in das angrenzende Billardzimmer, wo er sich damit beschäftigte, die Billardkugeln anzustupsen.

Das veranlasste Ehlers' Mann, seinen Hintern vom Barhocker hochzustemmen. Mit schweren Schritten ging er ins Billardzimmer.

»Wie wär's mit einer Partie, Kumpel?«

Seine Stimme klang heiser. Sie hörte sich an, als wären seine Stimmbänder abgenutzt.

»Schuster-Pott?«

»Okay, ich heiße Svend.«

»Jørgen.«

Ich hörte die Kreide über die Tafel kratzen.

»Ab 60?«

»Geht in Ordnung.«

Während ich einen Artikel über einen Millionär las, der – wie alle anderen dänischen Millionäre – clever genug war, seine Millionen im Ausland zu bunkern, verfolgte ich gleichzeitig den Wortwechsel bei ihrem Spiel. Sie kommentierten nach jedem Stoß das Ergebnis, wie man es beim Billardspiel unwillkürlich macht:

»Sechs Gute.«

»Zwei daneben.«

»Nichts.«

»Zum Teufel mit der Bande.«

»Die geben zu wenig her. Rot und Kegel – zehn.«

»Eine richtige Scheißkugel ... Teufel auch!«
»Zwei daneben. Nanu, was zur Hölle ...«
»Kaffeebar!«
»Das sind sichere Punkte.«
»Es müssten vier sein – nein, schon wieder Kaffeebar!«
»Besser gute Stöße als daneben.«
»Jetzt reicht's aber. Nein, verflucht noch mal ... Kann ich denn nichts anderes als Kaffeebar? Ich muss mal eben raus und drauf pinkeln.«
»Okay. Ich warte so lange.«
Ehlers' Mann, Svend, ging zur Toilette. Als er wiederkam, war er fit für ein weiteres Bier. Das war der andere auch, sagte er – sobald er seins ausgepinkelt hätte.
Sie spielten weiter. Svend gewann, und sie begannen ein neues Spiel. Sie waren noch damit beschäftigt, als Kaspersen erschien. Ich ließ meine Zeitungen für ihn liegen, zahlte, warf schnell einen Blick auf Svend und Jørgen, die sich um den Tisch mit dem grünen Tuch bewegten, kniff, ohne dass jemand anders es bemerkte, Kaspersen ein Auge zu – und ging zur Arbeit, das heißt zum BLADET, um zu sehen, ob es ›irgendwas Besonderes‹ gäbe. Das war nicht der Fall, in keinerlei Hinsicht, und so verging der Rest des Tages.
Am Abend suchte ich Ehlers in seinem Winterlager auf der Polizeiwache am Halmtorvet auf. Seine Laune hatte sich inzwischen nicht gebessert.
»Kaspersen hat gesagt, sie hätten ihre Billard-Partie zu Ende gespielt. Dann hätten sie gezahlt – getrennt – und wären jeder für sich ihres Weges gegangen. Kaspersen ist Waage – wie ›Svend‹ mit Nachnamen heißt – nach Hause in die Eskildsgade gefolgt. Danach hat er lediglich in einer griechischen Kneipe gegessen und ist

dann ins Kino gegangen, um sich einen Gangsterfilm anzusehen.«

»Recherche.«

»Und neue Inspiration. Wenn ich nur welche hätte!«

»Das kommt noch.«

»Du hast gut reden.«

Das hatte ich.

Am nächsten Tag, kurz nach Mittag, befand ich mich, reichlich versorgt mit Zeitungen, wieder im »43«. Ich war gerade in einen längeren Kommentar zur Kleidung Ihrer Majestät der Königin anlässlich des Empfangs des französischen Präsidenten vertieft – etliche versierte und gut informierte Kritiker vertraten ernsthaft die Ansicht, Ihre Majestät hätte zu einem solchen Anlass einen weniger Aufsehen erregenden Hut tragen sollen –, als Svend Waage hereinkam.

Er wiederholte sein gestriges Ritual und setzte sich wieder mit dem BLADET an die Bar. Entweder wartete er auf jemanden, oder er hatte ganz einfach die Gewohnheit, seine Vormittags-Zeitung und sein Vormittags-Pils genau zu dieser Uhrzeit einzunehmen – *ich* wäre absolut der Letzte gewesen, ihm diese Gewohnheit zum Vorwurf zu machen.

Ich wartete eine halbe Stunde und bemerkte, dass sich der Barkeeper schon allmählich an mich zu gewöhnen schien. Netter Kunde, dachte er sicher. Kein Krach, keine Schlägerei, kein Ärger. Sitzt nur ganz artig da mit seinen Zeitungen und prügelt die Pils zum Tagespreis in die Kanalisation.

Leute kamen und gingen, etwas mehr als gestern.

Unter denen, die hereinkamen, befand sich ein einzelner, schlaksiger Mann mit dünnem Haar. Er ging ins Billardzimmer und ließ die Kugeln ein bisschen hin und her kullern, als könnte er sich nicht entschließen, ob er spielen sollte oder nicht.

Waage stand auf.

»Wie wär's mit einer Partie, Kumpel?«

»Höchstens eine Partie Schuster-Pott.«

Sie fingen an und kommentierten ihr Spiel auf gleiche Weise wie gestern. Trotz des harten Knallens der Billardkugeln war ich nahe dran, über der Zeitung halb einzuschlafen, als ich plötzlich das Wort »Kaffeebar« hörte.

»Zum dritten Mal hintereinander. Na ja, besser gute Stöße als daneben.«

»Wie du schon sagst: sichere Punkte.«

»Ich muss mal eben raus pinkeln.«

»Ich warte so lange.«

Waages neuer Mitspieler kam zur Bar und bestellte noch ein Bier.

Als Waage wieder herauskam, war er an der Reihe, zur Toilette zu gehen.

Dann spielten sie weiter.

Und dann verschwand ich – still und diskret, wobei ich Marcus zunickte.

Niemand sah mir hinterher. Warum sollte man auch?

»Aber was ist ›Kaffeebar‹?«, fragte Ehlers.

»Hast du noch nie Billard gespielt?«

»Ist jedenfalls lange her.«

»Na gut, dann hör zu. Wenn man den üblichen Schuster-Pott spielt, lassen sich Punkte auf unterschiedliche Weise erzielen. Man kann Kegel umwerfen, von einem bis zu allen fünf, man kann die weißen mit der roten Kugel treffen, das ergibt ›Rot‹, oder man versucht, dass die weißen sich gegenseitig berühren, das ist ›Blass‹ und ergibt das Gleiche wie Rot. Und dann kann man auch eine Kaffeebar erzielen – das bedeutet schlicht und einfach, dass man eine weiße Kugel ins Loch stößt. Das gibt zwei Punkte und wird von einigermaßen routinierten Billardspielern im Allgemeinen verachtet – zum einen, weil es die niedrigste Punktzahl ist, die man erreichen kann, und zum anderen, weil jeder fast immer diesen Stoß schafft. Warum das ausgerechnet ›Kaffeebar‹ heißt, weiß ich nicht – vielleicht, weil aus der Sicht des Erfinders dieses Ausdrucks Kaffeebars das Schäbigste und Minderwertigste sind, was man sich vorstellen kann.

Siehst du nicht, was für ein genialer Code das ist? Zwei Männer, die sich nicht kennen, sich vielleicht nicht kennen dürfen, spielen zusammen eine Partie Billard. Um sicherzugehen, dass es sich bei dem jeweiligen Spielpartner um den richtigen handelt, haben sie den Spielablauf mit drei Mal Kaffeebar eingeführt. Zuerst legt der Lieferant eine vor, dann legt der Empfänger mit einer nach, und dann bringt der Zwischenhändler seinen Trumpf – wonach er eigenartigerweise immer pinkeln muss, was er jedes Mal mit lauter, heiserer Stimme kundtut. Und kurz danach, nachdem er auf der Toilette war, muss auch sein Kumpel raus. Warum wohl? Um etwas zu holen, natürlich. Und was? Rate selbst.

Mithilfe dieses einfachen Systems kann man jeden Tag einen neuen Kurier losschicken, wie es einem passt – und man kann einfach die Kneipe wechseln, wenn man meint, die Zeit sei reif dafür. Es gibt genug Abnehmer.«

»Aber was«, fragte Ehlers, nur halb überzeugt, »wenn

man mit dem falschen Partner spielt – und dann kommen drei Kaffeebars?«

»Erstens ist das sehr unwahrscheinlich, ja nahezu unmöglich. Zweitens werden nach einer Kaffeebar gewöhnlich mehr Punkte mit einem anderen Stoß erzielt. Jeder, der gewinnen will, wird etwas anderes spielen. Und wer will schon nicht gewinnen?«

»Das klingt schwachsinnig«, sagte Ehlers. »Schwachsinnig genug, um zu stimmen.«

Und das tat es.

Das zeigte sich am nächsten Tag, als Ehlers eine Polizeibeamtin von der Damentoilette aus die Herrentoilette ausspionieren ließ. Das Kokainpäckchen lag schlicht in der Reserverolle Toilettenpapier hinter dem WC. Es wurde nach jedem dritten Mal Kaffeebar geliefert bzw. abgeholt.

Bereits wenige Stunden später war der Drogenring in seine Einzelteile zerlegt, es ging so leicht und schnell, wie ein Katzenjunges ein Knäuel Garn aufdröselt.

Ich selbst war nicht dabei, als Waage verhaftet wurde. Irgendjemand – zum Beispiel Marcus, im Prinzip aber jede beliebige Person – hätte auf merkwürdige Gedanken kommen können, wenn ich da gewesen wäre. Ich möchte gern hier im Viertel wohnen bleiben und am liebsten im Besitz aller Gliedmaßen, an deren Gebrauch ich mich nun einmal gewöhnt habe.

Ehlers und ich haben danach ab und zu eine Runde Billard zusammen gespielt.

Allerdings nicht im »43«. Und nie mit drei Kaffeebars hintereinander.

Manche Fliegen sind fetter als andere

Es war Sommer. Es war sogar mehr als das. Es war verdammt und verflixt heiß. Es war eines der durchschnittlich drei bis vier Male im Jahr, dass der so genannte ›dänische Sommer‹ sich zusammenriss, um den Mittelmeerländern zu beweisen, dass dieser Trick eigentlich nichts Besonderes war und dass man ihn, sofern man nicht gerade Lust auf etwas anderes hatte oder größere Ambitionen im Leben hegte, wirklich ohne weiteres täglich anwenden könnte.

Alle waren verreist. Nur Dummköpfe, arme Leute und hart arbeitende Menschen waren in der Stadt geblieben.

Ich war einer von ihnen, das war mir klar, aber zu welcher Gruppe gehörte ich?

Dummkopf? Klar. Arm? Tja – relativ. Hart arbeitend? Manchmal – zurzeit allerdings nicht.

Denn wie kann ein armer Teufel von Journalist hart arbeiten, wenn die Hitze alles wie eine schwere, klamme Decke einhüllt, sodass man nichts anderes tun kann, als sich aus diversen Kühlschränken kalte Erfrischungen zu holen – Erfrischungen (egal, welcher Art), die sich dazu noch durch einen alchimistischen Prozess in lauwarme Brühe verwandelt haben, bevor man den Liegestuhl erreicht.

Das Folketing machte Urlaub. (Nicht, dass irgendjemand überhaupt den Unterschied bemerkt hätte – außer in den Zeitungen.) Das Königspaar machte Urlaub – bei einem anderen Königspaar. Wieder eine Zeitungsspalte, die ausfiel. Und all die bekannten Gesichter, die in angemessenen Abständen gewöhnlich auf jeden Fall gut genug waren für eine Enquête-Stellungnahme zu ihren Lieblingsjugendsünden oder zu ihrer besonderen, originellen und inspirierenden Art der Zubereitung eines Salat-Dressings, waren längst ans Meer, nach Skagen oder Kandestederne, abgezogen, um ihre zukünftigen Dressings aneinander auszuprobieren.

Die Stadt war tot, und das BLADET war genauso tot wie die Stadt. Selbst die Fernschreiber schienen gegenüber der Hitze den Kürzeren gezogen zu haben. Sogar der Mitarbeiter für das Ressort Wirtschaft und Handel hatte den Schlips abgenommen und sein weißes Hemd geöffnet, was in etwa die äußerste Grenze ist, bis zu der ein Mitarbeiter für Wirtschaft und Handel bei einer funktionierenden Tageszeitung überhaupt gehen kann.

Ich selbst hatte mich bis zum Nabel entblößt. Ich saß in meinem Büro – ein aufrichtigerer Mensch als der Architekt des BLADET hätte es eher als Besenschrank bezeichnet –, und die Sonne knallte direkt durch das Fenster herein. Ich bemühte meine sämtlichen (nach Meinung vieler kundiger Beobachter bescheidenen) geistigen Fähigkeiten, um einer vorbeifliegenden Fliege zu helfen, das offene Fenster zu finden. Die Fliege schien nicht sonderlich begabt zu sein, so waren wir beide offenbar in die richtige Gesellschaft geraten. Gleich und Gleich gesellt sich gern, wie sie in meiner Kindheit gesagt hatten.

Drei oder vier Mal hatte ich der Fliege schon den Weg in die Freiheit gezeigt, und drei oder vier Mal war sie meinen Anweisungen gefolgt, war hinaufgeflogen, war eine Minute lang um die offene Fläche gekreist – und war dann zu meiner untätigen Schreibmaschine zurückgekehrt, für die sie eine gewisse Sympathie zu hegen schien.

Vielleicht war es ja doch eine intellektuelle Fliege. Eine Fliege, die sich für die Probleme der Tagespresse interessiert, muss etwas Besonderes sein – erst recht in Fliegenkreisen.

Das Telefon läutete.

Die Fliege und ich sahen uns an, als würden wir an dasselbe denken. Mit einer leichten Bewegung der Flügel deutete sie an, dass ich ruhig den Hörer abnehmen könnte.

Sie hatte auf jeden Fall Recht. Das konnte ich ja tun.

Es war die Stimme von Chefredakteur Otzen, die durch das Telefon tönte. Oder richtiger gesagt: nicht *tönte*. Jede andere Stimme hätte getönt. Die von Otzen *spie*.

Ein seltsamer Effekt. Aber Chefredakteur Otzen ist Großverbraucher von Zigarren im King-Size-Format und wird selten ohne mindestens ein Exemplar im Mund angetroffen – vielleicht hat seine Frau sich an den Geruch gewöhnt, vielleicht hat sie (wie so viele geduldige, lebenslang verheiratete Frauen) aufgehört, überhaupt zu schnuppern. Und beim Telefonieren ist der Geruch belanglos. Aber der Ton dringt durch – ganz so wie Graham Bell es seinerzeit geplant hatte –, und wenn man durch eine Zigarre spricht, klingt es eben so, als würde man spucken.

Erfahrene Mitarbeiter des BLADET, die schon ihr zehnjähriges Jubiläum in der Kantine gefeiert haben, behaupteten, sie könnten über das lokale Netz an Otzens Stimme hören, wie weit er mit der zurzeit aktuellen Zigarre gekommen sei. Ich schätzte, mit der jetzigen bis etwa zur Hälfte.

»Gute Neuigkeiten, mein Junge!«, sagte Otzen freundlich. Allzu freundlich. Wenn Sie jemals einen freundlichen Chefredakteur sehen oder hören sollten, seien Sie auf der Hut.

»Alle Neuigkeiten sind gut – für eine Zeitung«, antwortete ich. »Was gibt's denn?«

»Mord«, sagte Otzen.

»Prima Neuigkeit«, sagte ich. »Herrlich. Besonders für die Familienangehörigen des Opfers.«

»Es gibt keine Familie. Und es ist eine prima Neuigkeit für alle. Es ist der Kleine Fette.«

»Der Kleine Fette?«

Ich stieß einen Pfiff aus. Die Fliege sah mich verblüfft an. Diese Seite meiner vielschichtigen Persönlichkeit hatte sie bislang noch nicht gekannt.

»Geh hin«, sagte Otzen. »Es ist in seinem eigenen Büro passiert. Du weißt doch, wo das ist?«

»Ja«, sagte ich.

Ich legte ruhig den Hörer wieder auf. Mehr brauchte Otzen nicht zu sagen. Und mir war völlig klar, warum er meinte, dies sei ein Todesfall, der ausnahmsweise mal keine schluchzende Trauergemeinde hinterlassen würde.

Der ›Kleine Fette‹ – wie er in informierten Kreisen genannt wurde, und das war nicht als Kosename gemeint – war so gesehen Otzens Kollege. Er war Herausgeber und Redakteur der Illustrierten *SnapShot*.

Möglicherweise haben Sie noch nie *SnapShot* gelesen – das ist ungefähr genauso wahrscheinlich, wie wenn Sie noch nie ein Motiv oder die Gelegenheit gehabt hätten, einen Zahnarzt oder einen Friseur zu besuchen.

Wenn Sie so etwas ausprobiert haben, werden Sie – jedenfalls dem Äußeren nach – *SnapShot* kennen.

SnapShot, das Blatt, das – laut eigenem Slogan – »wagt, was keine andere Illustrierte wagt«.

Was bedeutete, dass *SnapShot* – mit Teleskop-Ferngläsern bewaffnet – sich in den Dünen von Rågeleje versteckte, um in unbewachten Momenten mit der Kamera Schauspielerinnen oben ohne einzufangen. Was bedeutete, dass *SnapShot* seine Fotografen nachts in unbequemen Stellungen auf den Hausdächern der Großstadt postierte, in der Hoffnung, einen wiedererkennbaren Schimmer des intimsten Privatlebens bekannter Menschen zu erhaschen.

SnapShot brachte, kurz gesagt, »Neuigkeiten von Prominenten«. Nicht selten verdiente das Blatt – und nicht zuletzt dessen Herausgeber – auf diese Weise ganz ordentliche Summen.

Bei anderen Gelegenheiten wiederum brachte *SnapShot* von gewissen Prominenten eben keine Neuigkeiten – und bei diesen Gelegenheiten meinten böse Zungen zu wissen, dass die Firma auf diese Weise mindestens ebenso respektable Schecks kassieren würde.

Eine Mischung aus Pornografie, Bloßstellung und Erpressung – gemixt von einem geübten Barkeeper, dem Kleinen Fetten. Das war *SnapShot*. Und es war etwas, das in der Provinz und der Umgebung viele interessierte. Dafür standen jeden Donnerstag kleine, ehrbare Hausfrauen an den Kiosken des Landes Schlange und bezahlten mit ihrem hart verdienten, schwitzigen Kleingeld. Was sie zahlten, reichte sogar, um die regelmäßigen Geldbußen für die mehr als übertriebenen Übertretungen des Pressegesetzes auszugleichen.

Doch, zweifellos: Der Mord an dem Kleinen Fetten

würde in weiten Kreisen Freude auslösen. Viele würden ehrlichen Herzens der Ansicht sein, dass der Verstorbene noch nie eine so gute Tat begangen habe wie die, als er demjenigen Mitbürger die Tür öffnete, der diese uneigennützige Initiative ergriffen hatte.

Auch dem BLADET hatte diese Person geholfen. Jetzt hatten wir eine Story.

Als ich ging, sah mir die Fliege enttäuscht hinterher. Wo wir doch gerade angefangen hatten, uns kennen zu lernen, sagte sie. Wo wir doch jetzt gerade ein bisschen Spaß zusammen haben wollten.

Ich sagte, ich würde wiederkommen.

Es dauerte eine Viertelstunde, bis ich das prunkvolle Palais von *SnapShot* in Hellerup erreicht hatte. Mit den langen, sauber gefegten Kiesalleen, den hohen Fenstern und dem imposanten Portal ähnelte es nach außen einem kleineren Schloss.

Im Inneren glich es dem, was es wirklich war – oder zu dem es gemacht worden war: einem siebtklassigen Second-Hand-Bordell. Als Beitrag zur Dekoration hatte man in allen Korridoren die gerahmten Titelseiten sämtlicher *SnapShot*-Ausgaben aufgehängt. Sie stanken. In jedem cremefarbenen Büro saßen »Mitarbeiter« und brauten leicht schlüpfrige Geschichten mit halb pornografischen Fotos zusammen. Auch sie stanken – sogar durch die Türen hindurch.

Schon auf dem Weg hinein fühlte ich mich schmutzig. Und lassen Sie mich Ihnen frank und frei anvertrauen: Man fühlt sich nicht gleich bei jeder Kleinigkeit schmutzig, wenn man Tag für Tag für das BLADET arbeitet. Aber im Vergleich zu einer Drucksache – um es höflich auszudrücken – wie *SnapShot* gleicht das BLADET – Dänemarks führende Morgenzeitung – eher einem Jahresbericht der Abteilung der Inneren Mission in Ringkøbing.

Die Polizei war bereits da.

Es war mein alter Freund, Polizeiinspektor Ehlers von der Wache am Halmtorvet, der da aus gewisser Distanz die Leiche betrachtete. Bereits sein leicht skeptischer Abstand – wie ein unfreiwilliger Gast auf einer Kunstausstellung – zeigte, dass er zuvor schon dichter dran gewesen war.

Der Kleine Fette saß in seinem Schreibtischstuhl, zurückgelehnt, wie ich in meinem Büro bei meiner Fliege. Er hatte keine einzige Fliege, mit der er spielen konnte. Nicht mehr.

Aber er hatte etwas, was *ich* nicht hatte: eine große, wohl proportionierte Wunde in der Brust. Auf seinem ansonsten tadellosen weißen Hemd klebte geronnenes Blut. Meine Fliege hätte es sicher toll gefunden. Ich hätte sie mitnehmen sollen.

Aber vielleicht war sie ja auch wählerisch.

Ehlers nickte mir nur zu. »Tja«, sagte er. »So was. Ein Schuss. Und nicht mit der Hand gezittert.«

»Hast du schon eine Spur?«, fragte ich.

Journalisten müssen solche Fragen stellen. Das gehört zum Job. Das *ist* der Job.

Ehlers gab den anderen Bullen ein paar Anweisungen – Leute, die ich nicht kannte. Dann legte er mir kameradschaftlich einen Arm über die Schulter und führte mich hinaus.

»Wir haben überhaupt keine Spur«, sagte er, als wir wieder vor dem Palais standen. »Schreib das ruhig. Schreib das, so oft du willst. Schreib tausend Mal auf die Tafel: Die Polizei hat keine Spur. Inzwischen machen wir unsere Arbeit und verhören alle Personen, die in dem Gebäude arbeiten – und dazu brauchen wir Ruhe. Für dich reicht's, wenn du einfach schreibst, dass es passiert ist. Mehr gibt's nicht.«

»Aber«, fügte er hinzu, »wenn du heute Abend am Stjernecafé vorbeikommst – so um Mitternacht – sind wir vielleicht schon etwas weitergekommen.«

Ich erfuhr die technischen Details – vermutlicher Zeitpunkt des Todes, Kaliber der Mordwaffe, ein Revolver, alles, was man so braucht – und fuhr zurück zum BLADET. Entschlossen griff ich zur Schreibmaschine und schrieb das, was ich momentan über die Story hatte.

Die Fliege war inzwischen weggeflogen. Auf sie war kein Verlass.

Im Gegensatz zu mir. Um Mitternacht, als meine Kollegen im BLADET herumwuselten und wieder einmal das Wunder zu vollbringen versuchten, eine Zeitung herauszubringen, saß ich im Stjernecafé und wartete auf Ehlers.

Auch auf ihn war offenbar Verlass. Jedenfalls kam er.

»Na?«, sagte ich auffordernd, nachdem Bob, der Barkeeper, seinen Amtspflichten auf gewohnt kompetente Weise nachgekommen war.

»Leider«, sagte Ehlers. »Wir tappen völlig im Dunkeln. Wir haben hier einen dieser Fälle, die nie aufgeklärt werden. Du kannst ruhig mit deiner üblichen Story über das Unvermögen der Polizei anfangen – falls du mit der Zahlung deiner Miete ausreichend im Rückstand bist.«

»Jetzt hör aber auf!«, sagte ich. »Du weißt sehr gut, dass ich im Gegenteil schon mal ein paar Fälle dieser Art zurückgehalten habe.«

»Ja«, sagte er. »Und deshalb hat sich auch das Gerücht verbreitet, dass die Polizeiverwaltung und das BLADET

Busenfreunde sind. Was weder mein Chef noch die übrige Presse besonders schätzen.«

Ich zuckte mit den Schultern. »Wären wir es nicht gewesen, dann eine andere Zeitung. Ach, leck mich doch am Arsch!«

Ehlers sah mich mit einem Blick an, wie er einen Verhafteten ansehen würde.

»Okay«, meinte er dann. »Es *gibt* eine Story. Du darfst sie gerne hören – aber nur, wenn du sie gleich wieder vergisst. Du darfst sie nicht schreiben.«

Ich zuckte wiederum mit den Schultern. Es war nett, sich ein wenig zu bewegen, aber selbst um Mitternacht war es immer noch zu warm für heftigere körperliche Bewegungen.

Ehlers lehnte sich über den Tisch nach vorn und senkte die Stimme.

»Weißt du, dass der Kleine Fette ein Erpresser war?«

»Das Gerücht ist schon seit Jahren im Umlauf – jedenfalls in Pressekreisen.«

»Auch außerhalb davon.«

»Jetzt rück schon raus damit!«

»Ich kann mit nichts herausrücken, was den tragischen Todesfall betrifft – und so weiter. Ich bin nicht befugt, überhaupt etwas über diesen Fall zu sagen. Nicht ein einziges Wort. Aber ich kann dir ein kleines Märchen erzählen, rein privat, falls du es hören willst – vorausgesetzt, du bist dir darüber völlig im Klaren, dass es da überhaupt keine Verbindung zu irgendwelchen lebenden Personen gibt.«

»So wie es immer in der Einleitung zu Schlüsselromanen steht, nicht wahr?«

»Das ist ein Märchen«, sagte Ehlers. »Vergiss das nicht!«

Und dann erzählte er sein Märchen. Es handelte von einem jungen Mann, obendrein ein junger Mann aus der Provinz, der vor zwanzig Jahren als neu ernannter Kassierer einer Gewerkschaft nach Kopenhagen gekommen war. Irgendwann war der junge Mann taktlos genug gewesen, sich aus der Kasse zu bedienen, die er verwaltete. Er hatte es, wie in einem altmodischen Feuilletonroman, getan, um für seinen alten Vater eine Operation bezahlen zu können – dessen letzte Chance zu überleben.

Aber es half nichts – es war zu spät, zu spät auch für ein passendes Ende von Feuilletonromanen.

Aber die Unterschlagung wurde entdeckt.

Die Gewerkschaft zeigte sich von ihrer netten Seite. Man feuerte ihn, man forderte die Rückzahlung des Fehlbetrags – aber man verfolgte die Angelegenheit nicht gerichtlich. Die Vorstandsmitglieder der Gewerkschaft hatten vermutlich selbst Väter – oder Mütter, oder Kinder, oder Feuilletonromane. Es ist, wie Ehlers einmal in einem anderen Zusammenhang gesagt hatte, ein besonderer Zweig der Kriminalität, den kein Mensch als kriminell auffasst.

Später war der junge Mann Abgeordneter im Folketing geworden. Heute bekleidete er innerhalb der politischen Hierarchie eine hohe und geachtete Position. Wenn allerdings seine Jugendsünde herausgekommen wäre …

»Ich glaube, die Leute würden dafür Verständnis haben«, sagte ich.

»Die Leute würden«, antwortete Ehlers. »Aber seine Partei müsste ihn fallen lassen. So sind nun mal die Spielregeln.«

Ehlers beugte sich noch näher zu mir herüber und flüsterte mir einen Namen ins Ohr. Ein Name, der … Nein, ich will hier nicht mehr sagen, als dass auch das BLADET ihn einige Male als klaren Kandidaten für einen Ministerposten in einem der gewichtigen Ministerien erwähnt hatte.

»Der Kleine Fette«, fuhr Ehlers fort, wobei er von seinem Märchen abschwenkte, »hatte ihn jahrelang erpresst. Er konnte nicht mehr. Er erschien heute im Büro – eine Viertelstunde vor dem Zeitpunkt des Todes, wie ihn Dr. Bang ansetzt. Die Verabredung war im Kalender des Fetten notiert. Die Sekretärin des Fetten bat ihn herein. Er hatte einen Waffenschein. Und er benutzte auch den Revolver, für den er eine Genehmigung hat.«

»Ein ehrlicher Mensch.«

»Genau.«

»Und was dann?«

»Nichts, dann.«

»*Nichts?*«

»Nein«, sagte Ehlers. »Verstehst du, ich hab nur ein bisschen Pech gehabt. Ziemlich merkwürdig, ansonsten bin ich doch eigentlich nicht so ungeschickt, aber du wirst es nicht glauben – als ich von der *SnapShot*-Villa nach Hause ging, verlor ich auf einer der Nebenstraßen zur Stadt hin den Kalender des Kleinen Fetten – und dann hatte ich auch noch so ein verdammtes Pech, dass das zufällig bei einem Nachbarn war, der Gartenabfälle verbrannte – der Kalender landete genau auf dem Feuerhaufen! Ich konnte nichts mehr machen. Unser Beweismaterial ist verschwunden, und wir können nicht nur nach lauter Indizien urteilen. Wir leben in einem Rechtsstaat, wie du sicher weißt!«

»Sicher«, sagte ich. »Das kann man so sagen. Aber den Revolver habt ihr doch ausfindig gemacht?«

»Du ahnst ja gar nicht«, sagte Ehlers, »wie verrückt es bei der Polizeiarbeit zugehen kann. Natürlich beschlagnahmten wir die Mordwaffe vom Besitzer. Aber einer meiner Mitarbeiter – du kennst Kaspersen ja – verlor sie. In unmittelbarer Nähe einer Verbrennungsanlage für Eisen- und Metallschrott im Südhafen-Viertel. Merkwürdig, dass wir beide, er und ich, einen schlechten Tag hatten.«

»*Sehr* merkwürdig«, sagte ich.

»*Sehr* merkwürdig«, stimmte Ehlers zu. »Das klingt fast völlig unwahrscheinlich, nicht wahr? Aber ich muss sagen, dass unser hoher Chef, der Justizminister, volles Verständnis dafür hatte, dass so etwas passieren kann.«

»Er wird auch von derselben Partei gewählt.«

»Daran hat er wohl kaum gedacht. Ich bin davon überzeugt, dass er die Angelegenheit rein sachlich bewertet hat.«

»Auch objektiv?«

»*Auch* objektiv, ja. Und – außerdem war der Kleine Fette ja nichts, was es wert gewesen wäre aufzusammeln.«

Ich gab ihm Recht und bestellte noch eine Runde. Warum auch nicht? Gewisse Fälle – und das sind gar nicht so wenige, wenn Sie meine Meinung hören wollen – werden am besten nicht aufgeklärt.

Als ich mich aber verabschiedet und Ehlers eine Gute Nacht gewünscht hatte und im Dunkeln der Nacht auf dem Nachhauseweg war, musste ich immer noch ständig an die Grabinschrift denken, mit der der Polizeiinspektor den Kleinen Fetten bedacht hatte: »Nicht wert, aufgesammelt zu werden«.

Ich sah es auf einem Friedhof vor mir: »Hier liegt … Er war es nicht wert, aufgesammelt zu werden.«

Wie viele von uns gab es, von denen man das Gleiche sagen könnte?

Für die Götter sind wir Menschen nun einmal nur Fliegen – wie irgendein verständiger Kauz mal geschrieben hat.

Als ich nach Hause kam, war es immer noch zu warm, um schlafen zu können. Eine Stunde lang saß ich da und starrte durch das Fenster hinaus in die Dunkelheit von Vesterbro – ganz allein. So allein, wie der Kleine Fette jetzt war.

Nein – *ganz* allein war ich doch nicht. Da war eine Fliege auf Besuch.

Aber ich konnte nicht mit Sicherheit sagen, ob es dieselbe war wie die im BLADET. Der einzige offenkundige Unterschied zwischen Fliegen ist der, dass manche fetter sind als andere.

Dichter Verkehr

Es gibt gewisse Momente, in denen man geradezu spürt, dass eine Katastrophe in der Luft liegt. Nicht, dass man etwas gesehen hätte, jedenfalls nicht bewusst; man weiß ganz einfach – so sicher, wie ein zu Boden fallendes Glas zu Bruch geht –, dass sich im nächsten Augenblick die Luft verdichten und etwas Gefährliches geschehen wird, etwas Unwiderrufliches.

Vielleicht ist dieses Wahrnehmungsvermögen eines der letzten Relikte eines tierisch-menschlichen Urinstinkts.

Bei mir fühlte es sich wie ein nervöses Zucken der Gesichtshaut an, als ich an diesem milden Septembernachmittag vom BLADET am Rathausplatz kommend am Hauptbahnhof entlangging. Es war einer dieser milden Tage, an denen selbst ein ansonsten wirklich abgebrühter Mensch sich plötzlich ohne legitime Warnung gestattet, sich Tagträumen hinzugeben, mitten im Dyrehave draußen ein Mädchen an der Hand zu halten. Ich dachte gerade daran, was ich Gitte als Programm für den Abend vorschlagen könnte, als das Zucken in meinem Gesicht auftrat.

Es musste von irgendwoher kommen. Ich schaute mich um.

Die Uhr am Hauptbahnhof zeigte 16.21 Uhr. Die Autos wälzten sich an beiden Seiten der Freiheitsstatue die Vesterbrogade hinauf und hinunter. Die Busse wühlten sich durch den dichten Verkehr. Menschen jeglicher Rasse, jeglichen Geschlechts und Alters bahnten sich einen Weg über die Ampelkreuzungen. Ein ganz gewöhnlicher, vertrauter Anblick an einem Nachmittag.

Und dann geschah es.

An der Bushaltestelle fiel plötzlich eine Frau, wie in Panik, nach vorn auf die Straße, wo sie sofort von einem Auto erwischt wurde, das direkt in sie hineinfuhr. Der Fahrer hatte keine Chance auszuweichen.

Sie brach auf der Straße zusammen; das Auto fuhr unbeirrt weiter und bog um die Ecke, auf den Taxistand zu.

Das nächste Auto kam mit quietschenden Reifen vor der Frau zum Stehen. Das dahinter folgende bremste jäh und fuhr mit einem scheppernden Geräusch splitternden Glases auf den Wagen vor ihm auf.

Das Ganze hatte sich nur innerhalb einer Sekunde abgespielt, nachdem das Zucken in meinem Gesicht aufgetreten war.

Der Verkehr war wie in kollektiver Hypnose zum Stehen gekommen. Nur ein voll besetzter Bus setzte seine Fahrt unbeirrt fort.

Der Fahrer des vorderen Wagens stieg aus und beugte sich über die Frau.

Weiter hinten in der Schlange hupten ein paar Autofahrer. Sie konnten nicht sehen, was da vorn vor sich ging.

Die Ampel wechselte auf Rot.

Aus der Reventlowsgade kam ein Bulle angelaufen und ging zu der Frau und zu dem Autofahrer hin. Es war Kellermann – groß, breitschultrig und gutmütig, ein Baum von einem Mann, der in den letzten dreißig Jahren seine Streife gegangen war, ohne sich auch nur einen Tag krankzumelden.

Kellermann sagte etwas zu dem Autofahrer, und dieser sowie der andere, der auf ihn aufgefahren war, fuhren ihre Wagen an die Seite, während Kellermann den übrigen Verkehr freigab. Die Vesterbrogade wurde wieder zu dem im Berufsverkehr normalen Inferno. Der einzige Unterschied war die Frau, die angefahren worden war – und ein kleinerer Stau von Fußgängern und Bussen vor dem Hauptbahnhof. Die Leute blieben beharrlich stehen und glotzten, so wie man üblicherweise glotzt, wenn sich etwas Schreckliches ereignet hat.

Kellermann betrat den Bürgersteig, sah mich und bat mich, schnell einen Krankenwagen und Hilfe zu rufen. Ich erledigte das von der nächsten Telefonzelle aus und ging wieder zurück.

»Ist sie – tot?«, fragte der vordere Autofahrer, der neben Kellermann stand.

Es war ein junger Typ mit blauen Augen, in Sportblouson und Shorts. In seinem Wagen auf dem Beifahrersitz lag ein Tennisschläger.

»Ich bin kein Arzt«, erwiderte Kellermann. »Aber ich glaube, sie atmet.«

Sie, wie ich erst jetzt sah, war eine schlanke Brünette mit blaugrauen Augen und Gesichtszügen, denen zufolge sie anscheinend schon bessere Zeiten erlebt hatte. Sie glich einer Frau in den Dreißigern, die auf dem besten Weg war, wie eine Vierzigjährige auszusehen.

Einen Augenblick später erschien der Krankenwagen. Während Kellermann sie allein hineinlegte, sah ich sie mir an,

Ja, doch. Ich kannte sie.

Nicht intim und persönlich, wenn Sie verstehen, was ich meine. Ich hatte mit ihr noch nie ein einziges Wort gewechselt. Aber ich hatte sie schon oft auf der Straße gesehen, manchmal allein, manchmal zusammen mit einem finsteren Typen mit einem Schnäuzer, der meinem wie ein Zwilling ähnelte. Sie mussten irgendwo hier in der Nähe wohnen.

Der Krankenwagen fuhr los.

Kellermann erhielt Hilfe von einigen Kollegen. Die zwei zurückgehaltenen Autos wurden durch die Reventlowsgade zum Halmtorvet gefahren, wo die Fahrer auf der Polizeiwache verhört wurden.

Ich war jetzt überflüssig und ging einfach weiter – vielleicht in nicht ganz so träumerischer Stimmung wie noch vor zehn Minuten.

»Was zum Teufel ist denn mit dir passiert?«, fragte Bob besorgt, als ich das Stjernecafé betrat. »Hat sie dich rausgeschmissen? Oder bist du gefeuert worden? Du bist ja ganz weiß im Gesicht.«

»Nur ein Verkehrsunfall«, sagte ich. »Am Hauptbahnhof. Ich war gerade in der Nähe.«

»Doch nicht etwa Lisbeth?«, sagte Bob.

»Lisbeth?«

»Die Brünette – ein flotter Käfer. Kommt ab und zu her – zusammen mit einem Typen namens Victor, einem der Jungs des Obersten ... Bent E. war gerade hier und hat mir erzählt, dass jemand angefahren wurde, der ihr jedenfalls ähnlich war.«

»Dann ist sie es. Ich wusste zwar nicht, wie sie hieß, aber ich kannte sie. Dieser Victor – das ist so ein finsterer Geselle mit Schnäuzer, stimmt's?«

»Wie deiner, mein Freund. Guck dich im Spiegel an.«

»Und er ist einer der Jungs des Obersten?«

»So sagt man. Wer ist das nicht – hier in der Gegend?«

»Wir beide, zum Beispiel.«

»Es gibt trotzdem genug von denen.«

In dem Punkt hatte er auf jeden Fall Recht. Nachdem damals der größte Drahtzieher in der Istedgade, genannt »Der Dünne«, unauffällig sanft und ruhig verschieden war, hatte Oberst Manuel Thomsen – er war tatsächlich einmal Oberst gewesen – dessen Imperium übernommen, ein weit verzweigtes Unternehmen mit Bordellen, Hehlergeschäften, Drogenzentralen, Nachtklubs mit illegalem Glücksspiel und anderen geschäftigen, merkantilen Initiativen. Für diese Art von Geschäften braucht man viel Personal, sowohl fest Angestellte als auch freie Mitarbeiter, und genau an solchen Leuten, mit den richtigen Qualifikationen für den sicheren Betrieb solcher Unternehmungen, herrscht hier im Viertel wahrlich kein Mangel.

Bent E. kam wieder herein. Er trug keine Arbeitskleidung – seine Frauenkleider –, sondern normale Herrenbekleidung. Er hatte frei.

»Es war wirklich Lisbeth!«, sagte Bob.

»Pssst ...!« Bent bedeutete ihm, leiser zu sein, wobei er sich nach allen Seiten umsah, als würden die Wände Ohren haben.

Das Stjernecafé war nur zur Hälfte gefüllt, und wir saßen allein an der Bar. Aber Bent hat ein chronisch nervöses Temperament. Oder es ist vielleicht sein Teilzeitjob als Transvestit, der ihn besonders empfindlich macht.

»Ich habe Gerüchte gehört«, sagte er im Flüsterton, »dass sie über Victor auspacken wollte, weil der eine Neue gefunden hätte. Mehr sag ich nicht.«

Das war auch nicht nötig – nicht für einen intelligenten Menschen mit einer auch nur einigermaßen schnellen Auffassungsgabe.

Andererseits vergeht kaum ein Tag, an dem Bent nicht mindestens ein Gerücht gehört hat, und sein Glaubwürdigkeits-Quotient in diesem Zusammenhang ist hier im Distrikt – von Mann zu Mann – schon oft diskutiert worden. Bent liebt es zu tratschen, wie eine Vorstadt-Hausfrau beim Nachmittagskaffee. Allerdings, das muss man zugeben, ist es schon mehr als einmal vorgekommen, dass er – vielleicht zufällig – den Nagel auf den Kopf getroffen hat, ohne dabei seinen Daumennagel zu beschädigen.

»Was war Victors eigentlicher Job?«, fragte ich – mehr so zum Zeitvertreib.

»Das weiß ich nicht«, antwortete Bent E.

Das war gelogen, und wir beide wussten es.

»Und wenn das BLADET dich nun für deine Bemühungen als Berater honorieren würde ...?«, sagte ich.

Das war einer der Vorteile, die ich als Mitarbeiter für Kriminalfälle beim BLADET hatte: Ich durfte – »nach eigenem Ermessen« – kleinere Beiträge als Anerkennung für wertvolle, gemeinnützige Tipps auszahlen.

Dieser Trick hatte schon oft funktioniert. Auch bei Bent E.

»Komm, wir setzen uns«, sagte er.

Bob blinzelte mir verständnisvoll zu. Wir besetzten den entlegensten Tisch, und Bent nahm sogar Würfelbecher mit, sodass jeder sehen konnte, dass wir einer seriösen Beschäftigung nachgingen.

Während die Würfel auf den Tisch knallten, berichtete Bent (männl./weibl.), dass Victor Geschäftsführer des Nachtklubs *Pink Parrot* war, der wie so viele andere seiner Art dem Oberst gehörte. Victor war Oberkommandierender in diesem Lokal – »für alle Abteilungen«, fügte Bent sachlich hinzu.

»Aber vielleicht kennst du das Lokal?«

»Was heißt schon kennen ...«

»Aber wenn ich sage, ›alle Abteilungen‹?«, wiederholte er und knallte den Becher hart auf den Tisch. »Drei Fünfer.«

»Dann geh ich davon aus, dass es sich um Drinks, Damengesellschaft und vielleicht ein bisschen modische Pillen und Pulver und Spiele von der Art handelt, bei denen es nicht nur um das Servieren einer Runde Getränke an den Tisch geht.«

»Eben. Genau wie im *Top Cat*.«

»Und massenweise anderen Lokalen.«

»Vier Sechser.«

»Fünf davon. Wo hast du das Gerücht aufgeschnappt?«

»Was für eins?«

»Das, von dem du vorhin an der Bar erzählt hast, dass Lisbeth – wo wir schon mal bei Vornamen sind – über Victor quatschen wollte?«

»Sie hat eine Freundin – Tina, eine der Kellnerinnen drüben im Café Trekanten. Ihr hat sie es erzählt. Sie hat gesagt, sie würde sich das nicht einfach so gefallen lassen. Sechs Sechser.«

»Die will ich sehen. Wie hast du davon gehört?«

»Hab sie nicht. Du legst vor – wie misstrauisch du aber auch bist. Na ja, Tinas Macker ist einer meiner Freunde.«

»Du hast Freunde?«

»Dann sagen wir eben Bekannte, wenn du so penibel bist. Wir sind zusammen zur Schule gegangen. Drei Sechser.«

»Schon wieder leere Versprechungen.«

»Telefon!«, rief Bob von der Bar her. Er deutete auf mich.

Es war Polizeiinspektor Ehlers.

»Hab mir schon gedacht, dass du da sein würdest«, sagte er. »Immer bei der Arbeit, nicht wahr? Könntest du eben mal bei mir vorbeikommen, falls dich deine sozialen Verpflichtungen im Moment nicht gerade allzu sehr in Anspruch nehmen?«

Ich versprach zu kommen, gewann beim Würfeln (musste Bent E. aber trotzdem zwei Hunderter zustecken), zahlte bei Bob und ging dann einigermaßen unbekümmert *Your Cheatin' Heart* pfeifend auf die Straße, wo ich Kurs auf die imposante viereckige Polizeiwache am Halmtorvet nahm.

»Kellermann hat mir erzählt, dass du bei dem Unfall am Hauptbahnhof Augenzeuge warst«, sagte Ehlers. »Du bist jetzt Zeuge. Erzähl mir, was du gesehen hast.«

»Das war nicht viel …«, sagte ich entschuldigend. Und erzählte es ihm.

»Das stimmt völlig mit der Aussage der beiden Autofahrer überein«, sagte Ehlers. »Zwei nette Jungs, übrigens. Der eine ist Sportler und Prokurist bei ØK, der andere Angestellter bei der Steuerbehörde. Das Verhör der beiden dauerte nur zehn Minuten – insgesamt. Wenn bloß der Typ in der vordersten Blechkutsche, der Unfallverursacher, genauso kaltblütig und ruhig gewesen wäre.«

»Er könnte einen besonders guten Grund gehabt haben, sich so zu beeilen.«

»Ich glaube, er ist nur einfach nervös geworden. Es würde mich nicht wundern, wenn er sich morgen meldet.«

»Wieso das?«

»Weil er höchstwahrscheinlich glaubt, er habe eine Frau getötet – auch wenn es laut sämtlicher Zeugenaussagen, einschließlich deiner, klar ist, dass er keine Chance hatte, den Zusammenstoß zu vermeiden. Wenn er also morgen in der Zeitung lesen kann, dass er niemanden umgebracht hat – könnte es sein, dass er auftaucht.«

»Dann wird sie es also überleben?«

»Was überleben? Sie ist tot.«

»Ja, aber du hast gesagt ...«

»Ich habe gesagt, dass es nicht der Autofahrer war, der sie getötet hat. Das, was sie umgebracht hat, war ein Revolverschuss in den Rücken. Durch den Schuss fiel sie vornüber, und dann hat das Auto sie erwischt und verletzt – Todesursache aber war der Schuss. Sie starb bei der Ankunft im Krankenhaus. Sie hat nur noch ein Wort sagen können.«

»Welches?«

»Victor.«

»Ihr Macker.«

»Komisch, das hab ich auch gedacht.«

»Aber ich *weiß* es. Aus zuverlässiger Quelle. Ich weiß sogar, dass er vor kurzem noch ihr ehemaliger Macker war.«

»Dann hast du im Stjernecafé ja wirklich gearbeitet«, sagte Ehlers anerkennend. »Erzähl mir alles.«

»Erzähl du mir erst, was du weißt.«

Das Telefon schellte. Ehlers nahm den Hörer ab.

»Ja«, sagte er. »Oh, hallo Bang. Ja, danke. Schön. Hat die Lunge durchbohrt, jawohl ... Ist durch den Körper gedrungen ... Winkel von oben, sagst du? Ganz sicher? Fein ... Sonst noch was? Ja, das war zu erwarten gewesen – bei dem Gesicht ... Ja, man kann es fast immer sehen, nicht wahr? *Was* sagst du da? Wie weit? Okay. Danke ... Ja, schriftlicher Bericht bis morgen, Danke. Tschüs.«

Langsam und nachdenklich legte Ehlers den Telefonhörer auf.

»Bang hat tatsächlich bereits Ergebnisse«, sagte er. Und dann noch so fantastisch schnell. So einen Polizeiarzt wie ihn werden wir nie mehr haben.«

»Ihr habt ihn doch.«

»Wie lange noch? Er hat schon von überall her verdammt gute Angebote gekriegt. Er könnte das Doppelte verdienen. Eines Tages wird er das auch tun.«

»Was hat er gesagt?«

Arztgehälter sind nicht mein Fach.

»Sie ist von oben erschossen worden, mit großer Präzision – mit einer angefeilten Kugel, die durch den Rücken drang und die Lunge durchbohrte. Der Mörder muss ein Meisterschütze sein, er hat sie aus dem ersten oder zweiten Stock eines Hauses von hinten erschossen.«

»Links steht dieses enorme Bürogebäude«, dachte ich laut. »Und ein Hotel. Rechts ein Hotel. Da gibt's viele Möglichkeiten. Massenweise Gänge und Treppen mit Fenstern. Und mehrere Ausgänge – auch Hintertüren.«

»Routine«, sagte Ehlers mechanisch. »Irgendjemand kann immer etwas gesehen haben.«

»Natürlich. Aber dass ein merkwürdiger Mann in einem Hotel herumgeschlichen ist, ist ja wohl kein brauchbarer Hinweis? In Hotels schleichen immer merkwürdige Männer herum.«

Ehlers grinste.

»Was ist denn jetzt? Ich hab doch Recht.«

»Aber klar hast du Recht. Ich dachte nur gerade an ein früheres Erlebnis; ich war damals noch ein ganz junger, grüner Bulle und wurde ins Hotel Sheraton gerufen, weil ein paar Gäste aus der Provinz einen verdächtigen Mann gesehen hatten, der auf verschiedenen Etagen in den Fluren herumgeschlichen war. Sie zeigten ihn mir, und ich sprach mit ihm. Es war der Hotel-Detektiv – Security, wie er sich nannte –, der nur seinen Job machte.

Nun ja, ich muss meinen auch machen – wir müssen es einfach versuchen. Wir werden am besten für alle Passanten, die zu dem Zeitpunkt in der Nähe waren, einen Hinweis in den Fernseh- und Radionachrichten bringen – und nach dem ersten Autofahrer fahnden und ihm Amnestie zusagen.«

»Einen Moment. Was hat Bang noch gesagt? Was war das, was du gesagt hast, so was wie: ›Das war zu erwarten gewesen – bei dem Gesicht‹?«

»Drogensüchtig. Nichts weiter. Man kann es an der Haut erkennen – genau wie bei Alkoholmissbrauch. Sie wird ganz einfach bleicher – mit einem speziellen Schimmer von Tod.«

»Und dann«, schloss Ehlers, »war sie auch noch schwanger. Noch nicht sehr, wenn man das so sagen kann. So im zweiten, dritten Monat. Es war demnach Doppelmord – wenn man es als Katholik betrachtet.«

Er bekam meine Informationen, nickte und langte nach dem Telefon. Jetzt würde er seine Truppen nach vorn dirigieren.

Ich sagte Tschüs, ging wieder zum BLADET und schrieb meine Augenzeugen-Story – *Mord am Hauptbahnhof*:

»Um genau 16.21 Uhr, als Ihr Korrespondent – wie tausende anderer Kopenhagener – die Vesterbrogade hinauf zum Hauptbahnhof hastete, ereignete sich eine schockierende Tragödie. Was zunächst wie ein unglücklicher Verkehrsunfall aussah, erwies sich später als kaltblütiger Mord.«

Und so weiter. Allerdings unterließ ich es in meiner einfühlsamen Art zu erwähnen, dass die Verstorbene drogenabhängig gewesen war. Und den Namen Victor erwähnte ich nicht einmal.

Ich lieferte die Story als vorläufige Fassung ab und verfolgte im Fernsehzimmer des BLADET den Fahndungsaufruf der Polizei in den Nachrichten. Die Meldung musste eine halbe Stunde vorher ins Fernsehen gekommen sein, zur selben Zeit, als ich in die Redaktion gekommen war. Nicht zum ersten Mal fluchte ich über die Langsamkeit der Tagespresse. Wir würden den Fall erst morgen Vormittag bringen, und da würde die ganze Stadt schon längst Bescheid wissen.

Es sei denn, wir würden in der Zwischenzeit auf eine neue Spur stoßen.

Falls heute Abend überhaupt noch etwas passieren sollte, dann höchstens auf der Polizeiwache. Ich hinterließ im BLADET den Bescheid, dass ich später noch einmal anrufen würde, falls es etwas geben sollte, das einen so anspruchsvollen Einsatz rechtfertigen würde, und ging hinunter zum Hauptquartier am Halmtorvet.

Es war 20.30 Uhr, als ich – nach einer hastigen Erfrischung an einem weiteren Tag ohne Abendessen, das viele renommierte Ärzte für gesund und ein großer Teil der Bevölkerung für unentbehrlich halten – den gewohnten Weg zu Ehlers Büro fand. Wie gewöhnlich klopfte ich an und ging sofort hinein.

So war es nicht immer gewesen. In demselben Büro hatte ich früher auch schon mal als Angeklagter und Verdächtiger gesessen.

Aber inzwischen waren Ehlers und ich uns näher gekommen. Näher, als es einem unserer Chefs lieb war – jedenfalls in bestimmten Fällen.

Der Polizeiinspektor war nicht allein. Neben seinem Schreibtisch, auf gleicher Höhe, saß ein eifrig Notizen kritzelnder Kaspersen, und davor, im Zeugenstuhl mit Blick auf Ehlers, saß eine junge Dame mit einer Handtasche und wedelte mit einer Zigarette herum. Sie war blond (gefärbt), hatte weiche, sanfte Rundungen, war in schwarzes Leder gekleidet und wahrscheinlich um die fünfundzwanzig. Sie sah wie eine Nutte aus, aber wer tut das heutzutage nicht.

Sie konzentrierte sich nur auf Ehlers und beachtete mein Erscheinen kaum. Ich glitt in das entgegengesetzte Ende des Büros, wo ich mich unauffällig im Halbdunkel platzierte, vor all den verstaubten Archiven und Aktenordnern mit den aufgeklärten und nicht aufgeklärten Fällen im Polizeibezirk Vesterbro.

Ihre Stimme klang wie eine Bar zur Polizeistunde. Ihr Dänisch hörte sich an, als hätte sie erst vor kurzem angefangen, diese Sprache zu sprechen.

»Ich weiß, dass er es getan hat«, sagte sie. »Ich sage Ihnen, ich habe gesehen, wie er sich vorbereitet hat!«

»Beginnen Sie von vorne«, sagte Ehlers mit professioneller Geduld, wie ein Arzt an einem Krankenbett. »Sie sagten, er hätte sich am Morgen rasiert. Er hat also die Nacht bei Ihnen verbracht?«

»Ja.«

»In der Danmarksgade Nr. 35?«

»Ja.«

»Und dann?«

»An dem Morgen nahm er seinen Rasierapparat und ging ins Badezimmer, während ich Kaffee machte. Als er wieder rauskam, hatte er sich seinen Schnäuzer abrasiert. Fast hätte ich einen Schock gekriegt, als ich ihn sah – er sah völlig fremd aus.

Später dann, nachdem wir gefrühstückt hatten, hörte ich, wie er Lisbeth anrief und sich mit ihr für halb fünf an der Bushaltestelle vor dem Hauptbahnhof verabredete. Er sagte, er würde zu diesem Zeitpunkt mit dem Zug in die Stadt kommen.«

»Sagte er, worüber sie sprechen wollten?«

»Nein, aber das war klar. Er wollte sie einfach loswerden. Er wollte mich heiraten. Er musste nur zuerst noch mit ihr reden. Sie – sie würde ihn bedrohen, sagte er. Sie wüsste einige Sachen über ihn, die sie der Polizei stecken könnte.«

»Wussten Sie, dass sie schwanger war?«

»Gott, nein, ist das wahr? Also deshalb war sie so unfreundlich.«

»Gibt es sonst noch etwas?«

»Nur dass ich sah, wie er sich seine Pistole in die Tasche steckte, als er ging. Aber das tut er oft. Er leitet ja einen Nachtklub.«

Das Wort »Nacht« ließ sie sich geradezu auf der Zunge zergehen.

»Was für eine Pistole hat er?«

»Davon versteh ich nichts.«

»Wann ist er gegangen?«

»So um halb vier.«

»Haben Sie ihn danach noch einmal gesehen?«

»Nein.«

»Warum sind Sie freiwillig zu uns gekommen?«

»Weil ich Angst habe.«

»Wovor?«

»Vor Victor, natürlich – Sie sind aber auch blöd! Kapieren Sie denn nicht? Wenn er sie so einfach erschießen kann, wenn er sie leid ist – dann könnte er eines Tages doch das Gleiche mit mir tun.«

»Gesunder Menschenverstand und wahre schwesterliche Solidarität«, sagte Ehlers. »Besser, Sie bleiben solange hier, wo sie in Sicherheit sind, bis wir Victor verhört haben. Ich lasse eine Beamtin kommen, die kann Ihnen einen Kaffee machen und Ihnen solange Gesellschaft leisten.«

Einen Augenblick später verschwand sie mit Begleiterin und schwingender Handtasche. Die Lederkleidung klebte an ihrem Körper. Ihr Parfum blieb im Raum hängen – eine recht beträchtliche Leistung, wenn man bedenkt, wie viel in diesem Büro geraucht wird.

»Genau das haben wir gebraucht«, sagte Ehlers. »Die gute alte Patentmedizin. Auf zum Engehavevej 30. Das *Pink Parrot* dürfte wohl noch nicht geöffnet haben, aber vielleicht treffen wir Victor zu Hause an. Komm – wir sind praktisch schon weg!«

Und das waren wir auch, eine Minute später; wir trafen Victor zu Hause an. Allerdings nicht ohne gewisse Schwierigkeiten.

Vor allem, weil niemand die Liebenswürdigkeit besaß, uns zu öffnen. Im zweiten Stock, wo laut Türschild »Victor A. Mortensen« logierte, reagierte niemand auf unser noch so lebhaftes Geklingel.

»Schließ einfach auf«, sagte Ehlers zu Kaspersen.

»Hausdurchsuchung?«

»Nenn es, wie du willst.«

»Ohne Durchsuchungsbefehl?«

»Wir haben eine anonyme Anzeige erhalten – falls es darauf ankommen sollte.«

Kaspersen holte eine Art Universalschlüssel heraus. Nach ein paar vergeblichen Versuchen gelang es ihm, die Tür zu einer Wohnung mit drei bis vier Zimmern zu öffnen.

Wir gingen vom Flur direkt ins Wohnzimmer. Für Vesterbro-Verhältnisse war es ein ungewöhnlich geräumiges und helles Zimmer. Es sah ordentlich und behaglich aus, mit Sofas, Sesseln und kleinen Beistelltischen. Auch Fernseher, Videogerät, Tonbandgerät und ein Schrank mit eingebauter Bar waren vorhanden. Und mitten im Zimmer, flach hingestreckt auf einem hellen Teppich, lag ein toter Mann.

Wir drehten ihn auf den Rücken. Es war Victor – in der glatt rasierten Version.

In der Brust hatte er eine Wunde, aber das Blut war schon fast geronnen. In der Hand hielt er eine Pistole.

Ehlers fixierte ihn aufmerksam.

»Ich wette«, sagte er, »dass das nicht die Waffe ist, mit der sie getötet wurde. Es ist ein anderes Kaliber.«

Er zuckte mit den Schultern.

»Worauf warten wir?«, fragte er Kaspersen. Ehlers klang jetzt sauer. »Lass das ganze Team antanzen, damit wir wieder zurück zur Wache kommen. Wir sind zu spät gekommen. Jetzt müssen die Experten ran.«

Die Experten – der Fotograf, der Spezialist für Fingerabdrücke und der stets so ele- wie arrogante Dr. Bang – drängten kurz danach herein, einer nach dem anderen; Ehlers und ich hauten ab, nachdem Ehlers den Rest des Falls an Kaspersen delegiert hatte. Man müsste so jemanden haben, an den man die Dinge einfach delegieren kann. So wie Ehlers. So wie mein Chefredakteur.

»Ich habe Durst«, sagte Ehlers unerwartet, als wir wieder auf der Straße standen.

Wir fanden ein ziemlich ruhiges Lokal in der Nähe – das kann man tatsächlich, selbst in Vesterbro, man muss sich nur ein bisschen Zeit lassen – und saßen nur da, sahen uns an und blickten durch die Fenster hinaus in einen leichten Nebel, der die Fassaden der Stadt allmählich in halb durchsichtiges Zellophan einzuhüllen begann.

»Selbstmord?«, sagte ich zu Ehlers.

»Wieso das?«, antwortete er und strich sich seinen wild wuchernden Bart. »Seine eigene Pistole hat er bestimmt weggeworfen. Wir haben Indizien, können aber nichts beweisen. Er könnte einfach behaupten, er wäre zu spät zu der Verabredung gekommen, hätte es sich anders überlegt und wäre überhaupt nicht erschienen, oder er hätte es mit der Angst zu tun bekommen, als er sah, was geschehen war – du kannst dir was aussuchen. Da wäre nichts zu machen – egal, was sein neuer smarter kleiner Käfer aussagt. Und er war Verbrecher genug, um das zu wissen.«

»Natürlich«, sagte ich. »Das ist klar. Es war Mord. Und ich weiß auch, wer ihn ermordet hat.«

»Du auch?«, sagte Ehlers sarkastisch.

»Oder jedenfalls, wer ihm den Auftrag dazu gegeben hat.«

»Der Oberst.«

»Ganz genau. Der Oberst hatte vorausgesehen, dass man ein Auge auf Victor haben würde – falls nicht bereits Lisbeth schon dafür gesorgt hatte. Der Oberst dachte, wenn Lisbeth über Victor auspacken würde, dass dann Victor wiederum über ihn auspacken könnte.

Als er dann erfuhr, dass Lisbeth aus dem Einwohnermelderegister gestrichen worden war, dachte er ferner ...«

»Genau, ja – einen Schritt vorwärts. Und damit haben wir jetzt einen hübschen Fall, fabriziert von einem wirklichen Profi. Wir haben den Mörder des Mädchens, wir brauchen keine besonderen Beweise, so wie es aussieht, und wir können guten Gewissens – wird die Verwaltung meinen – in der Öffentlichkeit den Eindruck entstehen lassen, dass er hinterher Selbstmord begangen hat. Auf diese Weise wird das Ganze zu der klassischen dramatischen Dreiecksgeschichte.«

»Und der Oberst kann weitermachen.«

»Noch einmal, ja. Ich wette fünfhundert drauf, dass er es sogar war, der die junge Dame zu uns geschickt hat – weil er es aus der Welt haben und gleichzeitig reinen Tisch machen wollte. Wir sind nur die Laufburschen gewesen.«

»Das ist ein ehrenwerter Job.«

»Durchaus, falls es so etwas überhaupt gibt. Prost!«

Wir gingen zusammen in Richtung Stadt. Nachdem Ehlers in die Polizeiwache gegangen war, um das Mädchen in Leder wieder freizulassen, wanderte ich zum dritten Mal an diesem Tag zum BLADET.

Diesmal wurde das Thema Victor breit ausgewalzt, mit allem, was bei den Lesern ziehen würde: Andeutungen von Liebe, Begierde und Eifersucht, die zu Mord und Selbstmord geführt hatten. Starker Tobak für die weiblichen Abonnenten des BLADET. Und wenigstens einmal ein Fall, den wir noch vor den Fernsehnachrichten – und übrigens auch vor der übrigen Presse – bringen konnten. Entsprechend entzückt war Chefredakteur Otzen, der mir eine Zigarre und etliches Schulterklopfen anbot.

Das war's für diesen Tag.

Tags darauf teilte Ehlers mit, dass der Fall abgeschlossen sei. Bang konnte nicht mit letzter Sicherheit sagen, ob es sich bei Victors Tod um Mord oder Selbstmord handelte, aber seine Fingerabdrücke waren auf der Pistole, und so würde es für alle Seiten eindeutig die einfachste und praktischste Lösung sein zu sagen, es sei Selbstmord gewesen.

Was man zum entsprechenden – juristisch richtigen – Zeitpunkt auch tat.

In einem Abfallcontainer am Hauptbahnhof wurde Victors Pistole gefunden, ohne Fingerabdrücke. Dass es seine war, wurde von der gefärbten Blondine bezeugt – mit erstaunlicher Autorität und Sicherheit, angesichts ihrer mangelnden Kenntnisse über Schusswaffen.

Wenige Tage darauf sah man sie öffentlich in der Istedgade die Front abschreiten, Seite an Seite mit dem Oberst, der Interesse an ihr gefunden zu haben schien. Vielleicht hatte er mehr als nur ein Motiv gehabt, Victor zu eliminieren.

Vielleicht war es nicht nur Victor, den der Oberst hatte beseitigen lassen.

Am selben Tag meldete sich auch der Autofahrer – der, der Lisbeth angefahren hatte. Es war ein junger Bursche, der sich ohne Erlaubnis Vaters Wagen ausgeliehen und drei Tage gebraucht hatte, sich zusammenzunehmen und zu gestehen. Er las keine Zeitungen, sodass er nie richtig verstehen würde, warum seine Zeugenaussage nicht mehr auf das große Interesse stieß.

Die Schwarze Spirale

Also abgemacht?«, fragte Gitte.

»Ja«, sagte ich. »Wie du schon gesagt hast: Wir treffen uns Punkt 19 Uhr am Haupteingang vom BLADET. Dann gehen wir aus, gehen essen und danach ins Kino. Hast du wie üblich einen dieser unglaublich seriösen französischen Filme gefunden, so einen über die unmenschlichen Bedingungen für die Liebe in der kapitalistischen Gesellschaft, damit ich schon mal anfangen kann, meine Stirn nachdenklich in Falten zu ziehen?«

»Nein, heute Abend darfst du dir was aussuchen.«

»Ich hab keine Ahnung, was für Filme zurzeit laufen.«

»Das war mir klar. Deshalb habe ich sicherheitshalber schon mal für dich eine Entscheidung getroffen. Ich kenne ja deinen Geschmack.«

»Du meinst, meinen *Mangel* an Geschmack. Aber okay, 19 Uhr. Bis später dann, du Furie.«

»Tschüs, du Schlappschwanz.«

»Ich werd dir zeigen, von wegen …«

Aber sie hatte schon den Hörer aufgelegt.

Ich seufzte und sah auf meinen Schreibtisch in der Redaktion. Er war leer, so leer wie ein Vogelnest vom Vorjahr. Seit langer Zeit konnte man zum ersten Mal wieder sehen, wie viele Zigaretten im Laufe der Zeit ihre Glutspuren auf der Tischplatte hinterlassen hatten.

Nicht ein einziges Stück Papier. Nicht eine einzige Story, nicht einmal ein paar hingekritzelte Notizen. Nichts zu tun. Dabei war es gerade mal kurz über die Mittagszeit. Das würde ein langer Tag werden.

Ich rief unten beim Redakteur vom Dienst des BLADET an und sagte Bescheid, dass ich jetzt gehen würde.

Da war ein neuer Mann. So neu, dass er fragte, wo man mich gegebenenfalls erreichen könnte.

Ich begnügte mich damit zu sagen, dass ich nicht erreichbar sei.

Draußen nieselte es ein bisschen, aber die Luft auf dem Rathausplatz war ungewöhnlich frisch. Ich ging in Richtung Nørre Voldgade. Der Herrgott mochte wissen, warum, aber es ist nun mal unmöglich zu gehen, ohne irgendwohin zu gehen. Gescheitere Geistesgrößen als ich werden dies bestätigen können.

Ich sah mir ein paar Geschäfte an, ließ es aber schnell wieder. Es gibt keinen Grund, sich Geschäfte anzusehen, wenn man nicht auch etwas kaufen will. Und es gab nichts, was ich hätte kaufen müssen. Es hatte überhaupt nie etwas gegeben, das es wert gewesen wäre zu besitzen, was man hätte kaufen können.

Aber ein Pils könnte es durchaus sein, wenn man sich so eine Stunde ziellos herumgetrieben hat.

Ich fand eins in der Teglgaardstræde. In einer altmodischen, leicht schmuddeligen Kopenhagener Kneipe, so eine, in der sich ein Wiedergänger aus den 1890er-Jahren ganz und gar heimisch fühlen würde. Vom Tabakqualm vergilbte Wände, der Boden voller Zigarettenkippen, Bierlachen auf den Tischdecken.

Ich setzte mich an einen kleinen Tisch, steckte mir

eine Zigarette an und dachte an nichts. Das brachte mich wie immer dazu, automatisch oder durch Eingebung, an Gitte zu denken, und dabei konnte viel Zeit vergehen. Ein kluger Kerl hat einmal gesagt, das Merkwürdige an Wundern sei, dass sie geschehen, aber hätte ich Gelegenheit gehabt, dieses Thema näher mit ihm zu erörtern, dann würde ich ferner darauf hingewiesen haben, dass es genauso merkwürdig sei, dass sich die Meisten schwer damit tun, an Wunder zu glauben, selbst wenn sie dann geschehen.

Was für tiefsinnige Gedanken ich doch hatte.

Und wie allein ich damit war.

Eine Gesellschaft sang gerade »Jetzt geht der Frühling durch Nyhavn«, mit empörender Gleichgültigkeit gegenüber dem Dementi des Kalenders wie auch des jahreszeitlichen Klimas.

Am Nebentisch unterhielten sich zwei Männer – der eine ruhig, der andere mit lauter Stimme. Der ruhige wirkte nüchtern und besonnen. Der andere hatte rote Flecken im Gesicht, das fast bläulich angelaufen war, und seine Zunge machte bisweilen »Klick«, wie bei einem aussetzenden Tonbandgerät, wenn das Band durchrutscht. Ein Schönheitsexperte würde ihm sicherlich geraten haben, sich mal zu rasieren, auf jeden Fall mal damit anzufangen.

»Ich geh da jetzt hin, verdammt noch mal!«, sagte der Betrunkene mit solchem Nachdruck in der Stimme, dass er sicher die ganze Kneipe in seine Pläne eingeweiht hätte, wäre da nicht die alles übertönende singende Gesellschaft gewesen. »Jetzt reicht's mir.«

»Beruhige dich, Chris«, sagte der andere. »Sie kommt wieder. Natürlich tut sie das. Die kommen immer wieder zurück.«

»Ich weiß, dass es nicht an dir liegt, Willy. Du bist schon in Ordnung. Aber ich kann das nicht ertragen!«, sagte Chris.

»Nein, es ist auch wirklich nicht komisch«, antwortete sein Freund traurig. »Aber sich aufzuregen bringt auch nichts. Trink noch einen und entspann dich.«

Wäre ich Chris gewesen – eine der vielen Möglichkeiten, die mir das Dasein verwehrt hat –, hätte ich mich mit der Hälfte des Ratschlages begnügt. Dass Chris sich ein bisschen entspannen sollte, war zweifellos eine gute Idee. Keinesfalls genial dagegen der Tipp, dass Chris sich noch einen Drink genehmigen sollte.

»Ein Drink« bedeutete für Chris augenscheinlich ein Starkbier und einen doppelten Schnaps, und nachdem er sich von der Qualität der Getränke überzeugt hatte, ging es seiner Stimme noch schlechter.

»Mehrere Monate geht das schon«, sagte er. »Und sie sagt, sie will gehen.«

»Wenn sie es will, dann kannst du nichts machen«, antwortete Willy so ruhig und vernünftig, als würde er einem Kind erklären, warum man bei roter Ampel nicht über die Straße läuft. »Sie ist ja nun mal erwachsen.«

»Sie ist eine verdammte Hure!«, brüllte Chris und knallte die Bierflasche auf den Tisch. Beide Gegenstände überstanden das unbeschadet.

»Na und? Sei froh, dass du sie los bist!«

Das war eine, wie ich es persönlich bezeichnen würde, gesunde, nüchterne Betrachtungsweise. Chris aber war dazu nicht in der Stimmung.

»Aber ich kann das einfach nicht ertragen!«, wiederholte er. Wie ein Kind, das über die ganz Welt bestimmen will und keine Widerworte verträgt.

»Da kannst du nichts machen«, versuchte ihn der

Freund zu überzeugen. Er schaute auf seine Uhr und schob den Stuhl ein wenig zurück.

»So, das kann ich also nicht? Kann ich nicht? Und ob ich das kann. Und ich tue es auch!«

Der andere stand auf.

»Ich tue es, Willy«, sagte Chris noch einmal. »Jetzt ist's genug! Ich hab ihn dabei.«

Und dabei klopfte er mit der Hand auf seine Jackentasche.

Er sah wütend aus, und mit seinem rotfleckigen Gesicht wirkte er lächerlich. Aber es gab nichts zu lachen. Und seine Wut schien ihn fast zu ernüchtern.

»Beruhige dich, Chris«, sagte Willy mit gedämpfter Stimme. »Du bist nicht der Erste.«

Dann ging er.

Chris erhob sich einen Moment lang halb, setzte sich wieder, stierte böse vor sich hin und leerte sein Schnapsglas. Dann wandte er sich mir zu.

»Weißt du, wo die Skydebanegade liegt, Kumpel?«

»Geh einfach die Istedgade runter«, antwortete ich. »Sie verläuft direkt zwischen der Dannebrogsgade und der Eskildsgade.«

»Danke, Kumpel«, sagte er.

Er trank sein Bier aus und kam auf die Beine, wobei er sich immer wieder an die Jackentasche klopfte. Sein Gang auf dem Weg hinaus war weit sicherer, als ich erwartet hatte.

Ich sah die Frau das erste – und bis dato letzte und einzige – Mal, als sie genau mitten zwischen den Leichen zweier Männer stand. Sie glich einem römischen Gladiator, der seinen Fuß lässig auf einen der von ihm niedergestreckten Löwen stützt.

Nicht, dass ich ansonsten gerade zartbesaitet bin, aber vielleicht war es gerade das, was mir ein leichtes Gefühl der Unsicherheit ihr gegenüber vermittelte.

Sie war sehr groß, ein bisschen kantig und untersetzt, aber auf ihre Art ungewöhnlich hübsch. Sie hatte grünbraune Augen und trug ein grünes Kostüm. Sie strahlte gleichzeitig eisige Kälte und ein wildes Temperament aus. Aber sie stand ganz einfach nur da, vollkommen ruhig, als wäre es allmählich ein wenig trivial geworden, sich in solchen Situationen zu befinden.

Vor ihr stand Ehlers, und hinter ihm stand ich.

Aber am besten, ich beginne am Anfang. Als ich die Kneipe in der Teglgaardsstræde verließ und aufgehört hatte, mich über die seltsamen, menschenähnlichen Wesen zu wundern, die diese Stadt bevölkern und in ihr verkehren, dachte ich darüber nach, wie häufig sich Chris an die Tasche geklopft hatte.

Well, die Leute sagen vorher oft mehr, als sie wirklich meinen, besonders, wenn sie wütend sind. Und niemand sagt, dass er eine Schusswaffe in der Tasche habe – es könnte ja auch ein Scheckheft sein, eine noch gefährlichere Waffe.

Aber trotzdem …

Und andererseits …

Nachdem ich auf dem Weg durch die Stadt hin und her überlegt hatte, fasste ich einen schnellen Entschluss und rief Ehlers an.

Ehlers sei nicht an seinem Platz, erklärte mir ein freundlicher Mann. Der freundliche Mann war sogar so liebenswürdig, mir zu sagen, wo Ehlers sich aufhielt. Er war draußen in einer Mordsache – in der Skydebanegade.

Ich bedankte mich und machte artig einen Diener, so gut dies in der Telefonzelle möglich war. Dann sprang ich in ein Taxi, ließ mich zur Skydebanegade fahren, ging die Straße hinunter, bis ich den Polizeiwagen sah, rannte in das Treppenhaus, vor dem dieser stand – und sah im zweiten Stockwerk eine offene Tür.

Die Tür führte, wie das bei Türen so üblich ist, in ein Zimmer.

Und in diesem Zimmer – das im Übrigen absolut niedlich und gepflegt aussah – lagen die zwei toten Männer, und die Frau und Polizeiinspektor Ehlers standen sich gegenüber.

Der eine der Toten war Chris. Ich hätte ihm nicht den Weg beschreiben sollen.

Den anderen kannte ich nicht. Man versäumt so viel hier in diesem Leben.

Es war jedoch, um die Wahrheit zu sagen, selbst wie er da so lag, um einiges präsentabler als Chris. Er war gut gekleidet und gewaschen, und sogar seine Wunde in der Brust sah ansprechender aus als die mitten im Bauch von Chris. Und er hatte auch keine so große Sauerei veranstaltet.

»Sie kommen besser mit uns«, sagte Ehlers zu der Frau.

Sie nickte, ohne ein Wort zu sagen, ergriff eine Tasche und ging zur Flurtür.

Erst jetzt sah Ehlers mich.

»Komm in einer Stunde vorbei«, sagte er zu mir. Barsch, wie er bisweilen sein konnte, wenn er nur eine Sache im Kopf hatte und kein Platz war für andere.

Ich nickte nur.

Dreißig Sekunden später, als ich durch die Skydebanegade ging, war ich nahe dran zu denken, ich hätte diese Szene in der Wohnung einfach nur geträumt. So was passiert doch nicht wirklich.

Außer wenn es tatsächlich passiert.

Genau wie mit den Wundern.

»Den einen von ihnen habe ich heute Nachmittag schon mal gesehen«, erklärte ich Ehlers. »In einer Kneipe in der Stadt. Er machte den Eindruck, als würde er irgendwas anstellen wollen. Deswegen habe ich auch versucht, dich zu finden.«

»Und ich habe *ihn* gefunden.«

»Ja.«

»Was ist da in der Kneipe gelaufen?«

»Es ging um die Schwarze Spirale – wie ich es zu nennen pflege. Chris Hammer wollte Alice – so hieß das Mädchen – nicht gehen lassen. Alice wollte sich von Chris trennen. Und dann hatte sie wohl den Plan gehabt, mit einem anderen – Henrik Busch, den sie seit ein paar Monaten kannte – vorübergehend zusammenzuziehen oder ihn zu heiraten.«

»Dann hat sie also beide verloren, ihren Ehemann und ihren Liebhaber?«

»Laut ihrer eigenen Erklärung, ja. Sie war es, die die Polizei gerufen hat – hinterher.«

»Sie ist ziemlich kaltblütig, nicht?«

»Wenn sie will, jedenfalls. Und jetzt will sie.«

»Keine Tränen?«

»›Passiert ist passiert‹, hat sie gesagt.«

»Bist du sicher, dass sie nicht …?«

»Überhaupt nicht. Ich bin mir in keinerlei Hinsicht sicher. Ich kann auch überhaupt nichts beweisen. Sie sagt, sie habe sich mit Busch treffen wollen – es war seine Wohnung –, und dann sei Chris hereingestürzt, den Finger am Abzug. Sie habe nicht mal gewusst, dass er die Adresse kannte. Als Busch die Knarre sah, hat er ebenfalls eine rausgeholt – in Notwehr –, und sie habe sich dann im Badezimmer versteckt, sagt sie, während die beiden aufeinander schossen. Sie sei erst wieder herausgekommen, als alles ganz still war.«

»Ich würde fast sagen: ›Armes Mädchen‹, wenn es einem nicht so verdammt schwer fallen würde, ausgerechnet sie so zu bezeichnen.«

»Ach, von ›arm‹ kann da gar nicht die Rede sein. Sie wird Chris Hammer beerben. Und auch wenn er gar nicht danach aussieht, er hatte Geld. Einen ganzen Haufen. Sie ist ihn jetzt los und fährt sehr gut dabei. Sie hat massenweise Möglichkeiten.«

»Aber nicht ihren Henrik.«

»Das ist nicht so schlimm – habe ich sie sagen hören. Sie hat unter vier Augen angedeutet, dass sie sowieso schon beschlossen hatte, mit ihm Schluss zu machen – auch mit ihm. Sie hat einen anderen – dritten – Mann gefunden, sagte sie – und ihn wolle sie heiraten.«

»Und wer ist dieser Glückliche?«

»Der, der Henrik Busch beerbt – sein jüngerer Bruder. Er heißt Willy.«

Bei dem Film, den Gitte für mich ausgesucht hatte, handelte es sich um ein »psychologisches« Eifersuchtsdrama zwischen drei Personen, die viel redeten und sich ansonsten ab und zu ohrfeigten oder einen Blumentopf zerschlugen. Der Film kam mir ziemlich harmlos vor.

Die Nächte sind nichts für alte Männer

1

Schräg gegenüber meiner bescheidenen Wohnung – oder besser gesagt, meiner stinkigen Slumhöhle mit Postadresse – liegt das Heim für Alleinstehende Männer. Nachts, wenn ich nicht schlafen kann und vor dem Fenster sitze und hinausstarre, kann ich beobachten, wer kommt und wer geht, wer das Licht anmacht oder löscht – sofern solche Beobachtungen überhaupt der Mühe wert sind.

Für die meisten nämlich ist das Heim für Alleinstehende Männer – auch wenn es sich offiziell ganz neutral ›Pensionat‹ nennt – die letzte Station auf ihrem Lebensweg. Hier wohnen alte, halb senile Witwer, die ihr ganzes Leben lang nicht gelernt haben, ein Steak zu braten oder ihre Unterhosen selbst zu waschen. Hier wohnen Vollblutalkoholiker, für die der Alkohol längst zum Ersatz für alle anderen Bedürfnisse geworden ist, ausgenommen den Schlaf, und denen die niedrigen Zimmerpreise des Heims die Chance bietet, 75 Prozent ihrer Invalidenrente für Alkohol auszugeben. Hier wohnen frisch Geschiedene, die schnell ein Dach über dem Kopf brauchten; für diese wird das Heim zur Nagelprobe: Entweder sie bleiben hier hängen und sind dann im Laufe eines Jahres mehr oder weniger die Verlierer, oder sie kommen wieder heraus und sind dann vielleicht stark genug, um neu anzufangen. Sonst kehren sie einfach zurück – wie Brieftauben in einen Taubenschlag.

Das Heim an der Ecke Istedgade/Viktoriagade hat etwa fünfzig Zimmer, verteilt auf vier Stockwerke über einem Lebensmittelladen im Erdgeschoss. Alle Zimmer sind im Großen und Ganzen gleich: Es gibt ein Bett, einen Kleiderschrank, ein Bücherregal, ein Waschbecken, einen Tisch und zwei bis drei wacklige Stühle – wie in einem Einzelzimmer in einem kleineren christlichen Hospiz in der Provinz. Die wenigsten der in dem Heim logierenden Männer versuchen, ihrem Zimmer eine, wie die Illustrierten es nennen, »persönliche Note« zu verleihen – vielleicht ist das auch unmöglich. Es reicht höchstens für ein Bild der verstorbenen Ehefrau, einer alten Mutter oder eines verlassenen Kindes, das der Betreffende möglicherweise vermisst.

Alles atmet Sinnlosigkeit, Feuchtigkeit und Depression, bis hinein in das Balkenwerk und in die Mauern.

Das Schlimmste aber ist der Geruch.

Ich möchte nicht behaupten, dass die Istedgade lieblich duftet, aber in der würzigen Mischung aus Urin, Alkohol und Benzin in der Straße kann man doch bisweilen unvorhergesehen einer leichten Prise unverfälschten Sauerstoffs begegnen. Sobald man dagegen die Eingangstür zum Heim für Alleinstehende Männer öffnet, verfällt man in eine endlose Depression.

Bei diesem Geruch handelt es sich nicht bloß um einen Geruch aus gesammelten und konzentrierten Alkohol-Dünsten, ungewaschenen Kleidungsstücken, selten benutzten, vom Schimmel befallenen Badezimmern und unsauberen Toiletten. Es ist ein Geruch von Selbstaufgabe.

Deshalb sind die Lebenstüchtigeren, die dort einziehen, schnell wieder draußen.

Missverstehen Sie mich nicht: Das Heim für Alleinstehende Männer ist weder ein Wohltätigkeitsverein noch eine Herberge der Heilsarmee. Um hier zu wohnen, muss man bezahlen. Und diese – alles andere als philanthropische – Stätte gehört einem cleveren Immobilienhai, der entdeckt hat, dass diese Art von Vermietung weitaus höhere Quadratmeterpreise ermöglicht als sich ansonsten jemals für einen solchen Schlamm-Slum erzielen ließe.

Aber wie gesagt: Es ist selten, dass ich dort hinübersehe, wenn ich nachts aus dem Fenster starre. Ich ziehe den Anblick der lärmenden, lustigen und lallenden Nachtschwärmer dieser trostlosen Melancholie vor.

Nachdem es tagsüber geregnet hatte, war es inzwischen ein ruhiger Abend geworden, und die Straße wirkte so verlassen wie ein Seebad im Dezember. Wie schon so oft saß ich an meinem Schreibtisch, in langweiliger Gesellschaft nur mit mir selbst, und überlegte, was ich unternehmen könnte. Ich war es leid, in meiner eigenen Wohnung nur so dazusitzen und Musik zu hören. Das Tagewerk war getan, die neueste Ausgabe des BLADET rollte gerade in diesem Augenblick durch die Druckmaschinen am Rathausplatz, und keine lebende Seele hatte morgen Vormittag auch nur den Hauch eines legitimen Anspruchs auf mich. Ich war mein eigener Herr. Ich konnte tun, was ich wollte. Ich wünschte, ich hätte etwas gewollt.

Draußen regnete es immer noch. Ein sanfter, nahezu melodischer Nieselregen, der sich mit dem Schein der Verkehrsampeln auf dem Asphalt mischte. Grün, gelb, rot, gelb. Grün, gelb, rot, gelb. Blau.

Blau?

Ich stand auf, um das Panorama der Straße in voller Breitwand sehen zu können. Doch, da war das blaue Licht. Es kam von einem Polizeiwagen auf der anderen Straßenseite. Er hielt direkt vor dem Heim für Alleinstehende Männer.

Und aus dem Polizeiwagen stieg Inspektor Ehlers vom Halmtorvet und betrat das Heim, gefolgt von zwei Kollegen in Uniform.

Ich wartete fünf Minuten. Sie kamen nicht wieder heraus. Dafür kam ein Krankenwagen und verbreitete noch mehr Blaulicht über den Asphalt. Zwei Männer gingen hinein. Irgendetwas musste in diesem großen, tristen Haus tatsächlich passiert sein.

Die Uhr zeigte 0.05, und das Stjernecafé hatte noch lange geöffnet. Ich zog mir eine Jacke an, steckte mir eine Packung Zigaretten in die Tasche und ging hinunter, um die Ereignisse aus größerer Nähe verfolgen zu können. Das Stjernecafé, es liegt im Erdgeschoss des Hauses, in dem ich im vierten Stock zur Linken wohne, würde – wieder einmal – ein idealer Aussichtspunkt sein.

Ich öffnete die schwere Tür und ging an die Bar zu Bob.

»Hallo Bob«, sagte ich.

»Hallo«, sagte er. »Das Übliche?«

»Was sonst?«

»Es hätte ja sein können, dass du etwas zu feiern hättest.«

»Was sollte das schon sein?«

»Keine Ahnung. Schlaffer Abend, was?«

»So schlaff wie ein dänischer Film. Was ist denn da gegenüber los?«

»Auch keine Ahnung, du. Ich hab nur gesehen, wie sie gekommen sind.«

Ich griff mir meine Flasche und mein Glas und platzierte mich der Aussicht wegen am Fenster. Ich will gar kein Geheimnis daraus machen, dass ich neugierig war – genauso wenig wie zum Beispiel die Scheidung eines Schauspielers oder der Beitrag eines Politikers zu wohltätigen Zwecken ein Geheimnis ist. Eine hässliche Angewohnheit, wie meine Mutter stets behauptet hatte. Aber nützlich – nicht zuletzt für einen Journalisten.

Und es war deutlich erkennbar, dass ich nicht der Einzige war, der diese hässliche Angewohnheit hatte. Während ich so dasaß und auf die vorher so menschenleere Straße blickte, füllte diese sich allmählich mit Leuten, die aus den Türen der Kneipen, Wohnhäuser und durchgehend geöffneten Geschäfte auftauchten, um zu sehen, was passiert war. Nicht, dass der Anblick eines Polizeiwagens in der Istedgade etwas Neues gewesen wäre, absolut nicht – aber der Grund für seine Anwesenheit hätte ja, rein theoretisch, immer ein neuer sein können.

Wie in einem Film im Zeitlupentempo schlossen sich die Leute dem beginnenden Menschenauflauf an. An ihren Bewegungen und Gesten konnte ich, wenn auch nicht durch direktes Lippenlesen, erkennen, dass sie sich gegenseitig fragten, was wohl passiert sein mochte. Wonach, zum Teufel, hätten sie auch sonst fragen sollen? Wonach zum Teufel hatte ich selbst gerade erst Bob gefragt?

Niemand schien etwas zu wissen.

Alle blieben stehen.

Es dauerte eine Zigarettenlänge, bevor überhaupt etwas geschah. Dann kamen die beiden Rettungssanitäter wieder heraus, gingen zu ihrem Wagen und holten eine Krankenbahre heraus. Sie schüttelten den Kopf als Antwort auf eine anscheinend ganze Welle von Fragen und gingen mit der Bahre die Treppe hinauf.

Nach einer weiteren Zigarettenlänge löste sich die Spannung, als sie mit einem Körper auf der Bahre zurückkamen. Selbst drinnen, hinter den Fenstern des Stjernecafé, konnte ich spüren, wie ein Flüstern durch die Zuschauermenge ging, ein kollektives Ausatmen wie bei einem Tor in einem Fußball-Länderspiel.

Der Körper wurde in den Krankenwagen gestopft. Der Krankenwagen fuhr los – nicht vorsichtig, aber auch nicht mit Wahnsinnstempo.

Es musste also eine Leiche sein.

Krankenwagenfahrten haben ihre ganz eigene Sprache. Die tollkühne Fahrt mit Sirene bedeutet: Letzter Augenblick, siebente Runde, aber wir versuchen es. Die vorsichtige, leichenwagenähnliche Fahrt bedeutet: Psst, nicht den Patienten stören, Ruhe auf den Gängen, die kleinste Bewegung könnte sich als schicksalhaft erweisen.

Aber diese Art zu fahren war die dritte Möglichkeit: Die ganz normale Warenbeförderung, ein Transportauftrag, der erledigt werden muss – aber nicht notwendigerweise unter den Vorzeichen »Express« oder »Zerbrechlich«. Und wenn ein Krankenwagen auf diese Weise mit einem Körper auf einer Bahre fährt – dann kann dieser Körper nur eine Leiche sein.

Und wenn am selben Ort und zur selben Zeit dann noch ein Polizeiinspektor mit zwei Assistenten zur Stelle ist, dann ist es mehr als wahrscheinlich, dass es sich bei der Todesursache dieser Leiche nicht unbedingt um Schrumpfleber oder Kehlkopfkrebs handelt.

Der Polizeiwagen blieb weiter dort stehen, und plötzlich entdeckte ich, dass in dem Heim tatsächlich alle Lichter, eins nach dem anderen, angegangen waren, während ich mich auf die Straße konzentriert hatte.

Die meisten Zuschauer wandten sich wieder ihren eigenen Angelegenheiten zu. Nur einer kam zum Stjernecafé herüber. Es war sogar jemand, den ich kannte, Magic – ein alter Artist, Illusionist und Zauberkünstler, der sich seit langem aufgrund steifer Gelenke (und zu vieler Drinks) zur Ruhe gesetzt hatte und jetzt in einer der Nebenstraßen in einer Zweizimmer-Wohnung zwischen vergilbten Zirkusplakaten und ausgeblichenen Varieté-Programmen hauptsächlich in Erinnerungen lebte.

Ich gab ihm, und gleichzeitig Bob, ein Zeichen. Bisweilen kann man hier im Viertel stundenlang ohne ein einziges Wort zurechtkommen. Es gibt sogar welche, die das jahrelang gemacht haben.

Magic trug wie gewöhnlich eines seiner schwarzen Zauberkünstler-Gewänder und eine geblümte Fliege um den Hals, die Aufmerksamkeit erregte, was genau die Absicht war – beziehungsweise gewesen war. Der Grund dafür war, wie ich wusste, nicht so sehr der Umstand, dass er in der Vergangenheit lebte, sondern weil es nun mal das war, was man schon hatte, und weil man über das Alter hinaus war, in dem man überhaupt noch daran dachte, sich neue Kleidung zu kaufen.

»Wie geht's denn so, Alter?«, fragte ich.

»Wie üblich«, antwortete Magic. »Wie gestern und vorgestern. Das weißt du doch. Du willst ja nur wissen, was drüben in dem Heim passiert ist.«

»Du kannst ja Gedanken lesen.«

»Konnte. Ich kann mich erinnern, damals, als ich auf Reisen war mit ... Nein, darüber wollten wir ja nicht sprechen. Ich wusste schon, dass du fragen würdest, denn ich hab dich im Fenster gesehen. Da ist einer gestorben. Ein alter Mann. Genauso alt wie ich.«

»Du bist doch nicht …«

»Hör auf, bevor du zu lügen anfängst. Lügen lohnt sich nicht – nicht einmal dann, wenn man sich selbst anlügt. Aber mehr weiß ich über die Sache nicht. Es war ein alter Mann, der einen ordentlichen Schlag auf den Kopf gekriegt hat – ich hab's selbst gesehen, obwohl sie versucht hatten, ihn zuzudecken. Vielleicht ist er einfach nur gefallen. Die haben da drüben verdammt steile Treppen.«

»Verkehrst du dort?«

»Bisweilen wohnen da alte Artisten – für einen Monat oder zwei, während sie versuchen, ein Quartier zu finden. Zurzeit kenne ich dort niemanden. Auch den da hab ich nicht gekannt. Aber ich hab ja auch nur einen Schimmer zu sehen bekommen – von der Gehirnschale.«

»Hässlich.«

»Hässlich wie das Leben selbst«, sagte Magic entschieden.

Während Bob nachschenkte, trat Ehlers aus dem Heim und ging über die Straße, sicher auf dem Weg runter zum Halmtorvet. Die zwei Beamten mussten drinnen geblieben sein.

»Trotzdem ist es ein schöner Tod«, sagte Magic. »Wenn man erst mal in dem Alter ist. So Knall und Fall. Kein einsames Dahinsiechen zwischen klammen Laken, tagaus, tagein. Davor hab ich am meisten Angst.«

Ich blickte wieder hinaus und sah noch zwei Bullen auf dem Weg zum Heim für Alleinstehende Männer.

Magic gähnte. »Gute Nacht«, sagte er. »Danke für den

Drink. Ich muss nach Hause und ein bisschen dösen. Die Nächte sind nichts für alte Männer.«

Ich sah, wie er langsam über die Straße ging, einen forschenden Blick auf das Heim warf und dann in Richtung Eskildgade verschwand.

Ich sah, dass noch zwei weitere Bullen vor dem Heim eintrafen. Bullen bewegen sich immer paarweise, wie Mädchen von der Heilsarmee und die Zeugen Jehovas.

Dann nickte ich Bob zu und ging in die Nacht hinaus, um den Polizeiinspektor am Halmtorvet aufzusuchen und ihn nach Neuigkeiten aus dem Viertel zu fragen.

Wie schon gesagt: Ich bin sehr neugierig.

2

Dieser Ort macht mich ganz kribbelig«, sagte Ehlers, nachdem wir unsere traditionellen Begrüßungsformeln ausgetauscht hatten und er den Grund für mein Kommen erfahren hatte. – »Ich möchte wahrlich nicht dort enden!«

»Es gibt keinen, der das freiwillig tut«, antwortete ich. »Danke Gott dafür, dass du bessere Chancen hast. So, und jetzt erzähl mir, was passiert ist.«

»Okay. Der Verstorbene hieß Derksen – Pieter Derksen. Er stammte aus Holland, war aber sein Leben lang dänischer Staatsbürger. Ausgebildeter Steuermann. Nie verheiratet, soweit wir das herausfinden konnten. Die Eltern – der Vater Holländer, die Mutter Dänin – sind beide seit langem tot. Einzelkind. Ohne einen einzigen Verwandten in der ganzen Welt.«

»Heim für Alleinstehende Männer.«

»Absolut zutreffend. Siebzig Jahre alt. Hatte sich vor zehn Jahren zur Ruhe gesetzt und seitdem dort gewohnt. Dem Hausmeister zufolge ein Sonderling. Sprach nie mit einem der anderen Heimbewohner. Redete überhaupt so wenig wie möglich. Wenn jemand versuchte, ein bisschen mit ihm zu plaudern, war seine Lieblingsantwort: ›Ich pass schon auf mich selbst auf!‹«

»Ein wahrlich geselliger Mensch, munter und charmant.«

»›Ein Original‹, hat der Hausmeister gesagt – auf jeden Fall ein Einzelgänger. Nun ja, nachdem ich jetzt ein paar seiner Mitbewohner gesehen habe, kann ich es ihm nicht verdenken, dass er am liebsten nur in Ruhe gelassen werden wollte.«

»Was hat er denn mit seiner ganzen Ruhe angefangen? Weißt du das auch?«

»Er hat gelesen, hat lange Spaziergänge gemacht – und als Hobby hat er kleine Modelle von all den Schiffen gebaut, auf denen er im Laufe der Zeit gefahren ist. Er hat sie selbst dem Hausmeister gezeigt. Der Hausmeister – Bertelsen heißt er – scheint der Einzige zu sein, mit dem er überhaupt jemals gesprochen hat. Vernünftig – Bertelsen ist ein ganz aufgeweckter Kerl und scheint über jeden einzelnen Mieter gut Bescheid zu wissen. Hält Augen und Ohren immer offen. Läuft da den ganzen Tag rum und macht sich nützlich – wischt die Treppen, hilft beim Rein- und Raustragen, besorgt Kochplatten – sind verboten, glaube ich –, wechselt Glühbirnen aus und all so was. Ich glaube, er ist vorbestraft wegen Beteiligung an Schmuggel vor einigen Jahren, aber hier im Viertel gibt es viele mit Vorstrafen; Helfershelfer zu sein gehört fast zu einer normalen Jugend, und er scheint sich inzwischen wirklich gefangen zu haben. Jedenfalls wohnt er mietfrei und kriegt einen ziemlich anständigen Lohn – und kann seine Arbeit im Großen und Ganzen tun, wie er will.«

»Genau das, was ich mir immer gewünscht habe.«

»Ich auch.«

»Okay, siebzig Jahre und keine trauernden Verwandten, die Fragen stellen. Nur eine Inventur der Wohnung, eine ordentliche Bestattung eines alleinstehenden Rentners, eventuell auf Staatskosten. Alles zusammen ganz hübsch, so wie die Dinge nun mal laufen – aber was hast du da zu suchen gehabt? Und warum sind jetzt immer noch sechs Beamte drüben?«

»Du hast das Ganze verfolgt? Dann will ich dir mal den neuesten Stand sagen: Inzwischen sind es acht.«

»Heraus mit der Sprache!«

»Irgendwie stört mich seine Verletzung an der Gehirnschale. Es ist möglich, dass er gefallen ist – es ist tatsächlich möglich, aber in diesem Fall wäre er auf die verdammt unglücklichste Art gefallen, die ich jemals bei einem menschlichen Wesen gesehen habe. Er lag nicht da, wie man liegt, wenn man nur einfach so gefallen ist. Er lag eher da wie einer, der zuerst gefallen ist und den irgendjemand danach lässig ein wenig beiseite getreten hat, um vorbeizukommen. Sein Körper war unnatürlich zusammengekrümmt.«

»Mord?«

»Ich kann nichts beweisen – jedenfalls noch nicht. Aber irgendwas stört mich. Du weißt ja, ich glaube an Intuition. Nicht als irgendeine magische und göttliche Idee des Höchsten, sondern als eine Eigenschaft, die man sich langsam durch rohe Routine und saure Schufterei aneignet. Ich bin schon so lange Bulle, dass ich gelernt habe, es zu riechen, wenn etwas faul ist.«

»Warum sollte irgendjemand einen einsamen, alten Sonderling ermorden?«

»Im Heim hat man gesagt, er hätte viel Geld.«

»Ein Rentner?«

»Ein Rentner war in seinem Leben nicht immer nur Rentner. Denk an seine Vergangenheit. Hier haben wir einen Mann, der ein aktives Berufsleben von fast vierzig Jahren hinter sich hat. Ein Steuermann bekommt guten Lohn, viel mehr als ein alleinstehender Mann für vernünftige Zwecke ausgeben kann. Er ist regelmäßig gereist, hat Kost und Logis so gut wie immer bezahlt bekommen, und wenn er mal zu Hause war, hat er sich sicher nur ein Zimmer gemietet. Das ist kein Lebensstil, der große Summen erfordert.«

»Viele an seiner Stelle hätten sie für Pferderennen ausgegeben. Oder für Glücksspiel. Oder um im Hafen Spaß zu haben. Oder ...«

»Er nicht. Ich habe gerade mit ein paar Kapitänen gesprochen, die mit ihm gefahren sind. Sie haben die gleiche Beschreibung von ihm geliefert, Wort für Wort: ein schweigsamer, besonnener, fleißiger, introvertierter Mann. Also absolut der Letzte, der versumpfen oder mit einer Hafennutte in die Kiste steigen würde. Nein, es ist nicht ganz unwahrscheinlich, dass so ein Mann sich ein niedliches kleines Vermögen beiseite gelegt hat – obgleich, wofür bloß? Na ja, jedenfalls gibt es ein ganz gutes Indiz für sein angebliches Vermögen, und zwar hatte er – als einziger der fünfzig Mieter, wohlgemerkt – auf eigene Rechnung ein Sicherheitsschloss an seiner Tür anbringen lassen. Alle anderen waren mit dem üblichen Schloss zufrieden gewesen, aber Derksen ließ nicht locker, bis ein Schlosser bestellt wurde, der ein tipptopp modernes Sicherheitsschloss anbringen konnte; so eins, das mit dem Türfutter so fest verbunden ist, dass man schlichtweg die Tür sprengen müsste, um ohne Schlüssel hinein- oder hinauskommen zu können. Erst als das in Ordnung gebracht war, ist er eingezogen.«

Ehlers stand auf und sah auf den Halmtorvet hinaus, die Arme hinter dem Rücken verschränkt. Auch ich sah hinaus.

Menschen waren draußen immer noch dünn gesät. Eine einzelne Straßenlaterne warf ihr Licht auf einen Mann in einem roten Renault, der an die Seite fuhr und ein Mädchen aufsammelte. Ohne das Lippenlesen zu beherrschen, wusste ich, dass er, als sie zu ihm einstieg, nur die zwei reizenden Worte sagte: »Wie viel?«

»Na ja«, sagte Ehlers, als würde er sich einen Ruck geben, »ich werd wohl besser rübergehen und sehen, was für Fortschritte sie machen – wenn es überhaupt welche gibt. Ich bin nur hierher gekommen, um so viel wie möglich über seinen Hintergrund zu erfahren. Kommst du mit?«

Natürlich ging ich mit. Wie schon gesagt – ich bin ...

Als wir auf die Straße traten, war es kühl, aber nicht eisig. Im Laufe des Abends hatte der Regen die Straßen so sauber gewaschen, wie dies überhaupt möglich war, und die Fassaden wurden von Blinklichtern und Neonschildern abwechselnd erhellt und aufgelöst.

Eine Gestalt huschte schnell wie eine Katze in einen Toreingang, als sie Ehlers erkannte.

Vor dem Heim für Alleinstehende Männer hingen nur vereinzelt ein paar straßenbekannte Säufer herum, darunter einige von der niedrigsten Kaste, Kirschwein und Selbstgebrannter, die sowieso irgendwo herumhängen mussten und dies genauso gut hier tun konnten, wo es vielleicht die Chance gab, dass irgendetwas passieren würde.

Zu diesem Zeitpunkt musste die Neuigkeit bereits im ganzen Viertel die Runde gemacht haben.

Wir stiegen die Treppen hoch – Magic hatte Recht gehabt, das Treppensteigen hier war tatsächlich Arbeit – bis zum zweiten Stock und gingen durch einen langen Korridor, der an einem Etagen-Kontingent von zehn Zimmern entlangführte. Nur eine nackte Glühbirne hing von der Decke des Korridors herab und beleuchtete einen verschlissenen Läufer undefinierbarer Farbe und Herkunft. Die Wände waren weiß gestrichen. Oder besser gesagt: Die weiße Farbe war *beabsichtigt*, und zweifellos waren die Wände es einmal – vermutlich vor ein paar Weltkriegen – auch gewesen.

Ehlers klopfte ein paar Mal kurz an und öffnete dann die Tür zum dritten Raum auf der rechten Seite.

»Guck mal, wen ich mitgebracht habe«, sagte er, so gemütlich wie ein Toastmaster auf einem Betriebsfest. »Gibt's was Neues?«

Er trat zur Seite, und ich konnte sehen, dass es sein Lieblingsmitarbeiter und Schützling Kaspersen war, den er auf diese kameradschaftliche Art angesprochen hatte.

Kaspersen nickte freundlich. Er kniete neben dem Bett auf dem Fußboden und war eifrig damit beschäftigt, den Bezug von Derksens lang gedientem Kopfkissen abzuziehen.

Das Zimmer sah genauso aus, wie zu erwarten gewesen war. Es gab ein Bett, einen Tisch, einen Stuhl. Auch ein Waschbecken und einen Kleiderschrank gab es. In einem Regal standen Bücher, die alle von Schiffen, Seefahrt und Segeln handelten. Auf dem Tisch standen eine Thermoskanne, eine Tüte Zucker und eine Dose Pulverkaffee; der Rest der Küche bestand aus einer Kochplatte und einem Wasserkessel. An Esswaren waren Schwarzbrot und ein Käse vorhanden. Ein Mann mit schlichten Gewohnheiten.

Hier und da standen Pappkartons mit Instrumenten, Werkzeug und diversen Materialien herum, und Nippes, aber nur zwei Dinge stachen hervor: einige enorme Stapel – nahezu Säulen – alter Zeitungen auf dem Boden, so viele, als hätte der Mann die alten Zeitungen gesammelt – und auf zwei aufgehängten Regalbrettern eine Ausstellung mit präzise gefertigten Schiffsmodellen, handgearbeitet bis ins kleinste Detail. Jedes einzelne Segel, jeder einzelne Mast war sorgfältig aus Leinwand ausgeschnitten bzw. aus Holz geschnitzt. Es musste tausende von Arbeitsstunden gekostet haben.

Vielleicht zehn Jahre, schlechthin.

»Man muss ein Hobby haben!«, pflegte Chefredakteur Otzen stets zu sagen. »Man wird wahnsinnig, wenn man keins hat!«

Sein Hobby war Trabrennen. Er hatte mich jahrelang genervt, weil ich kein Hobby habe.

Derksen hatte dieses Problem jedenfalls nicht gehabt.

Ich entdeckte, dass es in beiden Wänden Türen zu den Nachbarzimmern gab. Ehlers folgte meinem Blick.

»Ja«, sagte er. »Zwischen allen Zimmern gibt es Türen, so wie in altmodischen Hotels – dies hier ist übrigens mal ein Hotel gewesen, um die Jahrhundertwende, glaube ich. Aber die Türen sind immer verschlossen. Und außerdem …«

Er zuckte mit den Schultern.

»Außerdem was?«, fragte ich.

»Außerdem steht vor der einen Tür das Bett und vor der anderen der Tisch. Falls jemand auf einem dieser Wege hineinkommen wollte, hätte Derksen das sofort gehört. Und er war noch nicht zu Bett gegangen. Jedenfalls war er vollständig bekleidet – mit einer alten Uniform.«

Genau wie Magic. Wie hatte der noch gleich gesagt? *Die Nächte sind nichts für alte Männer.*

»Hat niemand was gehört?«, fragte ich.

»Wir fragen und fragen«, antwortete Ehlers. »Vorläufig hat niemand was gehört, nur die ›üblichen Geräusche‹. An so einem Ort gibt es immer Geräusche. Einer, der sich wäscht; einer, der ein Möbelstück verschiebt; einer, der die WC-Spülung betätigt; einer, der Radio hört; zwei, die sich nebenan oder eine Etage tiefer unterhalten und Karten spielen … Ich hab selbst einmal in so einem Gebäude gewohnt.«

Inzwischen war Kaspersen bis zum Federbett gekommen, nachdem er über das Kissen bedauernd den Kopf geschüttelt hatte. Er steckte den ganzen Oberkörper hinein. Er musste so niesen, dass sein langer, dünner Körper erbebte.

»Und schau mal hier!«, sagte Ehlers und zeigte mir das Schloss der Eingangstür. »Nicht eine Schramme am Sicherheitsschloss, nicht der kleinste Kratzer! Alles deutet darauf hin, dass keine Menschenseele hier hereingekommen ist. Also muss er doch gefallen sein. Er war ein alter Mann und nicht allzu sicher auf den Beinen. Aber diese Verletzung …«

»Wie hat man ihn denn überhaupt gefunden?«

»Der Hausmeister wiederum. Er sollte einen tropfenden Wasserhahn reparieren – den da, der immer noch tropft – und hatte sich verspätet. Er wusste, dass Derksen lange wach zu bleiben pflegte. Als niemand antwortete, wusste er, dass irgendwas nicht stimmte – der kann so was auch riechen. Er hat von allen Zimmern Zweitschlüssel – als Sicherheitsmaßnahme bei Feuer oder Unglücksfällen.«

Ehlers biss sich auf die Lippe,

»Er hätte jemanden hereinlassen können«, murmelte er. »Aber so spät? Und um dann wieder abschließen zu können, hätte er noch am Leben sein müssen – so ein Schloss kann man nicht einfach zuschnappen lassen ...«

»Diese Arbeit hat auch gewisse komische Seiten, Chef«, sagte Kaspersen fröhlich vom Bett her. »Davon haben sie uns auf der Polizeischule nichts gesagt. Soll ich die Matratze mitnehmen?«

»Nimm alles mit!«, sagte Ehlers. »Es gibt keine Erben, und es wird sowieso alles öffentlich versteigert, es sei denn, wir finden irgendwo ein Testament, und das ist genauso gut ein Grund zu suchen wie jeder andere. Geld und Papiere – darum geht's. Jetzt steht höfliche, zivilisierte, ermächtigte Sachbeschädigung an, meine Herren. Wir nehmen alles auseinander!«

Und dann fingen wir an, die letzte Kabine des alten Steuermanns langsam und methodisch in ihre Einzelteile zu zerlegen.

Es war 3 Uhr morgens.

3

Um 5 Uhr hatten wir alle Bücher und Zeitungen durchgeblättert, sämtliche Wände nach Hohlräumen abgeklopft, die gesamte Zivilkleidung (einschließlich der Socken) des Steuermanns durchwühlt, seine Grabbelkisten mit alten Sextanten, Barometern, Messern und unbekannten Instrumenten untersucht und hatten sogar – wie in einer Posse – sein Schwarzbrot durchgeschnitten.

In einem großen, groben Umschlag hatten wir seine fünf wichtigsten Papiere gefunden – Taufschein, Personalausweis, Krankenversicherungskarte, Pass und Seefahrtsbuch.

Ein Testament aber nicht.

Und auch nicht den leisesten Hinweis auf ein Vermögen.

Als sich draußen vor dem Fenster allmählich die ersten zarten Sonnenstrahlen zeigten, wünschte ich den beiden anderen viel Erfolg bei der weiteren Suche. Ich war müde. Und sie bekamen ja schließlich auch Geld dafür.

Ehlers brummte nur. Er sah bleich und übernächtigt aus. Seine acht Leute hatte er einen nach dem anderen nach Hause geschickt, nachdem sie von ihren verschiedenen Verhören im Haus zurückgekommen waren – ohne etwas Neues erfahren zu haben. Nur er und Kaspersen blieben noch da.

Ich ging nach Hause und legte mich schlafen. Nach dem Heim für Alleinstehende Männer kam mir meine ansonsten so anspruchslose Wohnung – insbesondere mein Bett – geradezu luxuriös vor.

Kurz bevor ich einschlief, überlegte ich – einen kurzen, schuldbewussten Augenblick lang –, ob ich die Story telefonisch an das BLADET durchgeben sollte, entschied aber, dass dies nicht notwendig war. Sie war wirklich zu unbedeutend. Ein toter Rentner ist keine richtige Story.

Am nächsten Morgen hatte der Regen seine Tätigkeit wieder aufgenommen. Ein Blick aus dem Fenster genügte, um erneut in Depressionen zu verfallen. Strömende Fluten von Wasser entlang der Rinnsteine, und unten auf der Straße lauter vornübergebeugte Gestalten, die durch zusammengebissene Zähne zu fluchen schienen.

Erst als ich ein Bad genommen, mich rasiert, angezogen und Kaffee gekocht hatte, fiel mir wieder ein, dass ich ja heute wegen der Berichterstattung über eine Terroristensache »von internationaler Tragweite« für das BLADET nach Hamburg musste.

Ich musste schon im Voraus gähnen – es gibt nichts Langweiligeres als diese in die Länge gezogenen Gerichtsverfahren, besonders in Deutschland –, aber es war nicht zu ändern. Erstens hatte ich bereits zugesagt, und damit das Urteil akzeptiert. Und zweitens war ich – dank einer kurzen zweifelhaften Vergangenheit als Reiseleiter – einer der wenigen Mitarbeiter des BLADET, die ganz ungewollt ein einigermaßen passables Deutsch sprachen.

Der Gerichtsprozess dauerte drei Tage, in deren Verlauf ich mir einen Gähnvorrat fürs ganze Leben zulegte. Ähnliches würde wahrscheinlich auch den Lesern des BLADET gelingen, wenn sie nicht ganz einfach die Berichte bei der Lektüre überspringen würden – was ich als Einziger nicht konnte.

Als ich nach Hause kam, hatte die Regenzeit vorübergehend aufgehört. Nach einer Tagesreise mit dem Zug – um, aufgrund eines Flughafenstreiks, eine weitere Hotelübernachtung in Hamburg zu vermeiden – erreichte ich am frühen Abend den Kopenhagener Hauptbahnhof. In einem kalten Wind, der zusammengeknüllte Zigarettenschachteln und Schokoladenpapier wie Karnevalskonfetti durch die Luft wirbelte, ging ich die Istedgade hinunter. Zu Hause schmiss ich meinen Koffer hin, ohne ihn gleich auszupacken, rief beim BLADET an und meldete mich lebend zurück, bekam zu hören, dass sie damit eben leben müssten, und ging wieder hinunter auf die Straße, wo ich mich freute, in Kopenhagen zu sein. Nicht gerade eine Freude von dionysischen Dimensionen vielleicht, eher eine Freude bescheidener Größenordnung, wie sie nun mal für mich bestimmt zu sein scheint.

Unten am Enghave Plads traf ich Magic, der ebenfalls auf seiner abendlichen Tour unterwegs war. Er fragte höflich, wo ich gewesen sei (kein dauerhaft Ansässiger in der Istedgade kann die Straße auch nur für drei Tage verlassen, ohne dass dies nicht sofort bemerkt würde). Ich erzählte es ihm, und er nutzte spornstreichs die Gelegenheit, um auf seine sonnigen, glücklichen Wochen im Varieté Schwarzer Schwan (hieß es, glaub ich) in Hamburg zu sprechen zu kommen. Er war enttäuscht, dass ich dieses denkwürdige Etablissement nicht besucht hatte, und ich unterließ rücksichtsvoll jegliche Form von Andeutung, dass der Laden wahrscheinlich schon vor vierzig Jahren ausgebombt worden war.

»Übrigens, hast du schon das Neueste vom Heim gehört?«, fragte er, als die Erinnerungen einigermaßen durchgelüftet waren.

»Nein?«, sagte ich und war wirklich interessiert.

»Die Polizei hat den Hausmeister festgenommen.«

»Ist er es gewesen?«

»Jedenfalls ist er verhaftet.«

Als ich mich zwei Minuten später von Magic verabschiedet hatte, ging ich umgehend in Richtung Halmtorvet. Dort erfuhr ich, dass Ehlers in einer halben Stunde kommen würde.

Diese halbe Stunde nutzte ich für ein Glas im Stjernecafé, wo Bob zum einen wissen wollte, wo ich gewesen sei, und zum anderen fragte, ob ich schon das Neueste vom Heim gehört hätte.

Ehlers fragte nicht, wo ich gewesen sei, als ich zurückkam. Ehlers las seine Zeitung.

»Stimmt das, ihr habt diesen Bertelsen geschnappt?«, fragte ich.

»Ja und nein«, antwortete Ehlers. »Wir können ihn wegen Betrugs anklagen, vielleicht auch wegen Diebstahls. Mehr können wir ihm aber nicht anhängen.«

»Erzähl!«

»Nachdem du in der betreffenden Nacht nach Hause gegangen warst, haben Kaspersen und ich weiter nachgeforscht. Wir hatten wirklich alles auf den Kopf gestellt. Zum Schluss kamen wir zu den Schiffsmodellen. In einem von ihnen war ein kleiner, geschickt angebrachter Hohlraum, ein Deckel zum Laderaum, der sich öffnen ließ. Dort befand sich ein Schlüssel.«

»Zu was?«

»Ich dachte sofort, es wäre einer für ein Bankschließfach. Er sah so ähnlich aus.«

»Und dann?«

»Dann fiel mir ein, dass man ja gewöhnlich zwei Schlüssel ausgehändigt bekommt, wenn man ein Bankschließfach mietet. Also untersuchten wir auch die anderen Schiffe gründlich, und wir fanden noch eins mit einem Hohlraum – aber der war leer.«

»Daraus folgerte ich«, fuhr Ehlers fort, »dass der Mörder den anderen Schlüssel gefunden hatte und wohl an einem genug gehabt oder überhaupt nicht daran gedacht hatte, dass es diese Sorte immer in doppelter Ausführung gibt. Dann habe ich einen jungen Assistenten losgeschickt, um das passende Schließfach für den Schlüssel ausfindig zu machen. Ich ging davon aus, dass er einer der lokalen Banken gehören musste, und tatsächlich erkannte man ihn in der Sparkasse am Vesterbro Torv wieder. So einfach war das.

Ich bin hingegangen und habe das Schließfach inspiziert. Darin lagen ein Rentensparpapier, ein Bank-Sparbuch mit Namen und ein hübscher, großer Stapel Prämienschuldverschreibungen – insgesamt ein Betrag im Wert von rund einer halben Million. Es wäre für jeden – wenn man sich nicht allzu ungeschickt anstellt – relativ einfach gewesen, das Meiste davon abzuheben.

Also brauchte man die Bank nur anzuweisen, das Schließfach zu beobachten – und tatsächlich, es vergingen nicht mehr als drei Tage – das war gestern –, bis die kleine Ratte von Bertelsen es nicht länger lassen konnte. Die Ratte musste mal eben am Käsestück schnuppern und tappte in die Falle.«

»Warum hat der Dummkopf nicht gewartet?«

»Bestimmt weil er eben ein Dummkopf ist. Ich wusste, dass er es war – von Anfang an. Wer zur Hölle sollte sonst so schmerzfrei hineingekommen sein? Er besaß zu jedem Schloss einen Zweitschlüssel. Er konnte immer vorgeben, etwas ganz legitim erledigen zu müssen. So ein Hausmeister ist wie ein Gespenst, das durch die

Wände dringen kann. Egal, wo man ihn antrifft, er wird stets behaupten können, er sei gerade dabei, eine lose Verbindung zu untersuchen oder ein undichtes Wasserrohr zu reparieren. Und wenn er ganz sorgfältig vorgeht, kann er das entsprechende Teil vorher so präparieren, dass das wirklich erforderlich wird. Es war klar, dass er es war. Es ärgert mich nur, dass wir ihm niemals etwas beweisen können werden.

Ich sehe den Hergang ganz deutlich vor mir. Es ist so einfach wie ein Comic. Bertelsen hat keine Lust mehr, Hausmeister zu sein, für alleinstehende Männer die Treppen zu putzen und für sie den Aufpasser zu spielen. Bertelsen wittert seine Chance. Bertelsen schleimt sich bei Derksen ein, bitte entschuldige meine vulgäre Sprache. Bertelsen belauert ihn. Bertelsen durchsucht höchstwahrscheinlich jedes Mal Derksens Zimmer, wenn der spazieren geht. Du erinnerst dich, er machte lange Spaziergänge.

Eines Tages findet Bertelsen den Schlüssel, und dann hat für Derksen die Stunde geschlagen. Bertelsen braucht bloß anzuklopfen, Derksen gegen die Wand zu stoßen – was bei einem gebrechlichen alten Mann leicht ist –, zuzusehen, dass das gründlich geschieht, und dann seinen Schlüssel zu nehmen, die Polizei zu rufen und das Bankschließfach zu leeren, wenn sich die ganze Aufregung gelegt hat. Und das geht schnell – in so einem Fall.

Es kann nur so gewesen sein, sonst hätte er nicht den Schlüssel gehabt. Natürlich hätte Derksen sofort entdeckt, wenn er verschwunden wäre. Wenn man sich so viel Mühe macht, etwas zu verstecken, trotz des Sicherheitsschlosses – dann schaut man auch nach, ob es noch da ist. Bestimmt jeden Tag.«

»Was sagt er selbst?«

»Das ist es ja, du. Auch wenn er ein Dummkopf ist, so ist er doch kein so großer Dummkopf, dass er etwas sagt. Nur dass er den Schlüssel auf der Treppe gefunden hätte und nachsehen wollte, worum es dabei ging. Das passt nun nicht so ganz dazu, dass er wusste, an welche Bank er sich zu wenden hatte. Er ist Derksen eines Tages sicher dorthin gefolgt. Derksen erschien dort übrigens selten – niemand in der Bank konnte sich erinnern, wie er aussah. Das hätte es sehr einfach gemacht – nur eine Unterschrift fälschen, die er sicher kannte …

Nein, er hätte einen Schlüssel gefunden und hätte die Angelegenheit untersuchen wollen, das ist alles. Er kriegt eine Gefängnisstrafe wegen versuchten Betruges, aber mehr kann daraus nicht werden, falls er nicht was Falsches sagt. Und wie gesagt: Er sagt absolut nichts.«

»Gibt es in Derksens Zimmer keine Fingerabdrücke?«

»Er sei da oben gewesen und habe die Schiffsmodelle bewundert – auf Einladung hin. Das sagte er selbst.«

»Ein reiner Fiasko-Fall«, zog Ehlers kurz die Schlussfolgerung. »Ein Fiasko für Derksen: Er starb. Ein Fiasko für die Polizei: Wir können den Mann nicht festnageln. Ein Fiasko für den Mann: Er kam nicht an das Geld. Eine Pleite für alle Beteiligten. Absolut nicht zufrieden stellend. Aber sehr realistisch.«

»Ja, aber«, sagte ich, »wenn du das mit dem Hausmeister die ganze Zeit gewusst hast, warum zum Teufel hast du dann ganze acht Mann da drüben herumlatschen und die Heimbewohner verhören lassen?«

Ehlers grinste – zum ersten Mal an diesem Tag.

»Kannst du dich an den Abend erinnern?«, sagte er. »Die Straßen waren völlig leer. Nichts passierte. Drinnen hatten wir eine größere Mannschaft – darunter eine Gruppe Praktikanten. Die Meisten davon sehr jung. Das hielt sie auf Trab.«

»Je eher sie die Routine kennen lernen, desto besser«, schloss Ehlers und streckte sich, als bräuchte er eine ganze Nacht Schlaf.

Was bei ihm zweifellos der Fall war. In der Regel war es bei ihm immer der Fall.

Ich ging wieder. Ich verstand seinen Ärger.

Auch als er mir dann einige Wochen später erzählte, Bertelsen habe »ein paar Monate« wegen »versuchten Betruges« bekommen. Aber, wie Ehlers zugab: Man konnte gerechterweise die – vom Pflichtverteidiger ausdrücklich betonte – Möglichkeit nicht ausschließen, dass Bertelsen Derksen tot auf dem Boden liegend vorgefunden und dann nur schnell gehandelt und in der Eile die Leiche geschubst hätte. »Im Zweifel für den Angeklagten«, wie das alte Klischee besagt.

»Dieser Fall hat gezeigt, wie ein Rechtsstaat funktioniert!«, hatte der Richter nach der Urteilsverkündung erklärt – erzählte Ehlers und schnitt dabei eine grapefruitbittere Grimasse.

Allerdings wurde Bertelsen nicht wieder als Hausmeister eingestellt, als er herauskam. Aber er ließ sich auch nicht wieder im Viertel nieder. Es hatte in der Zwischenzeit zu viele Gerüchte gegeben. Zu viele für ein auch nur einigermaßen bequemes Leben mitten in Vesterbro.

Der Fall geriet in Vergessenheit, sogar in den Straßen in unmittelbarer Nachbarschaft. Er gehörte nicht zu der Art von Fällen, an die man sich erinnert. Es gab keine Sensationen, keinen Sex, keine »bekannten Gesichter« oder Berühmtheiten aus den Illustrierten. Es gab nur einen toten, alten Mann mit einem Sack voller Geld, das einen anderen, jüngeren in Versuchung geführt hatte.

Aber es passiert mir jetzt öfter als vorher, dass, wenn ich so dasitze und aus meinem Fenster in der Nacht auf die Istedgade hinausstarre, ich den Blick auf die eintönige Fassade des Heims für Alleinstehende Männer richte, mit den fünfzig gleichartigen Zimmern und ihren erleuchteten Fenstervierecken. Und dann höre ich wieder Magics Stimme, wie er sagt: *Die Nächte sind nichts für alte Männer*, und ich grüble einen Moment lang nach, was in diesen Räumen wohl vor sich gehen mag – jetzt.

Mord im Sommerurlaub

1

Es war nicht meine Idee gewesen. Überhaupt nicht. Und das hatte ich Gitte gegenüber auch betont – sogar etliche Male.

Aber sie wollte unbedingt. Und ich bin wohl kaum der erste Mann, der erkennen musste, dass es nur zwei Möglichkeiten gibt, wenn eine Frau sich erst mal was in den Kopf gesetzt hat: sich zu fügen oder die Scheidung einzureichen.

Die zweite Möglichkeit kam nicht infrage, da wir – immer noch – nicht verheiratet waren. Also musste ich mich fügen. Ich musste also auf ihre Idee eingehen – wenn auch schimpfend und unter Protest.

Die Idee – auch wenn es sich vielleicht zu hochtrabend anhört – bestand darin, dass wir für ein paar Wochen in einem Sommerhaus oben im Norden der Insel Seeland wohnen würden.

»Wir haben beide Urlaub nötig«, hatte Gitte gesagt, in dem gleichen Ton, den sie ansonsten in ihrer Anwaltskanzlei nörgeligen Klienten gegenüber anschlägt. »Ein bisschen Sonne, durch den Wald wandern und massenweise frische Luft.«

Das mit dem Urlaub, da hatte sie völlig Recht – insoweit konnte ich ihr zustimmen. Ich stand eher dem übrigen Teil ihrer Aussage leicht skeptisch gegenüber. Ich vertrat – und vertrete nach wie vor – die Ansicht: Wenn man schon mal Urlaub hat (und der Herrgott wie auch mein Chefredakteur Otzen wissen, dass das selten genug vorkommt), sollte man den verdammt noch mal nicht für »Waldwanderungen« vergeuden. Ich persönlich würde es vorziehen, durch die Stadt zu »wandern« – auch wenn ich keine Probleme damit hätte, stattdessen zu *gehen*. Damit will ich nichts Schlechtes über Wälder gesagt haben, Bäume haben natürlich auch ihre Daseinsberechtigung, aber immer nur eintönig zwischen ihnen hin und her zu latschen wäre für mich nicht gerade der ideale Urlaub.

Als taktisch wohlüberlegte Gegenmaßnahme schlug ich eine Reise nach London vor. Das ist ihre Lieblingsstadt, und der Gedanke brachte sie – wie erwartet – für einen Moment ins Wanken.

Aber nur einen Moment: Dann war sie wieder beim Sommerhaus. Es musste ein Sommerhaus sein. Und es musste oben in der Gegend Frederiksværk-Asserbo sein, wo sie als Kind ihre Schulferien verbracht hatte. Soweit ich sie verstand, mussten diese Schulferien wahre obszöne Orgien von Sonne, Sandburgen, Schwimmen und Sprudelwasser gewesen sein, und selbst meine liebenswürdige Andeutung, dass sich ihr Geschmack in der Zwischenzeit vielleicht geändert haben könnte, schien sie nicht im Geringsten zu beeindrucken.

Dies wiederum bewirkte – was ein jeder mit Sinn für den natürlichen Lauf der Welt längst begriffen haben dürfte –, dass wir uns wenige Tage später in Gittes silbergrauem Ford Escort auf der Fahrt in das verheißene (nördliche See-)Land befanden, um nach freien Sommerhäusern zu spionieren. *Sie* saß am Steuer – natürlich. *Sie* hatte mit dem Vermietungsbüro gesprochen –

natürlich. Alles, was in unserer Partnerschaft effizient funktionierte, war *ihr* Werk.

Es war früher Vormittag, als wir aus der Stadt hinausfuhren. Die noch schwach und zaghaft scheinende Sonne sah aus, als würde sie im Laufe des Tages kräftiger und größer werden und ihre Strahlen in alle Hinterhöfe senden, und Vesterbro würde dann plötzlich aussehen wie bestreut mit magischem Staub aus den Überschussbeständen eines Walt-Disney-Zeichentrickfilms.

Ich dachte bei mir, dass gerade heute die Stadt verdammt hübsch sein würde.

Und ausgerechnet heute würden wir aufs Land fahren.

Gittes Hände umfassten mit sicherem Griff das Lenkrad. Sie fuhr genau so, wie sie alles tat – von der Liebe über ihre Arbeit als Anwältin bis hin zum Kaffeekochen. Mit einer Art einseitiger Konzentration bei allem, was sie unternahm, als wäre nichts, was sie jemals unternahm, all ihre Konzentration wert gewesen.

Gitte hatte schöne Finger – schöne, schlanke, starke Finger.

Sie passten gut zum Lenkrad.

Ich steckte mir eine Zigarette an, gähnte zerstreut und sah mit zunehmendem Misstrauen die Kopenhagener Vororte aus dem Blickfeld verschwinden. Nicht, dass ich gerade ein Fan dieser langen, öden, sterilen Auto-Boulevards mit ihren stereotypen Supermärkten bin, aber sie zeigen immerhin an, dass sich die Hauptstadt noch in Reichweite befindet. Wenn die Vororte erst einmal aufhören – ja, dann ist man »auf dem Lande«.

»Das wird dir gut tun«, sagte Gitte – mit ihrem üblichen verblüffenden Talent, meine Gedanken zu lesen, als würde sie so einfach und nach Belieben in mein Gehirn hinein- und wieder hinausmarschieren.

»Was?«, fragte ich geistreich.

»Mal was Neues auszuprobieren«, antwortete Gitte. »Mal raus aus deinen verräucherten Bars und feuchten Büros und ein bisschen frische Luft für deine Lungen zu tanken!«

»Das überleben die nie«, drohte ich. »Die sind sehr empfindlich. Die müssen ihre tägliche Dosis Tabak, Benzin und verschiedene Schadstoff-Emissionen haben. Denk dran, das sind Großstadt-Lungen.«

»Du zierst dich ja nur.«

»Meine Frau versteht mich nicht.«

»Dann vertrau dich deiner Geliebten an.«

Ich legte den Arm um sie – ganz vorsichtig, weil sie ja fuhr. Man sage also nicht, ich wäre rücksichtslos im Verkehr.

Sie lächelte und gab mir diesen kleinen, abwesenden Klaps auf die Wange, den sie mir unter ähnlichen Umständen immer gibt – etwa so, als wäre ich ihre Lieblingskatze, die sie gern in ihrer Nähe hatte.

»Liebst du mich immer noch?«, fragte sie.

Ich sah nach vorn auf die anscheinend endlose Autobahn mit anscheinend tausenden von Autos auf ihrem Weg zu ein paar Autobahnkreuzen und sagte wahrheitsgetreu: »Sonst würde ich ja wohl verdammt noch mal kaum hier sitzen!«

Ab und zu muss man einfach mal ehrlich sein. Und wenn auch nur aus experimentellen Gründen.

»Ist das ein so großes Opfer für dich?«, fragte sie.

Sie schien sich über mich zu amüsieren. Männer mögen so etwas gar nicht. Viele Männer sind schon aus geringeren Anlässen zu Mördern geworden.

Ich beherrschte mich. Ein Mord an meiner Frau – na ja, hoffentlich künftiger Frau – wäre aus mehreren Gründen unklug. Erstens würde ich sie verlieren – ein ernstliches Minus. Und zweitens, was noch schlimmer wäre: Ich würde selbst mit draufgehen. Ich konnte ja nicht Auto fahren.

Plötzlich spielte die Sonne mit ihrem Haar. Sie wandte sich mir zu und sah mich mit ihren sanften, unergründlichen Augen an.

Ich grinste sie an und dachte bei mir, was für ein Glückspilz ich doch war. Es gibt tatsächlich gewisse Dinge, die mich selbst mit der Provinz versöhnen können.

Nein. Nicht »gewisse Dinge«. Nur eins.

Sie.

Ich wandte den Blick von ihr ab – wie von den Sonnenstrahlen geblendet – und sah mich im Wagen um. Der silbergraue Ford Escort war Gitte ähnlich. Er *war* Gitte. Er war nicht angeberisch oder vulgär, sondern einfach hübsch. Er war selbstbewusst, durchdacht, vernünftig – aber auch hübsch, auf die seltene, sehr diskrete Art, wie Schönheit, um die man sich nicht bemühen muss, sondern die einfach etwas ist, was man ist.

Man stelle sich vor, ein solches Wunder – Gitte, nicht den Escort – in Reichweite zu haben, sogar auf Armlänge.

Und dann auch noch freiwillig.

»Frederiksværk«, sagte ich. »Hier musst du abfahren.«

Mein bescheidener Beitrag zu der Tour war es, auf die Hinweisschilder zu achten. Wahrscheinlich überflüssig. Sie hatte dasselbe Schild sicher schon eine halbe Minute vor mir gesehen.

Aber sie nickte und fuhr getreu in die angegebene Richtung, mit einem Lächeln, das mich fast glauben machen konnte, dass diese Route von mir persönlich erfunden worden war. Fünf Minuten später waren wir in Frederiksværk und überquerten den trüben Fluss, mit dem Hotel am Marktplatz zur Linken und dem Eis-Kiosk zur Rechten – die beiden führenden öffentlichen Vergnügungsattraktionen von Frederiksværk. Durch die Hauptstraße gingen die Leute und kauften in Geschäften ein, die aussahen, als wären sie einer vierfarbigen Werbebroschüre für ein Brugsen-dsb-Skjold-Burne-Dänemark entsprungen, wo aber auch alles – von den Fassaden bis zu den Hausfrauen – das gleiche, Vertrauen einflößende Aussehen hatte.

»Verschlafene Stadt«, sagte ich.

»Immer vergleichst du alle anderen Städte mit Vesterbro«, antwortete Gitte – leicht vorwurfsvoll.

»Deshalb wohne ich ja auch immer noch dort«, sagte ich. »Was zum Teufel machen die Leute hier?«

»Das Gleiche wie die Leute in deinem Bezirk«, antwortete Gitte. »Nur hinter verschlossenen Türen und Fensterläden.«

Darauf gab es keine Antwort. Es war nur zu wahrscheinlich, dass sie Recht hatte.

Ungefähr gegenüber der alten Pulverfabrik lag ein Büro, das mit roter Plastikschrift an den Fenstern aufdringlich verkündete, dass es sich um *den* Spezialisten für die »Vermietung von Sommerhäusern in Nord-Seeland« handelte. Unter dieser prahlerischen Erklärung hatte der Inhaber kleine Fotos von den anregenden Idyllen angebracht, die zurzeit auf dem Markt frei waren.

Auch dieses Büro sah aus wie alle anderen Büros der gleichen Art in allen anderen Städten in Dänemark.

Dort hielt Gitte an.

»Ich habe schon mit denen gesprochen«, sagte sie. »Warte eben auf mich, es dauert nur ungefähr eine Viertelstunde. Ich gehe hinein und hole mir die Adressen der Häuser, die infrage kommen.«

»Wenn du eine Viertelstunde sagst«, antwortete ich, »werden es mindestens drei Viertelstunden. Ich kenne dich und deine Gründlichkeit. Du wirst nach der Entfernung bis zum Strand fragen. Du wirst nach der Bequemlichkeit der Betten fragen. Du wirst nach den Bademöglichkeiten fragen. Du wirst …«

»Okay«, unterbrach Gitte mich sanft. »Sagen wir also, wir treffen uns hier in einer halben Stunde.«

»Okay«, wiederholte ich. »Lass uns eben unsere Uhren miteinander abstimmen, damit du hinterher nicht mit irgendeiner trivialen Entschuldigung ankommst, von wegen Sommerzeit oder so. Wie spät ist es auf deiner?«

»11.30 Uhr.«

Meine eigene Uhr zeigte 10.30 Uhr. Natürlich war *ich* es gewesen, der seine Uhr noch nicht umgestellt hatte.

Ich vermied aber, dass sie das sah, und wir vereinbarten, uns um 12.00 Uhr wieder vor dem Sommerhaus-Vermietungsbüro zu treffen.

Ich sah ihr nach, als sie durch die Tür hineinging. Vielleicht hätte ich das gar nicht erwähnen sollen. In den Augen vieler Menschen – aller so genannten »liberalen Gesinnung« zum Trotz – hat ein Mann, der seiner eigenen Frau hinterherschaut, immer irgendwie etwas Perverses an sich.

Ich riss mich mit Mühe von dem Anblick los – wobei mir die Tür zu Hilfe kam, die laut hinter Gitte zuschlug und mich höhnisch auszulachen schien, als wollte sie mir sagen, dass sie nie wieder herauskommen würde – und ging entschlossen die Hauptstraße zurück. Ich wollte einen Uhrmacher finden, der mir meine Digitaluhr einstellen sollte, die Gitte mir selbst zu meinem letzten Geburtstag geschenkt hatte.

Man sollte immer vermeiden, erklärte ich mir selbst aus Erfahrung, dass eine Frau entdeckt, wenn man sie in kleinen Dingen beschwindelt. Das kann nämlich im schlimmsten Fall dazu führen, dass sie darüber ins Grübeln kommt, womit man sie darüber hinaus noch beschummelt, und dann geht das Spiel gleich los.

Der Uhrmacher war eine Notwendigkeit. Genauso wenig wie ich eine Digitaluhr stellen könnte, würde ich »ein Automobil sicher führen« können.

In dem ersten – und möglicherweise einzigen – Uhrmachergeschäft zur linken Hand war nur eine grauhaarige, ältere Dame. Um nicht aufdringlich zu erscheinen, stellte ich mich ein paar Meter hinter sie und betrachtete mir den Laden mit all seinen tickenden Tissot-, Omega-, Casio-, Grand-Prix- und Radiant-Uhren. Die kleinen, unerbittlichen Vermesser der Zeit.

Der Uhrmacher war ein älterer, dünner Mann mit schütterem Haar. Er trug einen weißen Kittel und eine blau gepunktete Krawatte, die für einen etwas größeren Mann entworfen zu sein schien. Wegen des Ladentischs konnte ich nicht sehen, ob sie unter dem Kittel herausguckte, aber dem Knoten nach zu urteilen, war es wohl der Fall.

Als ich hereinkam, waren die beiden Veteranen ins Gespräch vertieft. Sie schenkten mir keine Beachtung – abgesehen von einem professionellen, besorgt taxierenden Blick des Geschäftsinhabers.

»Mit einer Axt?«, sagte die Dame.

»Das hat jedenfalls die Polizei gesagt.«
»Einer *Axt?*«, wiederholte sie.
»Ja. Schrecklich!«
»Und dann *hier!*«
»Ja doch – aber es war eine Urlauberin.«
»Ja, diese Urlauber!«, seufzte die Dame. »Die hereinzulassen heißt, die Pforten der Hölle zu öffnen!«
»Ja, das stimmt«, sagte der Uhrmacher in leicht neutralem Ton. »Aber sie sind halt auch sehr wichtig für die Gegend hier.«
»So? Ach ja? Inwiefern denn?«, fragte die Dame indigniert.
»Ja – der lokale Handel – und … und so was.«
»Finden Sie das vielleicht gut, auf diese Art zu sterben?«
»Nein, nein – natürlich nicht …«
»Da können Sie sehen! Aber danke, dass Sie es mir erzählt haben, Herr Michelsen – jetzt weiß ich, dass ich heute Abend meine Tür abschließen muss. Und die Uhr haben Sie also bis Mittwoch repariert?«
»Gewiss doch, gnädige Frau.«
»Vergessen Sie es aber nicht! Es war die Uhr meines Mannes, und mein Sohn soll sie unbedingt zu seiner Hochzeit bekommen!«
»Das wird er auch, Frau Gyrtz.«
»Danke schön. Auf Wiedersehen.«
Sie drehte sich um, bemerkte zum ersten Mal meine Wenigkeit (dieser Typ Frauen sieht selten etwas anderes als ihre eigene Grandiosität) und behandelte sie als solche – mit einem Blick, der direkt durch mich hindurchzugehen schien und dabei den mangelnden Besitz von ansehnlichem Erbsilber enthüllte. Dann segelte sie aus dem Geschäft hinaus, mit einer Miene, als wäre ihr ge-

rade eine dringende Verabredung mit Ihrer Majestät der Königinwitwe eingefallen.

Ich übernahm ihren Platz vor dem Ladentisch.

»Und was kann ich für *Sie* tun, mein Herr?«, fragte der Uhrmacher diplomatisch.

»Hören Sie«, sagte ich überflüssigerweise. »Ich stelle mich bei diesen modernen Digitaluhren immer ein bisschen ungeschickt an, aber ...«

In zehn Sekunden hatte er es in Ordnung gebracht. Als er mir die Uhr zurückgab, schien er fast Mitleid mit mir zu haben – etwa so wie ein 14-jähriger Punker, der seinen 60-jährigen Großvater ansieht, der absolut keine Ahnung hat, wer Clash, Jam oder Wham! sind.

Nur mit dem Unterschied, dass ich mindestens zwanzig Jahre jünger war als er.

Ich zückte mein Portemonnaie.

»Nein, nein«, sagte er mit einer abwehrenden Handbewegung. »Das ist Service.«

»Dann vielen Dank«, sagte ich. »Aber ich bin kein Stammkunde. Ich komme so selten vorbei, dass ...«

»Das macht nichts, mein Herr«, sagte er in dem ewig höflichen Ton, in dem ältere Geschäftsleute anscheinend immer reden. »Sie wollen hier vielleicht Urlaub machen?«

Ich nickte zustimmend.

»Ja«, seufzte er. »Jetzt wird es wohl ein bisschen einfacher sein, ein gutes Haus zu finden.«

»Und ein bisschen billiger«, fügte er hinzu, als er meinen erstaunten Gesichtsausdruck bemerkte.

»Wieso das?«, fragte ich.

Man ist ja nicht umsonst Journalist.

»Haben Sie wirklich noch nichts davon gehört?«

»Wovon?«

»Von dem Mord?«

»Nein, ich bin gerade aus Kopenhagen angekommen.«

»So, aha?«, sagte er, als hätte er noch nie in Betracht gezogen, dass man in Kopenhagen vielleicht auch etwas anderes zu tun hat, als an jeder Straßenecke zu stehen und das Alltagsleben in Frederiksværk zu erörtern. Als wäre ihm noch nie der Gedanke gekommen, dass vielleicht – ab und zu, so ganz nebenbei – auch in Kopenhagen das eine oder andere passierte.

Dann erklärte er mir, was geschehen war: Ein Urlaubsgast in dem Ort, die Frau eines Architekten, die zusammen mit ihrem Mann ein Sommerhaus in der Gegend von Asserbo besaß, war gestern ermordet worden. Ihr Mann war in die Stadt gefahren – also nach Kopenhagen, ich beneidete ihn jetzt schon – und hatte bei seiner Rückkehr zum Sommerhaus seine Frau tot auf dem Hof aufgefunden – ›blutüberströmt‹. Der Körper war vom Kopf abgetrennt worden – allem Anschein nach mit einer Axt.

»Es ist ein schrecklicher Gedanke«, schloss der Uhrmacher, »dass so einer hier bei uns herumläuft!«

Der Herrgott mag wissen, dachte ich mir im Stillen, wie oft ich schon im Laufe meiner Jahre als Kriminal-Journalist beim BLADET genau diese Bemerkung oder Varianten davon gehört hatte. Überall, wo Menschen leben, tun sie alle so, als würden Verbrechen – insbesondere bestialische, grausame und gewalttätige Verbrechen – überall passieren, nur nicht dort, wo sie selbst leben. Die Reaktion ist immer die gleiche: Stell dir vor, so etwas würde *hier* passieren! Ungefähr so wie in einer altmodischen Familie, wo die junge, unverheiratete Tochter schwanger nach Hause kommt; sicher, man hat schon in der Zeitung gelesen und im Fernsehen gesehen, dass so was vorkommt – aber in *unserer* Familie!

»Und dann ausgerechnet an dem Abend, als ihr Mann weg war!«, sagte der Uhrmacher in tragischem Ton.

»Ja«, sagte ich, »so geht es oft. Hat die Polizei sein Alibi überprüft?«

»Sein was?«, fragte der Uhrmacher.

»Wo er zu der Zeit war, als es passierte.«

»Ja – wie ich schon sagte, er war in der Stadt.«

»Das ist nicht dasselbe wie ein Alibi. Da könnte ja jeder kommen und sagen, er sei in der Stadt gewesen.«

»Sind Sie vielleicht selbst von der Polizei, mein Herr?«

Gütiger Gott! Im Laufe meines langen – und nach Ansicht vieler – überwiegend vergeudeten Lebens hat man ja wirklich schon einiges von mir geglaubt. Unter verschiedenen Umständen haben die Leute mich u.a. für einen Journalisten, einen Falschspieler, einen Musiker, einen Werbefachmann, einen Barkeeper oder einen Billard-Zocker gehalten.

Aber als Polizist beschuldigt zu werden – das war wirklich was Neues. Ich hätte mir gewünscht, mein alter Freund, Polizeiinspektor Ehlers von der Wache am Halmtorvet, wäre jetzt hier gewesen und hätte es selbst gehört. Würde ich ihm später nur davon berichten, würde es sich nicht halb so echt anhören,

»Nein«, antwortete ich. »Aber ich habe eine gewisse Erfahrung mit – dieser Art von Fällen.«

Er nickte respektvoll, als würde er meinen Worten Glauben schenken. Diese Art Menschen findet man nur in der Provinz.

»Wie heißt dieser Architekt?«, fragte ich.

»Zahrtmann«, antwortete er, als würde ihm schon allein der Name Übelkeit bereiten. »Er kommt schon seit vielen Jahren hierher.«

Mann, bist du zartbesaitet, dachte ich bei mir mit meinem Vesterbro-Fahrradboten-Humor. Allerdings sagte ich es nicht laut. Er sah nicht so aus, als könnte er es lustig finden.

Das tat ich selbst eigentlich auch nicht, es war mehr ein Zucken der Nerven. Und so fragte ich – aus alter Gewohnheit, ich war ja im Urlaub –, wo das Architektenpaar wohnte.

Der Uhrmacher erklärte mir bereitwillig – mit einer Haltung wie die eines Festredners an der Kopenhagener Universität –, dass das geradeaus wäre, den Asserbovejen entlang, zuerst an der Kirche vorbei, dann an dem alten Gasthof, danach an dem Minigolf-Platz und schließlich nach links, hinter Schmidts Lebensmittelladen an der Ecke zum Sandvejen. Das Haus hieß *Sommerglück*.

Mir lag schon ein Witz auf den Lippen, aber ich ließ ihn dort liegen und verabschiedete mich herzlich von Herrn Michelsen.

Ich konnte seine Blicke in meinem Rücken spüren, er starrte mir lange nach. Sicher hielt er mich für einen von Nat Pinkertons vertrauenswürdigsten Männern – oder vielleicht für einen Geheimagenten. Er musste das Wort »Alibi« in einer Fernsehkrimi-Serie gehört haben.

Ich erreichte unseren Treffpunkt auf die Sekunde genau. Gitte stand bereits am Escort und wartete. Sie lachte. Nein, vielmehr – sie kicherte. Wie ein großes Schulmädchen kichern kann – und wie es nur wenige können, wenn sie aus diesem Alter heraus sind.

»Na, hast du alles erledigt?«, fragte sie.

»Was?«

»Das mit deiner Uhr, natürlich. Denkst du, ich bin blind? Hat man sie dir jetzt auf Sommerzeit umgestellt?«

Leugnen war sinnlos. Ich gab keine Antwort – um mir wenigstens ein bisschen Selbstachtung zu bewahren. Ich gab ihr lediglich einen Kuss. Der kann so vieles bedeuten.

Das tat er auch – diesmal.

Wir stiegen ins Auto. Gitte startete den Wagen und bog wieder in die Straße ein.

»Jetzt werden wir uns Sommerhäuser ansehen!«, sagte sie entschlossen, wie ein gut bezahlter Conférencier bei einer Werbeshow. »Und wir beginnen am besten gleich mit dem nächstgelegenen.«

Ich verzog unwillkürlich das Gesicht. Alle Frauen lieben es, sich etwas »anzusehen« – egal, ob Sommerhäuser, Pelze oder Möbel. Alle Männer – ausgenommen Heuchler und Lügner – hassen es.

»Es sind nur drei«, sagte Gitte beruhigend. »Und das nächstgelegene – ja, lass mich mal sehen, das nächstgelegene liegt in Asserbo. Im Sandvejen.«

Sie sah mich absichtlich nicht dabei an, als sie hinzufügte: »Du weißt schon, dort, wo gestern jemand mit einer Axt ermordet wurde.«

2

Der Sandvejen, eine der wenigen Straßen, die ihrem Namen ausgezeichnet gerecht werden – ja ihm präzise entsprechen, war eher für Übungsfahrten mit einem Wüstenjeep geeignet als für die private Beförderung in einem Pkw.

»Nun«, sagte ich, nachdem Gitte uns die ersten Meter

durch die Sandhaufen vorwärts gebracht hatte, die man in diesen Gegenden Straße nennt, »wie heißt denn das Haus, das wir uns ansehen sollen?«

»*Für uns genug*«, antwortete sie und sah mich wie ein Teenager neckend an.

Ich grinste. Wenn wir zusammen sind, kann ich es sehr oft einfach nicht lassen, die ganze Zeit zu grinsen – nur weil es sie gibt, weil sie da ist.

»Das Haus, wo der Mord passiert ist, heißt *Sommerglück*«, sagte ich.

»Ja, das habe ich gehört«, antwortete sie. »Das ist das benachbarte Haus. Im Vermietungsbüro haben sie mir alles darüber erzählt.«

»Dann erzähl du es mir jetzt.«

»Du hast frei.«

»Wie ich immer zu Ehlers sage: Und wenn ich nun verspreche, nicht darüber zu schreiben?«

Eines der Räder war dabei, mit einem ungewöhnlich schlammigen Straßengraben zu flirten, dessen gelbliches Wasser besonders giftig stank. Gitte brachte den Wagen wieder auf die Straße.

»Da gibt's eigentlich nicht so viel zu erzählen«, sagte sie. »Oder vielleicht wussten sie auch nicht sehr viel. Es war ein Ehepaar, um die fünfzig; sie hatten das Haus seit etwa zehn Jahren und waren hier in der Gegend recht bekannt – ›noble, ruhige Leute‹, hat der Makler gesagt. Und zwar in einem Ton, den ich so deute, dass sie – na, sagen wir – auch gut situiert waren.«

»Lass es uns einfach so sagen. Empfindsam und diskret. Du weißt ja, wie das mit Architekten so ist: Entweder sie verdienen nichts und müssen sich nach dem Studium an der Hochschule für Architektur das restliche Leben durchwurschteln – oder sie machen richtig

Knete. Und wenn sie sich ein Sommerhaus in Asserbo kaufen, dann …«

»Tja«, sagte Gitte. »Das Gleiche gilt für Rechtsanwälte.«

»*Du* kannst dich doch nicht beschweren.«

»Vielleicht nicht. Aber ich besitze auch kein Sommerhaus.«

»Bei Gott, ich auch nicht.«

»Du hast es dir ja auch nie gewünscht.«

»Nein. Du?«

»Ja. Das tue ich ständig.«

Sie hatte einen verträumten Blick. Ich konnte mir gut vorstellen, woran sie dachte. Sie sah sich selbst durch Rosenbeete und üppige Büsche mit reifen Beeren wandern. Sie sah – und roch – frisch gemähte Rasenflächen. Sie sah kleine Kinder in Pflaumenbäumen schaukeln, ohne böse Gedanken an die Welt, in der Sonne, die auf ihre ganz kleinen, nackten Körper brannte.

Kurz gesagt, sie sah ihre eigene Kindheit wieder vor sich.

Es stand so deutlich in ihren Augen geschrieben, dass ich geradezu eifersüchtig wurde. Es war wirklich ein niederträchtiger, widerlicher Einfall des Schicksals gewesen, mich von ihrer Kindheit fern zu halten. Wenn ich ihr als 14-Jähriger begegnet wäre …

Ich steckte mir mit unsicheren Fingern eine Zigarette an. Ich hasse es, so zu denken, aber wer ist schon Herr über seine Gedanken?

»Hier ist es, wo man sie gefunden hat«, sagte Gitte.

Sie stoppte den Wagen vor einem größeren Sommerhaus – in der Tat ein Mini-Palais. Es hatte zwei Stockwerke, die aussahen, als würden sie jeweils ein paar hundert Quadratmeter Fläche einnehmen. Nicht gerade das, was man in einem bescheideneren Umfeld eine Bruchbude nennen würde.

In der Einfahrt – sie war zementiert, ohne ein einziges Gramm Sand – standen eine Limousine in diskretem Schwarz und ein etwas weniger diskreter Polizeiwagen. Auf dem Hof waren zwei nach vorn gebeugte, uniformierte Rücken zu erkennen. Vermutlich war man gerade dabei, das Terrain abzusuchen, in der Hoffnung, Spuren des Täters zu finden. Das pflegt man zu solchen Anlässen zu tun.

»Das ist ja ein Palast«, sagte ich.

»Ja«, sagte Gitte. »Der Makler hat gesagt, sie hätten das Haus von einem ehemaligen Minister übernommen, der gleichzeitig Direktor einer Versicherungsgesellschaft war. Es soll darin sogar – hat er auch gesagt – eine feine Kunstsammlung geben. Sie hätten sich sehr für Malerei interessiert.«

»Was hat er noch gesagt?«

»Nicht sehr viel, man habe in dem Fall noch nicht die leiseste Ahnung. Der Mann ist in der Stadt gewesen, um nach seinem Geschäft zu sehen, und als er zurückkam – es war so um ein Uhr in der Nacht –, lag sie da. Mehr weiß ich nicht.«

»Nicht die leiseste Ahnung«, antwortete ich, »ist genau der richtige Ausdruck. Das klingt nach einem dieser Morde, die nie aufgeklärt werden.«

»Hier«, sagte Gitte und bremste vor einer braun gestrichenen Pforte.

Das Haus, das sich ein dutzend Meter nach hinten versetzt hinter der Pforte verbarg, hatte zwar nicht das gleiche Format wie das des Architektenpaars Zahrtmann, war aber durchaus respektabel. Es war ein roter Ziegelbau mit schwarz gestrichenen Holzpartien und duftete nach Xylol-Holzschutz. Es war von Rosen umgeben und hatte eine Loggia, die von der Straße aus zu sehen war. Und tatsächlich, an der Fassade stand *Für uns genug*, wie es aussah, in die Balken eingebrannt.

»Wir müssen zu den Nachbarn«, erklärte Gitte hilfsbereit, als sie ausstieg. »Die haben die Schlüssel.«

Ich legte die Arme um sie und küsste sie auf den Hals. Einen Moment lang standen wir ganz nah beieinander im Sonnenlicht und hörten die Bienen summen und dazu ein paar Hühner kakofonisch gackern. Ich hielt Gitte fest umschlungen und sah auf ihren Hals, sah die dahintreibenden Wolken, sah die hunderte von Grün-Nuancen, die in den Blättern der Bäume in den Gärten und dahinter im Wald spielten. Für einen Moment stand die Welt still. Für einen Moment.

Dann ließen wir uns los und gingen zu einem kleinen Bauernhaus hinüber. Auf dem Hof wuselten ein paar Hühner herum, als hätten sie gerade erst gelernt, sich zu bewegen. Eine Katze lag ganz träge da und beobachtete sie mit mitleidig-herablassender Miene, so wie gewisse Erwachsene spielenden Kindern zusehen.

Nachdem wir angeklopft hatten, öffnete eine kleine, alte Dame mit sonnengebräunter, runzliger Haut die Tür. Bei meinem Anblick wich sie ein paar Schritte zurück, aber als sie Gitte sah, trat sie wieder vor. Vermutlich dachte sie bei sich, dass ein geübter Axtmörder wohl nur selten seine Frau mit zur Arbeit nimmt.

Gitte trug in nüchternen, objektiven Wendungen – etwas lernt man ja doch als Anwältin – unser Anliegen vor; die Frau sagte: »Einen Moment«, ging hinein und kam mit ein paar Schlüsseln in der Hand zurück.

»Hier entlang«, sagte sie.

Das leuchtete ein, sie würde zur Kontrolle mitkommen.

Die Katze betrachtete uns, wie sie auch die Hühner betrachtet hatte. Ihre Augen schienen zu sagen: Du meine Güte, was seid ihr stupide! Glaubt ihr wirklich, ihr habt etwas davon?

Ich sandte ihr einen Blick zu, der ihr verständlich machen sollte, dass es ja Gittes Idee gewesen sei – nicht meine.

Sie erwiderte ihn mit einem starren Blick, der deutlich sagte, dass ich nicht der Herr in meinem eigenen Haus sei. Sie selbst, sagte der Blick, würde sich nie mit so etwas abfinden.

Ich zuckte dazu nur mit den Schultern – sie war ja nicht verliebt, die Arme – und folgte Gitte und Frau Johansen, wie die alte Dame hieß. Sie waren bereits in eine eifrige schwesterliche Plauderei über Gittes Vergangenheit hier in der Gegend vertieft, damals, als sie noch ein Schulmädchen gewesen war. Damals, als ich nicht da gewesen war.

»Aber seit damals hat sich ja alles verändert«, sagte Frau Johansen bedauernd.

»Mir scheint aber, das Meiste kann ich noch wiedererkennen«, sagte Gitte ausweichend.

»Oh, die Landschaft ...«, seufzte Frau Johansen. »Die Bäume und die Gräben, die sind noch dieselben. Aber die Mentalität ... die ist eine andere geworden. Es gibt so viel Gewalt. Denken Sie nur – erst gestern Nacht hat sich hier im Sandvejen ein Mord ereignet. Oh, das hätte ich vielleicht nicht sagen sollen – jetzt möchten Sie vielleicht gar nicht hier wohnen?«

»Aber ja doch!«, antwortete ich. »Auf diese Weise kann es in der Nachbarschaft ja nur ruhiger werden.«

Gitte signalisierte mir, ich solle lieber den Mund halten.

Glücklicherweise hatte Frau Johansen kein Gespür für Ironie. Unbekümmert fuhr sie in ihrem eigenen Gedankengang fort.

»Ja, bisher war es immer eine ruhige Nachbarschaft«, antwortete sie. »So etwas – das ist noch nie passiert.«

»Hat man jemanden in Verdacht?«, fragte ich. »Hat die Polizei etwas herausgefunden?«

»Sie haben alles durchkämmt und mit allen gesprochen«, erwiderte Frau Johansen. »Aber ob sie etwas herausgefunden haben, weiß ich nicht. Jedenfalls kann es niemand von hier gewesen sein. Es muss einer aus Kopenhagen gewesen sein – einer von diesen jungen Leuten, die Motorrad fahren und Drogen nehmen.«

Ich sagte, das würde sehr einleuchtend klingen.

»Aber es ist ja klar«, fügte die Frau hinzu, »dass die so werden müssen – in so einer Welt!«

Und mit diesen wohlbedachten Worten öffnete sie die Tür zu *Für uns genug* und fuhr fort:

»Ich gehe davon aus, dass Sie selbst herumgehen und sich alles ansehen möchten. Hier sind die Schlüssel – wenn Sie sie hinterher bitte wieder bei mir abgeben würden. Der hier ist für die Küchentür, und das hier ist das Sicherheitsschloss, und …«

Wie gewöhnlich, wenn es um etwas Praktisches ging, überließ ich völlig chauvinistisch die Schlüsselprobleme Gittes logischer, analytischer Intelligenz und betrat einfach das Haus.

Es war ein niedliches Haus. Ein niedliches, nicht allzu angeberisches, kleinbürgerliches Sommerhaus mit zwei Wohnstuben mit ausgeblichenen Blümchentapeten und verschlissenen, aber noch funktionstüchtigen

Sesseln und Sofas, die ohne weiteres direkt nach der Jahrhundertwende gekauft und hingestellt worden sein konnten.

Mir war das Modell bekannt. Schon nachdem ich die beiden Wohnstuben gesehen hatte, war mir klar, dass sich direkt dahinter die Küche, mit Aussicht auf den Hof, und zwischen Zimmern und Küche das WC befinden musste. Außerdem war mir klar, dass das erste Stockwerk zwei Schlafzimmer präsentieren würde.

Architekten sind nun einmal nicht so einfallsreich.

Vielleicht, weil Menschen insgesamt gesehen es nicht sind.

Gitte hatte sich in der Zwischenzeit von Frau Johansen herzlich verabschiedet und ging nun durch die Räume, wobei sie in den Ecken herumschnüffelte, wie ein Hund, der sich der tragfähigen Beschaffenheit eines möglichen Territoriums vergewissert. Ich ging nach oben, wo es exakt so aussah, wie ich es mir vorgestellt hatte.

»Na, was sagst du?«, fragte sie, als ich wieder herunterkam – auf einer Treppe, die so schmächtig war, wie Treppen in Sommerhäusern sein müssen, so zerbrechlich, dass man ohne Ausbildung zum Mathematik-Professor nicht herausfinden kann, wie überhaupt jemand die Möbel in die oberen Räume verfrachtet haben konnte.

Ich zuckte mit den Schultern. Das ist die einzige sportliche Disziplin, in der ich mich jemals ausgezeichnet habe. Falls es eine Weltmeisterschaft im Schulterzucken gab ...

»Warum nicht? Die meisten Sommerhäuser sehen sowieso gleich aus.«

Die dreieckigen Wandborde über dem Esstisch und die Kuckucksuhr an der Wand hinter dem Sofa schienen mir stillschweigend Recht zu geben.

»Es ist nicht weit bis zum Wasser«, sagte Gitte, als versuchte sie, entweder sich selbst oder mich zu überreden. »Und es ist geräumig genug für uns, und der Preis stimmt auch. Wir könnten es doch einfach nehmen – direkt ab heute, dann könnten wir sofort anfangen, uns einzurichten. Wir haben genug Kleidung dabei, und der Rest ...«

Ich gebe gern zu, dass ich oft zwielichtige Gedanken hege. Nicht, weil ich in dem Moment *daran* dachte, aber »genug Kleidung dabei ...«

»Komm mal mit nach oben und sieh dir die Schlafzimmer an«, sagte ich.

Auch ohne Mathematik-Professor zu sein, hatte ich erkannt und eingesehen, dass das Sofa in der Wohnstube zu klein war.

Es dauerte eine Stunde, bis wir wieder hinunter in die Wohnstube kamen – etwas außer Atem und uns anlachend wie spielende Kinder.

»Da kannst du mal sehen«, sagte Gitte, während sie ihre Haare ordnete und den Rock glatt strich. »Die frische Landluft zeigt bei dir schon positive Wirkung.«

Ich grinste. Ich hatte keine Ahnung, was ich sonst hätte tun sollen. Es gab einfach nicht viel anderes zu tun.

»Sollen wir das Haus nun nehmen?«, fragte Gitte – die wie stets auf eine klare Entscheidung aus war.

»Okay«, antwortete ich. »Nachdem wir's jetzt schon eingeweiht haben.«

Wir ließen die Tür zufallen und gingen, eingehüllt

in rosarote erotische Nebelgespinste, zum kleinen Hof von Frau Johansen zurück. Sie schien irgendetwas zu spüren und sah uns forschend an, als verdächtigte sie uns, eine Fensterscheibe in dem anderen Haus eingeschlagen zu haben.

Gitte erzählte ihr, wir hätten uns entschieden und würden gleich nach Frederiksværk fahren, um »alles zu regeln«. Frau Johansen wollte so lange gern die Schlüssel wiederhaben, weil – wie sie sagte – »ja immer etwas passieren kann«.

Als wir wieder den Sandvejen zurückfuhren, waren der Polizeiwagen und auch der Privatwagen vor dem Haus *Sommerglück* verschwunden.

Wir kamen am Lebensmittelgeschäft Schmidt vorbei, am Minigolf-Platz – wo es jetzt von sonnengebräunten Urlaubern wimmelte, die aussahen, als hätten sie jeglichen Ansatz zum Denken aus ihren Köpfen herausgeschwitzt –, am Gasthof und an der weiß gekalkten Kirche, wo die Gräber kreisförmig um die Vorhalle angeordnet waren. Keine Stadt ohne Gräber.

»Ich gehe jetzt rein und unterschreibe den Vertrag«, sagte Gitte, als wir zum zweiten Mal vor dem Schild »Vermietung von Sommerhäusern in Nord-Seeland« parkten.

»Du brauchst doch etwas Geld«, sagte ich und suchte nach meinem Portemonnaie. »Was wird es kosten?«

»*Dich* nichts«, sagte sie sanft. »Es war *meine* Idee. Und wenn du an dem Urlaub Freude hast, dann ist das mein Geschenk an dich.«

Ich umarmte sie – erneut. So heftig, dass ein paar junge Typen in Lederjacken auf der anderen Straßenseite zu pfeifen begannen.

Sie riss sich los – und ich griff wieder nach ihr.

So ist das Spiel. Jedenfalls ist es seit meiner Jugend immer so gewesen.

»Warte jetzt, später«, sagte sie.

»Wer weiß, ob es ein ›später‹ gibt?«, fragte ich.

»*Ich* weiß es«, sagte sie.

»Pass auf, dass du nicht zu viel weißt, Schatz. Es ist bald Mittsommernacht.«

»Tatsächlich! Dann müssen wir uns ja was ausdenken.«

»Ich habe eine Idee.«

»Ich kann schon an deinen Augen sehen, was für eine Idee das ist.«

»Stimmt damit irgendwas nicht?«

Sie lächelte abwesend – als würde sie, zu meiner Wonne, an angenehme Erinnerungen denken – und wurde dann sofort wieder geschäftsmäßig. Nachmittags, mitten auf der Hauptstraße in Frederiksværk.

»Ich erledige zuerst das mit dem Vertrag«, wiederholte sie. »Und dann gehe ich einkaufen. Brot, Butter, Eier, Gemüse und so was. Wenn du etwas Wein besorgst und was du sonst noch möchtest ...«

Mit »Was du sonst noch möchtest« spielte sie darauf an, dass ich wahrscheinlich gern eine Flasche Whisky zur Hand haben würde. Es ist viele Jahre her, dass ich an einem Ort auch nur übernachtet habe, wo keine Flasche Whisky war – »zur Hand«.

Sie rechnete nach – mit ihrer stets funktionierenden inneren Digitaluhr.

»Sollen wir sagen, wir treffen uns hier wieder in einer halben Stunde?«, fragte sie.

We'll meet again, sang ich.

Und ging – oder besser gesagt, schwebte – über den Bürgersteig der Hauptstraße davon.

Liebe ist die Macht überhaupt. Verliebt zu sein ist viel euphorisierender als irgendeine Form von Drinks oder Drugs.

Ich ging in die Weinhandlung und kaufte den Chablis, von dem ich wusste, dass er ihr Favorit war. Ich kaufte für uns beide reichlich Zigaretten und beschlagnahmte gegen Bezahlung ein Exemplar der Lokalzeitung.

Damit hatte ich meinen Teil erledigt – entschieden der leichtere –, und mir blieb immer noch eine Dreiviertelstunde, um die Zeit totzuschlagen.

Es dauerte zehn Minuten, einmal die Hauptstraße hinauf- und wieder hinunterzugehen. In diesen zehn Minuten geschah nichts Bemerkenswertes. Alles wirkte gleich tot, von den Anzügen, die vor dem Herrenbekleidungsgeschäft hingen, bis hin zu dem Fleisch in den Ladentheken der Metzger und der aufgespannten Fahne des Handelsverbandes. Alles wirkte gleich tot, aber wofür hätte das nicht gegolten – im Vergleich zu Gittes Körper?

Ein Penner versuchte, mir einen Glimmstängel abzuschwatzen. In Erkenntnis dessen, wie glücklich ich war, gab ich ihm gleich eine ganze Packung – und versetzte ihm damit einen gelinden Schock. Er rannte davon, als fürchtete er, ich würde es mir vielleicht anders überlegen.

Die Kraft der Sonne ließ allmählich nach. Bald würde der späte Nachmittag eine reinigende, leichte Kühle bringen.

Ich ging zum Fluss hinunter und betrachtete seinen vielfarbigen Schlamm von der Bank neben dem Eis-Kiosk aus. Ein paar junge Pärchen gingen eng umschlungen oder Arm in Arm die Uferpfade am Fluss entlang.

Ich steckte mir eine Zigarette an und konnte nicht

– wie sehr ich auch wollte – von dem Gedanken an damals loskommen, als ich selbst, vor zwanzig Jahren, in ihrem Alter war und mit anderen eng umschlungen oder Arm in Arm gegangen war.

Ich konnte von dem Gedanken nicht loskommen, mit wem das gewesen war. Und das Schlimmste von allem: Ich konnte von dem Gedanken nicht loskommen, mit wem Gitte zu diesem Zeitpunkt gegangen war.

Und so konnte ich auch nicht davon loskommen, mich alt zu fühlen, wie ich so dasaß und die Szene betrachtete. Es würde immer Flüsse, Parks und Pfade geben, wo sich Leute trafen, um in trauter Zweisamkeit spazieren zu gehen – ungeachtet, wer sie waren. Und das würde nie aufhören.

Ich vermisste Gitte jetzt schon.

Entschlossen stand ich auf und ging über den Marktplatz auf das Hotel zu. Ein kaltes Pils in der Schankstube, genau das richtige Rezept für einen alternden Sentimentaliker.

Ich stellte meine Einkaufstüten ab, bekam meine Bestellung und versuchte, mich mehr auf den lokalen Stoff in der Zeitung zu konzentrieren als auf meine eigenen Gedanken. Es gibt fast keine Alternative, die ich meinen eigenen Gedanken nicht vorzöge.

Die Lokalzeitung war, wie Lokalzeitungen nun mal sind. Einem Artikel nach zu urteilen, waren sich ein paar Politiker über die geplante Erneuerung der Asphaltierung der Autobahn durch die Stadt uneinig. Ein paar Häuser hatten den Besitzer gewechselt. Ein Oberarzt im Krankenhaus war in Pension gegangen. Frisch gebackene Abiturienten hatten das örtliche Gymnasium verlassen und bekamen jeder ihr kleines Foto, weil sie so artig und so lange ihre Schulaufgaben gemacht hatten. Das Herrenbekleidungsgeschäft konnte bald sein 25-jähriges Jubiläum feiern, zu dessen Anlass es für die Kinder kostenlos Luftballons geben würde, und die Tanzschule bot einen kleinen, lockeren Sommerkurs in den »Beliebtesten Tänzen unserer Zeit« an, während der Supermarkt Brugsen Wiener Schnitzel im Angebot hatte.

Ich gähnte und ließ die Zeitung sinken.

Als ich dies tat, bemerkte ich, dass ich nicht mehr allein war. Mir gegenüber, an dem kleinen Zweiertisch, saß ein alter Bekannter: Polizeiinspektor Ehlers von der Wache am Halmtorvet. Er sah müde zu mir herüber. Nicht so, als wäre er speziell meiner überdrüssig, sondern als hätte ihm das Leben unangemessen schwere Bürden auferlegt.

»Was machst du denn hier?«, fragte ich. »So weit weg vom Halmtorvet?«

»Mit Hand anlegen«, sagte er. »Weisung von höchster Stelle. Hast du nicht von dem Axtmord gehört? Und übrigens, was machst *du* hier – so weit weg vom Stjernecafé?«

»Urlaub«, antwortete ich. »Ja, ich hab davon gehört. Aber ich habe vom BLADET freibekommen. Ausnahmsweise mal …«

»Und ich dachte, euch Journalisten würde es genauso gehen wie den Leuten von der Polizei – dass ihr nie frei habt, weil immer etwas passieren konnte.«

»Doch … Aber ihr wisst ja noch nichts Genaues, stimmt's?«

»Wie kommst du darauf?«

»Das sagt man.«

»Wer ist ›man‹?«

»Die Leute, mit denen ich gesprochen habe.«

»›Man‹ hat zum Teil Recht. Viel wissen wir nicht – noch nicht. Vor allem wissen wir nicht, wer der Mörder ist.«

»Wie steht's mit dem Alibi des Ehemanns?«

»Zahrtmann? Er behauptet, den ganzen Abend in seinem Büro gewesen zu sein – allein, weil die anderen alle schon nach Haus gegangen waren –, um die Post durchzusehen und Rechnungen zu überprüfen. Er pflegt es dann und wann zu tun – so viel ist sicher. In seinem Büro haben sie gesagt, dass er jedes Jahr zwei, drei Monate hier oben zu wohnen und dann mindestens einmal in der Woche in die Stadt zu fahren pflegt, um nach den laufenden Geschäften zu sehen.«

»Demnach war er allein«, fuhr Ehlers fort. »Er ist zwar gesehen worden, als er in die Stadt fuhr, aber niemand kann bestätigen, dass er tatsächlich zu dem Zeitpunkt, den er angegeben hat, zurückkam und die Leiche fand. Er hat kein wirklich wasserdichtes Alibi. Er hätte ja eine Stunde früher nach Hause kommen und es getan haben können – auch etwa eine Stunde vor dem vermutlichen Zeitpunkt des Todes. Aber ob er es wirklich getan hat – wir wissen es nicht.«

»Wisst ihr denn überhaupt was?«, fragte ich sarkastisch. »Irgendwas Konkretes?«

»Ja«, sagte Ehlers düster. »Eins wissen wir, und das würden wir lieber nicht wissen: Heute Nacht soll ein weiterer Axtmord begangen werden.«

3

Die örtliche Polizei hat einen anonymen Brief erhalten«, erklärte Ehlers. »Sie glauben, dass er vom Mörder stammt. Er enthält nur eine Zeile: ›Heute Abend wieder‹ – und darunter ist eine primitive Axt gezeichnet, wie eine Art Unterschrift. Keine Fingerabdrücke.«

»Ach, Unsinn!«, antwortete ich. »Du weißt doch genauso gut wie ich – vielleicht sogar noch besser – und sie müssen das doch auch wissen –, dass jeder Mord ein paar von diesen Spinnern auf den Plan ruft.«

»Ja«, sagte Ehlers. »Oder Schuljungen, die lieber das Konjugieren unregelmäßiger Verben üben sollten. Aber dieser Brief ist anders als die meisten dieser Art. Es gibt tatsächlich einen guten Grund dafür, an seine Echtheit zu glauben.«

»Und was ist nun der Grund?«

»Der Grund ist«, sagte Ehlers langsam und mit Nachdruck, als würde er für jemanden buchstabieren, der taub und zugleich Legastheniker ist, »dass der Brief heute Nacht abgegeben wurde. Das heißt, bevor jemand – also jemand anderer als die Polizei und der Mörder – wusste, dass der Mord passiert war.«

Ich stieß einen Pfiff aus.

»Er ist in den Briefkasten der Polizeiwache geworfen worden«, sagte Ehlers. »Einfach reingeworfen. Persönlich zugestellt. Sie haben ihn bei einer Routine-Leerung des Briefkastens gefunden, als sie heute Nacht vom Haus *Sommerglück* zurückkamen. Genau das macht ihnen Sorgen. Sie sehen schon eine wahre Epidemie voraus. ›Verrückter Axtmörder geht im Urlaubsgebiet um‹, wie du wahrscheinlich im BLADET schreiben würdest.

›Wer ist das nächste Opfer?‹ Und in so einem Sommerhaus-Gebiet mit verstreut liegenden Häusern – große Abstände zwischen den Häusern, überall Bäume, kleine und große Wälder –, ach, das ist ja so einfach. Man kann sich da so leicht verstecken, sich so leicht bei jemandem hineinschleichen.«

Ich sah es vor mir, langsam, wie in einem Gruselfilm. Eine dunkle Gestalt, die sich um Mitternacht aus dem Wald schleicht, in der Dunkelheit unmöglich zu identifizieren, mit einer Axt in einer Tasche oder einem Plastikbeutel, auf Ausschau nach einer Frau ...

So wie ich es vor mir sah, wurde aus dieser Frau natürlich sofort Gitte.

»Was zum Teufel wollt ihr tun?«, fragte ich. »Das klingt ja völlig aussichtslos.«

»Das ist es auch«, antwortete Ehlers. »Das ist die berühmte Nadel im Heuhaufen. Wir können nur auf gut Glück in dem Gebiet herumfahren, so viele von uns wie möglich, und nach Männern mit Äxten oder toten Frauen Ausschau halten – oder vielleicht toten Männern. Und wenn der Mörder dann einen Polizeiwagen sieht, gehen wir das genauso hoffnungslose Risiko ein, dass er das Projekt für den heutigen Abend aufgibt – nur um es für ein paar Tage aufzuschieben – oder Wochen, oder Monate. Und es kann ja nicht immer so weitergehen, dass wir dauernd herumfahren und den Rest des Sommers Streife gehen.«

»Um den Fall beneide ich dich nicht.«

»Dazu gibt's auch keinen Grund. Sei froh, dass du im Urlaub bist – und lass sicherheitshalber deine Frau nicht allein ausgehen, wenn es dunkel ist.«

»Nein, selbstverständlich nicht.«

»Und übrigens – sag auf keinen Fall jemandem etwas

– auch ihr nicht – von dem anonymen Brief. Das würde sofort Panik auslösen. Sowohl unter den Urlaubern als auch unter den Einheimischen.«

»Panik ist milde ausgedrückt. Es würde eine echte Völkerwanderung geben. Das ganze Urlaubsgebiet würde sich an einem einzigen Abend leeren. Auf der Hauptstraße nach Kopenhagen würde es aussehen wie auf dem Broadway zur Hauptverkehrszeit.«

»Genau. Na ja, ich muss jetzt zur Polizeiwache. Du musst ja auch los, du triffst dich doch in einer Viertelstunde mit deiner Frau.«

»Woher weißt du das?«

»Ich bin ihr auf der Straße begegnet. Sie hat mir gesagt, dass du wohl hier sitzen würdest.«

»Sie kennt mich offenbar recht gut.«

»Ja, und trotzdem mag sie dich. Das konnte ich daran hören, *wie* sie es sagte. Halt sie dir warm, du!«

»So was in der Richtung hatte ich vor.«

»Kluger Gedanke. Wo wohnt ihr übrigens?«

Ich gab ihm die Adresse, und er sagte, vielleicht würde er morgen vorbeikommen, wenn er Zeit dazu hätte.

Ich wusste, was »wenn er Zeit dazu hätte« bedeutete: Wenn heute Abend nichts passieren würde.

Ich trank mein Bier aus und ging zu »unserem« Escort zurück. Der Wagen war abgeschlossen, aber im Kofferraum häuften sich Pappschachteln und volle Einkaufstüten. Ich ging auf und ab, um den Wagen herum, und rauchte eine Zigarette.

Gitte kam eine Viertelstunde zu spät – weil, sagte sie mit unwiderlegbarer, echt femininer Logik, sie damit gerechnet habe, dass ich mich wegen Ehlers um eine Viertelstunde verspäten würde.

Ich vertraute ihr an, dass wir Männer pünktliche und

präzise Wesen wären, und in einer Art abwartendem Schweigen fuhren wir zum *Für uns genug* zurück. Sie saß da und überlegte sicher, wie die kommenden Tage ablaufen würden, ob es für sie der entspannende, Die-ganze-Zeit-zusammen-sein-Urlaub werden würde, den sie sich erträumt hatte, oder ob ich rastlos und reizbar werden würde, weil ich von meiner normalen Umgebung und meinem normalen Umgang in der Stadt abgeschnitten war. Ich wiederum saß da und überlegte, was heute Abend passieren könnte. Ich stimmte mir selbst zu, dass alles Mögliche geschehen konnte – genau wie an allen anderen Abenden.

Nur eins verstand ich nicht, und zwar, warum der Axtmörder idiotischerweise der Polizei vorab einen Tipp gegeben hatte. Würde er den Brief nicht geschrieben haben, hätte er heute Abend viel größere Chancen gehabt.

Andererseits war es vermutlich ein Spinner. Und wie gewisse andere dieses Typs, dieser kleinen Gruppe von Menschen, die Morde um ihrer persönlichen Befriedigung willen begehen, hatte er vielleicht auch der Verlockung nicht widerstehen können, wie ein Kind zu prahlen: »Guckt mal, was ich kann!« – indem er die Polizei herausforderte.

»Du glaubst, es ist ein Verrückter, nicht?«, sagte Gitte.

»Ganz genau, Frau! Ja, das tue ich. Auch wegen …«

Ich unterbrach mich selbst. Ich hatte Ehlers ja versprochen, den Brief nicht zu erwähnen.

»… wegen der Mordwaffe«, schloss ich.

»Warum das?«

»Sie ist brutal und mühsam zu handhaben – eine unnötig dramatische Art zu morden. Verdammt unpraktisch.«

»Nur weil du wie ein Städter denkst. Hier draußen auf dem Land ist eine Axt ein ganz normales Werkzeug. Ob man Holz hackt oder ein Hühnchen schlachtet – man hat immer eine Axt zur Hand.«

»Man hat auch seine Hände zur Hand – selbst auf dem Land. Man hat sie immer bei sich. Sie sind praktisch und unblutig. Und die meisten Männer können eine Frau erwürgen – wenn sie sich ein bisschen zusammenreißen.«

»Es könnte ja aber auch ein sehr kleiner, schwacher Mann sein.«

»Wie würde er es dann aber anstellen, dass sie lange genug still hält, damit er sie köpfen kann? Eine Axt ist keine schnelle Waffe – und man kann einen Hieb nicht so ohne weiteres richtig ansetzen.«

»Das klingt, als hättest du es selbst schon mal ausprobiert.«

»Noch nicht – aber ich kann ja ein wenig mit dir experimentieren, während wir hier sind.«

Wir bekamen von Frau Johansen neue Schlüssel, wünschten ihr einen Guten Abend und fuhren den Wagen auf das Grundstück »unseres« Hauses. Jedenfalls für ein paar Wochen unser. Unser erstes gemeinsames Sommerhaus.

Wir schleppten Kartons und Tüten in die Küche, und Gitte kündigte an, dass sie heute Abend, persönlich und ganz allein, die erste Mahlzeit im Haus zubereiten werde und dass es daher nicht schlecht wäre, wenn ich für eine knappe Stunde einen Spaziergang machen und »die Natur genießen« könnte.

Ich sagte, dass ich lieber andere Dinge genießen würde.

Sie sagte, wir seien Menschen – keine Kaninchen.

Ich sagte, dass dies wahrscheinlich die Folgen der radioaktiven Strahlen seien, und sie jagte mich hinaus. Doch nicht ohne einen Kuss. Einen langen, verheißungsvollen, sanften, weichen Kuss.

Ich ging in den Garten hinaus und versuchte so gut ich konnte, die Natur zu genießen. Ich war nicht besonders gut darin – ich wusste nicht recht, wie man so einen Job angeht. Ich sah nur eine Rasenfläche und haufenweise Bäume und Büsche. Sie waren ja ganz nett, so auf ihre Art, aber mehr konnte ich ihnen auch nicht abgewinnen.

Ein Eichhörnchen sah mich an, als wollte es andeuten, dass ich dämlich sei. Bestimmt hatte das Eichhörnchen Recht. Es schien gute Augen zu haben.

In der hintersten Ecke des Grundstücks stand ein Holzschuppen. Er war nicht abgeschlossen, also lud ich mich selbst ein, hineinzugehen. Drinnen lagerte in hohen Stapeln trockenes Brennholz, ein paar Gartenstühle standen da – und dann lagen da noch eine Säge und eine Axt.

Gitte hatte Recht. Es ist nicht schwer, auf dem Lande eine Axt aufzutreiben. Jeder könnte hier reingehen und zum Beispiel diese hier an sich nehmen. Vielleicht hatte das jemand auch getan. Es war ja direkt nebenan passiert.

Ich versuchte ein paar Mal, die Axt durch die Luft zu schwingen. Vielleicht war es ja doch leichter, als ich gedacht hatte, mit so einem Werkzeug einen Mord zu begehen.

Aus dem Nachbarhaus war kein Laut zu hören. Auf den Tod folgt die Stille – wenn die Polizei erst einmal abgezogen ist.

Als Gitte mich wieder hereinrief, stand ich folgsam

da und bewunderte getreu ein paar Spatzen, die gerade eifrig Stückchen von Regenwürmern an ihre Jungen verteilten. Mich bewunderten die Spatzen nicht – jedenfalls nicht sehr. Sie meinten anscheinend, ich hätte in Kopenhagen bleiben sollen, wo ich zu Hause war. Spatzen sind sehr kluge Vögel.

Als wir Gittes *Omelette aux fines herbes* gegessen und Kaffee getrunken hatten – langsam und in Ruhe, so wie man es macht, wenn man weiß, dass man nichts Besonderes unternehmen kann oder muss und man die Zeit genauso gut in Muße genießen kann – begann es dunkel zu werden. Ich zündete mir eine Pfeife an, setzte mich auf einen Stuhl am Fenster, sah hinaus auf die Bäume in der zunehmenden Abenddämmerung und fühlte mich zum ersten Mal seit langem wirklich wie »ein verheirateter Mann«.

So, wie verheiratete Männer dasitzen. So, wie mein Vater abends immer dagesessen hatte.

Ich drehte mich um und sah Gitte an. Sie saß da und sah mich an – prüfend, forschend, als überlegte sie, was für ein Wesen das wohl sein mochte, das sie in ihr Leben gelassen hatte.

Wenn es das war, was sie dachte, dann verstand ich sie. Allen Menschen geht es so, dachte ich. Sie leben zusammen, sie reden über Gott und die Welt, sie schlafen zusammen und lieben sich, es kann so weit gehen, dass sie jeden einzelnen Quadratzentimeter des Kopfes und Körpers des anderen kennen – und trotzdem wundern sie sich, irgendwo, »ganz im Innern«, immer über das Wesen, mit dem sie zusammen sind und warum sie es sind. Oder warum es ausgerechnet dieses ist.

Mit anderen Worten, es war genau der Moment, in dem nur ein Schwachkopf gesagt hätte: »Woran denkst du gerade?«, und so ging ich stattdessen zu ihr hin und legte ihr die Arme über die Schultern, auf die Art, wie sie es, das wusste ich, am liebsten hatte. Sie ließ ihren Kopf nach hinten sinken – wie eine Katze, die ihre Lieblingsstellung eingenommen hat.

Genau so sollte es sein. Sie war hier. Ich war hier. Wir waren hier. Und wir waren wir.

Aber, sagte eine Stimme in meinem Hinterkopf: Nur bis auf weiteres – immer nur bis auf weiteres. Wir waren vorher mit anderen Menschen zusammen gewesen – bis auf weiteres.

Es war, als wäre mit einem Mal ein selbstleuchtender Totenkopf an der Wand erschienen. Ein Totenkopf, der darüber lachte, wie vergänglich doch alles ist. Selbst hier, selbst zwischen uns.

In dem Moment gellte ein Schrei. Der Schrei einer Frau. Er schien aus weiter Entfernung zu kommen.

Gitte blickte auf, ganz weiß im Gesicht.

»Was, wenn …«, sagte sie.

Ich öffnete eines der Fenster.

Wieder ertönte der Schrei, er kam jedoch nicht aus weiter Entfernung. Es war irgendwo in der Nähe.

Jemand musste nachsehen, was da vorging. Jemand, das konnte nur ich sein.

»Schließ ab und bleib hier!«, sagte ich zu Gitte, wobei ich die Tür aufriss.

»Ich habe Angst.«

»Schließ ab! Ich beeil mich!«

Auf dem Weg durch den Garten fiel mir ein, dass es ein Zeichen schlechter Planung wäre, einem eventuellen Axtmörder mit leeren Händen zu begegnen. Ich lief zu dem Holzschuppen. Ich weiß nicht, ob ich mir dabei ein mittelalterliches Duell mit Äxten vorstellte. In solchen Situationen denkt man nicht viel. Ich wusste nur, es war die einzige Waffe, die wir hatten.

Aber, wie ich in dem spärlichen Licht meines Feuerzeugs erkennen konnte, die Axt war weg.

Ich holte Atem, dass der Holzschuppen fast erzitterte, so gewaltig hörte es sich an. Eine Sekunde lang betrachtete ich die Stelle, diesen öden, anonymen Platz im Schuppen, wo die Axt gelegen hatte.

Dann schrie erneut die Frau.

Ich griff mir einen Holzscheit und lief in die Richtung, aus der der Schrei gekommen war. Unterwegs gelang es mir, zwei Mal über Baumwurzeln zu stolpern, aber ich kam immer näher, und der Ton wurde immer lauter. Wer es auch sein mochte, tot war sie noch nicht.

Oder falls sie es doch war, würde sie zumindest ein Novum in der Geschichte der Gerichtsmedizin sein.

Als ich näher kam, wurde mir klar, dass die Schreie von Frau Johansens Hof kamen. Ich erreichte ihn so schnell ich konnte. In Wirklichkeit tatsächlich noch schneller.

Der kleine Hof war von einer flackernden Lampe über der Tür halb beleuchtet. Die Szene, die sich im Licht der Lampe abspielte, war grotesk – geradezu albtraumartig irre und – ja, lächerlich.

Frau Johansen lief, als wäre sie eines ihrer eigenen Hühner, auf dem Hof im Kreis herum und schrie jedes Mal, wenn sie genügend Luft dazu hatte. In der Mitte des Kreises stand ein maskierter Mann und schwang eine Axt.

Unsere Axt.

Nach allem, was ich mir ausgemalt hatte, war der Anblick so absurd, dass ich mir einen Moment lang mit der Hand über Stirn und Augen fahren musste. Es konnten ja auch Halluzinationen sein.

Das war jedoch nicht der Fall.

Dann mischte ich mich in ihr kleines Ballett, ohne auch nur überhaupt höflich zu fragen, ob ich in irgendeiner Form behilflich sein könnte.

Frau Johansen hörte auf zu laufen. Sie lehnte sich an ihre Hauswand und keuchte wie wohl seit Jahren nicht mehr.

Der Mann betrachtete mich und ich ihn. Seine Maske war schwarz und ähnelte einer dieser Art Spielzeugmasken, die man zu Karneval kauft und kleinen Neffen schenkt, die gerne wie Die Schwarze Maske, Das Phantom oder Zorro aussehen möchten – oder wie auch immer der maskierte Held des Jahres in diesem Jahr heißen mag.

Spielzeug oder nicht – es erfüllte seinen Zweck. Es war unmöglich, sich einen Eindruck von dem Gesicht zu machen – außer dass es bartlos war. Die Gestalt war mittelgroß, schlank – und schnell.

Bevor ich ihn zu Ende taxieren konnte, ging er auf mich los. Er stand einen Meter von mir entfernt – mit erhobener Axt.

Ich zog mich einen Meter zurück – langsam.

Einen Moment stockte er, als würde er überlegen, ob es die Mühe wert wäre, mich zu köpfen, oder ob er nicht doch lieber bei seiner Spezialität bleiben sollte, Frauen.

Dann entschied er sich rasch und ging mit kampfbereiter Axt auf mich los.

Ich duckte mich – wobei mir vom Sausen des Axthiebes durch die Luft die Ohren klangen – und knallte ihm mit allen verfügbaren Kräften den Holzscheit vor die Beine, an die empfindlichste Stelle, direkt unter dem Knie.

Er fiel planmäßig um, aber ich befand mich selbst in

einer unbequemen Stellung und bekam die Axt, an die er sich klammerte, nicht zu fassen. Ich zog mich etwas weiter zurück, halb verdeckt von einem Baum.

Jetzt gab es nicht mehr viel Licht. Wir befanden uns inzwischen in einer Plantage oder einem Waldgebiet, von dessen Größe ich keine Ahnung hatte. Die Bäume standen dicht an dicht, und auf den kleinen Pfaden war nur Raum für jeweils einen Fußgänger. Ein hübscher Ort. Der ideale Rahmen für einen kleinen, frischen Axtmord.

Vielleicht würde er ja aufgeben. Alles in allem hatte er mit *mir* ja keine Rechnung zu begleichen.

Aber was das betrifft, was für eine Rechnung hätte er mit Frau Johansen zu begleichen gehabt?

Wieder war er schnell. Einen Augenblick später griff er erneut an.

Er konnte im Dunkeln besser sehen als ich. Er lief und sprang auch besser auf dem Waldboden. Offenbar kannte er das Terrain.

Das war unfair. Auf Pflastersteinen hätte ich vielleicht eine Chance gehabt.

Aber ich hatte Glück. Aus der Stille hinter ihm ertönte ein Laut, der ihn für den Bruchteil einer Sekunde ablenkte – gerade genug, dass ich abtauchen konnte. Der Laut war nur ein leiser Pieps. Vermutlich eine Maus oder ein Eichhörnchen oder einer der anderen Waldbewohner, der seinen üblichen Abendspaziergang unternahm und diesen Krawall leise kritisierte.

Nettes Tier.

Ich hoffte, dass Frau Johansen inzwischen die Polizei gerufen hatte. Vielleicht konnte ich ihn wenigstens ein bisschen aufhalten.

Er ging wieder vor. Ich wich wieder aus.

Er ging wieder vor. Ich wich wieder aus.

Es sah allmählich aus wie eine dieser rituellen Raufereien auf dem Schulhof in meiner Jugendzeit.

Aber, sagte ich mir: Es zeigt trotz allem, dass ich in dem, was ich zu Gitte gesagt hatte, Recht hatte. Eine Axt ist tatsächlich eine unhandliche Waffe. Hätte der Dummkopf sich bloß die geringe Mühe gemacht, sich einen Revolver zu besorgen – der Herrgott und Polizeiinspektor Ehlers wissen, wie leicht so einer zu erwerben ist –, hätte er Frau Johansen und ihren kleinen Helfer schon längst fertig gemacht, anstatt im Dunkeln herumzualbern und wie ein Steinzeitmensch im archäologischen Versuchszentrum Lejre die Axt zu schwingen.

Na ja, er musste es selber wissen.

Ich stand jetzt hinter zwei fast zusammengewachsenen Bäumen. Er konnte mich nicht sehen, wusste aber, wo ich war. Ich konnte ihn auch nicht sehen, wusste aber, dass er ganz in der Nähe war. Und ich wusste, es würde nicht mehr lange dauern, bis er wieder auf mich losgehen würde. Dieser Kerl war unermüdlich.

Ich war es nicht. Der Schweiß lief nur so an mir herunter, meine schlechte Kopie eines gebrauchten und im Preis reduzierten Herzens hämmerte, und meine 40-Zigaretten-ohne Filter-am Tag-Lungen fauchten verärgert.

Über mir hing ein starker Ast, und während ich immer noch an die Raufereien meiner Jugend dachte, hatte ich eine Idee. Eine Wahnsinnsidee – aber dieser Mann war ja auch wahnsinnig.

In demselben Moment, in dem ich das Rascheln auf dem Waldboden hörte, das seinen Angriff signalisierte, sprang ich hoch und griff mit den Händen den Ast. Ich holte einmal Schwung, und gerade als er sichtbar wurde, trat ich mit beiden Beinen nach vorn aus und traf ihn unter dem Kiefer.

Es war kein besonders harter Tritt, es waren ganz einfache, leichte Sommerschuhe, aber es genügte, dass er hintenüber kippte. Ich nutzte die Chance und sprang direkt auf ihn drauf. Ich zielte nach seinem Magen, wobei ich mich weigerte, seiner Axt ins Auge zu sehen.

Er schlug nach mir, noch im Liegen. Im Vorbeischlagen traf er mit der Axt meinen rechten Fuß.

Aber der musste warten. Jetzt lag ich oben, und ich merkte sofort – wie in einer Art absurden Beischlafstellung –, dass ich schwerer war als er. Ein ums andere Mal schlug ich ihm die Faust in den Magen, während ich mit der anderen Hand seinen Arm, der die Axt hielt, so weit verdrehte, wie ich konnte. Sollte er brechen, würde dies in keiner Weise mein Gewissen beunruhigen. Nicht die Spur.

Jetzt war er an der Reihe zu schwitzen. Jetzt war er auch an der Reihe, sich zu erbrechen. Das war unästhetisch, besonders, weil er zudem noch auf mich draufkotzte, aber auch sehr zweckmäßig, und deshalb pumpte ich ihm weiter meine Faust in den Magen.

Ein Mann, der richtig kotzt, ist nicht in der Lage, sich auf besonders viele andere körperliche Arbeiten zu konzentrieren.

Ein schmieriger Trick, vielleicht, nicht so ganz fair, aber er war ja auch kein vollendeter Gentleman.

Als er die Axt ganz losgelassen und mein Hemd mit seinen letzten Mahlzeiten total zugesaut hatte, unternahm er einen letzten, krampfhaften Versuch, wieder hochzukommen. Er trat mich in den Schritt, sodass der Schmerz wie eine Stichflamme in mir hochschoss und mein ganzer Unterleib prickelte. Er hoffte, ich würde mich zurückziehen, von ihm ablassen.

Aber ich musste ihn enttäuschen. Mit einem immer noch rumorenden Schmerz in dem Teil, das Gitte so empfindsam als »mein Geschlecht« zu bezeichnen pflegt, ergriff ich mit meiner rechten Hand die Axt und knallte ihm den Stiel an den Kopf. Ein Mal, zwei Mal, drei Mal. Ich konnte ihn nur ganz oben am Kopf treffen, und das tat ich.

Er stöhnte, und dann hörte er auf zu stöhnen.

Um unangenehme Überraschungen zu vermeiden, versetzte ich ihm noch einen Extraschlag. Dann stand ich auf, mit der Axt in der Hand, und besah mir meine Füße. Ich war leicht überrascht. Ich hatte bis dahin keine Ahnung gehabt, dass so viel von einem Raufbold in mir steckt.

4

Ich studierte meine Füße mit einer Sorgfalt, die ich auf diesen relativ unbedeutenden Teil meiner Anatomie nicht mehr verwendet hatte, seit ich zuletzt – eifrig fotografiert von meinen Eltern – auf einem Eisbärenfell gelegen hatte. Meine eleganten weißen Sommerschuhe waren hin – jedenfalls der eine, und das reichte für das ganze Paar. Er sah aus, als wäre er mit Tomatenketchup gefärbt worden, das fortwährend aus einem Riss hervortröpfelte.

Aber ich konnte stehen, also konnte ich vermutlich auch gehen. Jedenfalls versuchte ich es.

Es ging. Ich ging. Ich drehte eine Ehrenrunde um den Axtmörder, der immer noch regungslos dalag – so regungslos, als hätte ich ihn erschlagen.

Vielleicht hatte ich das auch. Ich bin kein Arzt. Mit welcher Wucht man zuschlägt, kann von entscheidender Bedeutung sein. Falls er eine dünne Gehirnschale hatte …

Es raschelte im Gestrüpp, und ich hörte ein Atmen. Ich wäre nervös geworden, hätte ich es nicht sofort wiedererkannt.

Es war Gitte. Sie rief meinen Namen. Nein, sie rief ihn nicht gerade – eher gurrte sie ihn, wie ein Vogelweibchen, das nach seinem Männchen sucht.

»Hier!«, antwortete ich.

Als sie auftauchte, wollte ich fast schon meinen Fuß triumphierend auf den Körper meines niedergestreckten Gegners stellen. Stattdessen umarmte und küsste ich sie.

»Du solltest doch drinnen bleiben«, sagte ich.

»Du bist verrückt«, antwortete sie, »wenn du glaubst, ich würde meinen Mann mit einem wahnsinnigen Mörder allein lassen. Selbstverständlich bin ich dir hinterhergelaufen. Die Polizei kommt sofort.«

»Wie?«

»Ich habe Frau Johansen gefunden. Sie hat mir erzählt, was passiert war. Ich habe ihr gesagt, sie solle hineingehen und sofort die Polizei anrufen – und dann bin ich dir hinterhergelaufen.«

»Wenn du das doch nur mein ganzes Leben lang tun würdest.«

»Ich mache mich in dieser Hinsicht doch schon ganz gut, nicht? Wo ist er?«

»Dort«, sagte ich und zeigte auf den Mann auf dem

Boden. Ihre Augen hatten sich noch nicht an die Dunkelheit gewöhnt.

»Ja, aber … er hätte dich töten können!«, sagte sie.

»Ja – und noch ein paar Leute dazu«, antwortete ich. »Hilf mir dabei, ihn auf den Hof zu ziehen.«

Der Mann jammerte leise, fast unhörbar, als wir seine beiden Hände fassten und ihn langsam, ohne übertriebenes Feingefühl, durch den Wald schleiften. In meiner anderen Hand hielt ich ganz vorsichtig die Axt. Dabei erzählte ich Gitte, wie alles abgelaufen war.

Es war eine der merkwürdigsten Wanderungen, die ich jemals erlebt habe. Dass man – selbst in einem normalen, lausigen Leben – die Möglichkeit für einen Waldspaziergang mit seiner Liebsten hat, kommt gar nicht so selten vor; recht selten dagegen ist, dass man dabei gleichzeitig mit ihr zusammen einen Mörder hinter sich herzieht. Keiner von uns sprach ein Wort, während wir uns zurück zu Frau Johansens Hof zu navigieren versuchten, dennoch waren wir uns noch näher als sonst. Seltsam, dass der Mensch – der als einziges Tier die Fähigkeit zum Sprechen bekommen hat – alles und den anderen immer am besten versteht, wenn er auf das Sprechen verzichtet. Ein glänzendes Thema für einen Philosophen, der mietfrei wohnen kann und genügend Zeit für derartige Überlegungen hat.

Als wir den Hof erreichten, stand Frau Johansen immer noch an derselben Stelle, an ihre baufällige Mauer gelehnt; ein Außenstehender hätte nicht unterscheiden können, wer wen stützte.

»Haben – haben – Sie – ihn getötet?«, stöhnte sie.

Es hörte sich an, als wäre sie ehrlich besorgt um den Mann, der sie noch vor einer halben Stunde hatte töten wollen. Vielleicht war sie es wirklich. Frauen haben ein verdammt kompliziertes Gefühlsleben. Jedenfalls haben sie mir das immer gesagt.

»Nein«, antwortete ich. »Ich glaube nicht.«

»Haben Sie die Polizei angerufen?«, fragte Gitte, praktisch veranlagt, wie sie war.

Frau Johansen nickte und begann zu weinen. Gitte ging in schwesterlicher Solidarität zu ihr hin und murmelte ihr sanft und beruhigend ins Ohr. Ich blieb brüderlich bei meinem maskierten Freund stehen, für den Fall, dass er den kühnen, visionären Plan aushecken könnte, aufzustehen und sich zu revanchieren.

Er war noch nicht so weit gekommen, als die Polizeisirenen ertönten. Das veranlasste ihn zu zappeln, aber nicht dazu aufzustehen. Sicherheitshalber setzte ich mich auf ihn.

Es musste das erste Mal sein, dass der Sandvejen das Heulen von Polizeisirenen erlebte. Es schien, als würden alle Bäume, Büsche und Blumen den Kopf zurücklehnen, um zu lauschen.

Ehlers sprang aus dem Wagen, fast noch bevor dieser auf dem Hof zum Stehen gekommen war. Ich erhob mich, mit der Axt.

»Hier«, sagte ich.

Langsam – scheinbar unendlich langsam, nach dem, was ich durchgemacht hatte – legte Ehlers ihm Handschellen an. Dann sah er zu mir auf und fragte in einem ungewöhnlich leisen Tonfall: »Deine Story?«

»Sonst bin ich es immer, der danach fragt«, sagte ich. Einmal Journalist, immer Journalist.

Als ich sie ihm erzählt hatte – rhythmisch begleitet von Frau Johansens kontrapunktischen Schluchzern – gab er mir einen Klaps auf die Schulter, der mich fast in die Knie zwang.

Dann beugte er sich zu dem Mann hinunter und nahm ihm die Maske ab. Das Gesicht des Mannes wurde vom Licht der Hoflampe und der Scheinwerfer des immer noch bereiten Polizeiwagens voll beleuchtet.

Es war ein nettes, gefälliges Gesicht mit grauen Augen. Es sagte mir nichts.

Aber es sagte Frau Johansen etwas. Sie weinte noch lauter und stieß ein »Oh nein!« aus.

Es sagte auch Ehlers etwas. Müde und nüchtern bemerkte er: »Hab ich's mir doch gedacht.«

Im selben Moment, als ich ihn höflich fragen wollte, was er denn so dachte, wandte Gitte den Blick von dem bewusstlosen Mann zu mir hinüber – und sah meine nicht gerade präsentablen Füße.

»Du bist – verletzt«, sagte sie, so weich, als würde sie durch Samt sprechen.

»Das ist nichts«, antwortete ich. »Das ist nur …«

Ich hatte sicher sagen wollen »eine Schramme«, was richtige Helden immer sagen, aber ich schaffte es nicht mehr, es auszusprechen. Ich verschwand. Ich sah gerade noch einen Hof und ein paar menschenähnliche Silhouetten und Figuren vor meinen Augen kreisen, so wie sich der Inhalt einer Kristallkugel vor einer Wahrsagerin drehen muss, und dann sah ich nichts mehr.

Es vergingen – wie sie mir später gesagt haben – acht Stunden, in denen ich schlichtweg nicht existierte. Sollten Sie jemals jemandem begegnen, der sich über sein Leben beklagt, dann empfehlen Sie der betreffenden Person diese Methode.

Als ich wieder die Augen aufschlug, befand ich mich in einem Raum, den ich nur schwach und wie durch einen Nebel als das Schlafzimmer wiedererkennen konnte, in dem Gitte und ich gestern – hm – »Siesta« gehalten hatten. Gitte saß auf einem Stuhl neben dem Bett – *sie* erkannte ich sofort. Sie tat so, als würde sie Zeitung lesen, aber entweder war das ein Vorwand oder sie hatte Röntgenaugen, denn sobald ich meine Augen ganz geöffnet hatte, war sie bei mir.

Sie legte mir die Hand auf die Stirn. Sie musste wohl ein Lehrbuch für Krankenschwestern studiert haben.

»Ich bin nicht krank!«, sagte ich, etwas mürrischer, als es die Höflichkeit eigentlich geboten hätte. »Was ist passiert?«

»Du bist bewusstlos geworden.«

»Wovon?«

»Schock, glaube ich.«

»Schock! Wegen so einer Bagatelle! Nein, das war nur die Landluft, die ich nicht vertragen habe. Ich hab dir doch gesagt ...«

»Mein Liebster«, sagte sie sanft. »Warum musst du immer den Macho spielen?«

»Mein Schatz«, antwortete ich. »Kannst du dir mich als *femme fatale* vorstellen? Oder kennst du noch eine andere Möglichkeit?«

Ich zog sie zu mir heran. Sie flüsterte »Nein«, aber ich ging davon aus, dass das ihre Antwort auf meine letzte Frage war, denn mehr sagte sie nicht.

Erst einige Zeit später kam ich dazu, sie zu fragen: »Aber wer war dann – dieser verdammte ...«

»Der Architekt«, antwortete sie, wobei sie aufstand, sich die Bluse zuknöpfte und den Rock hochzog. »Zahrtmann.«

Zusehen, wie sie sich zuknöpfte, mochte ich gar nicht. Niemand soll behaupten, dass ich Gitte nicht gerne ansehe, aber gerade dieses Zuknöpfen bei ihr ist eine der

Situationen, gegen die ich instinktiv einen starken Widerwillen habe. Ich richtete mich halb auf …

Na ja, Sie kennen das sicher.

Von der einen oder anderen Seite her.

Hinterher fragte ich: »Aber warum?«

»Keine Ahnung«, antwortete Gitte. »Zum Kuckuck, Liebster, manchmal bist du ganz einfach ein enormer Schafskopf. Da liegst du bewusstlos und bist mit dem Kopf auf einen Hof geknallt – nein, glücklicherweise gegen den Typen, sonst wärst du ins Krankenhaus eingeliefert worden – und du liegst da und blutest, und dann glaubst du, ich würde mir Sorgen darum machen, warum wer was getan hat? Glaubst du denn, ich würde dastehen und die Polizei nach Motiven und Alibis ausfragen, wenn jeder sehen kann, dass du sofort ins Bett gesteckt werden musst? An was, glaubst du, denke ich? Wird das nie in deinen Kopf reingehen, dass ich dich wirklich liebe?«

»Doch«, murmelte ich. »Eines Tages werde ich es begreifen.«

»Ja«, antwortete Gitte. »Wenn du einmal Rentner bist. Ich gehe jetzt nach unten und koche Kaffee – Ehlers wird gleich kommen. Wenn ich dir einen guten Rat geben darf: Du solltest keine Socken anziehen – du hast nämlich einen ziemlich dicken Verband um den Fuß.«

Den hatte ich tatsächlich. Dies zeigte sich überzeugend und deutlich, als ich aufstand. Mühsam stolperte ich die Treppe hinunter und nahm direkt Kurs auf den Whisky. Der half. Der hilft immer.

Ich setzte mich auf denselben Stuhl wie gestern, als ich in die Dunkelheit hinausgesehen hatte. Jetzt war es hell. Die Sonne strich liebkosend über das Laub, und die Vögel sangen, als bekämen sie dafür Akkordlohn. Es schien, als wenn mir über Nacht etliche Jahrzehnte abhanden gekommen waren. Sie waren genauso weit weg wie zum Beispiel meine Schulzeit.

Gerade als Gitte mit dem Kaffee hereinkam, klopfte Ehlers an die Tür – zeitlich perfekt synchronisiert, wie in einer Boulevard-Komödie im Theater.

»Gut gemacht«, sagte er und gab mir die Hand.

Gewöhnlich gaben Ehlers und ich uns nicht die Hand. Wenn er das jetzt tat, bedeutete es das Gleiche, was eine Frau zweifellos mit einem Kuss zum Ausdruck gebracht hätte.

»Setz dich«, sagte ich gastfreundlich.

Ich holte meine Zigaretten raus, bot mir großzügig eine an und sah ihn fragend an.

»Zuerst mal«, sagte er. »Das mit deinem Fuß – das ist nichts Ernsthaftes. Nur eine offene Wunde – und etwas Blutverlust. Den Verband musst du ein paar Tage drauflassen, und dann ...«

»My *foot!*«, antwortete ich elegant mit einem Zitat. »Zum Teufel mit meinem Fuß! Zum Teufel mit beiden Füßen! Komm zur Sache!«

»Die Sache«, sagte Ehlers gedehnt, »war so unkompliziert, wie man sich nur denken kann. Mann ermordet Frau, basta und Schluss. Mehr war nicht.«

»Aber«, fuhr er fort, »der Mann war doch cleverer, als es zunächst den Anschein hatte. Er war sich durchaus darüber im Klaren, dass er unweigerlich im Mittelpunkt unserer Untersuchungen stehen würde, wenn nur seine Frau ermordet würde. Auch war er sich durchaus darüber im Klaren, dass unsere Untersuchungen in Fällen wie diesem nicht nur ein paar Tage dauern, sondern Wochen oder Monate. Und er wusste, dass er einem gründlichen Check nicht standhalten könnte.«

»Warum?«

»Kannst du dich daran erinnern, was ich dir schon so oft gesagt habe: Es gibt immer nur zwei Gründe für einen Mord. Sie sind das Motiv in all den Fällen, an denen nicht direkt Verrückte beteiligt sind, und zwar erstens: Sex und zweitens: Geld.«

»Und welches Motiv war es dann, o großes Delphisches Orakel?«

»Beide. Er brauchte das Geld seiner Frau – das Vermögen hatte sie in die Ehe mitgebracht, seine eigenen Einkünfte dagegen waren bescheiden – und er hatte sich in eine jüngere Frau verliebt. Er hat alles gestanden, nachdem er wieder zu Bewusstsein gekommen war. Und das hat lange bei ihm gedauert. Du musst ja ganz schön fest zugeschlagen haben!«

»Es blieb mir nichts anderes übrig.«

»Selbstverständlich. Ich neige fast dazu zu glauben – ganz inoffiziell, natürlich, nicht zitierfähig –, es wäre vielleicht besser gewesen, wenn du noch eine Spur härter zugeschlagen hättest. Von seinem Leben wird ihm nicht besonders viel übrig bleiben, das der Mühe wert wäre.

Irgendwie verstehe ich ihn gut. Er war ganz einfach an einem Punkt angekommen, den ihr Journalisten Deadline nennt: Er hatte im Großen und Ganzen die Kasse geplündert, und sein Verhältnis zu seiner Frau war vollkommen inhaltsleer geworden. Seit zwanzig Jahren war es zur Routine erstarrt – das Haus da, *Sommerglück*, sei der schlimmste Teil dieser Routine gewesen, sagte er, denn dort seien sie allein gewesen –, und so nutzte er die Chance, mit einem Schlag allem zu entkommen. Eigentlich war es eine ganz gute Idee. Er kam auf diese Idee mit einem wahnsinnigen Mörder, noch krasser durch die Axt als Waffe, um die Aufmerksamkeit von sich abzulenken. Das wäre ihm beinahe gelungen. Er beging nur einen Fehler.«

»Welchen meinst du?«

»Dich. Oder – euch. Er hatte nicht gewusst, dass ihr in das Haus eingezogen wart. Er dachte, er selbst und Frau Johansen wären die einzigen Menschen in diesem Teil des Sandvejen. Und insoweit hatte er ja auch Recht. Wärt ihr nicht hier gewesen, würde niemand ihre Schreie gehört haben.«

»Er hat die Axt hier geholt. Er musste gewusst haben, dass wir hier waren.«

»Nein. Er hat gesagt, als er sie sich nahm, hätte es weder Licht noch Geräusche gegeben.«

»War es völlig im Dunkeln?«

»Ja.«

Ich dachte zurück. Es war also genau zu dem Zeitpunkt gewesen, kurz vor dem ersten Schrei, als ich im Zimmer gesessen und meine Pfeife geraucht hatte – das Gesicht abgewendet. Genau zu dem Zeitpunkt, als Gitte mich angesehen hatte, während ...

Unwillkürlich sah ich zu ihr hinüber. Ihre Augen schienen zu sagen: Glaubst du, dass es für alle so endet? Glaubst du, wir kommen eines Tages auch an so eine Deadline?

Ich wandte die Augen ab.

»Er sagte«, fuhr Ehlers monoton fort, »er habe keine weiteren Morde begehen wollen. Nach dem Mord an Frau Johansen wäre er wieder aus Kopenhagen ›zurückgekommen‹ – diesmal wäre er aber direkt nach der Tat abgefahren, sodass er in Kopenhagen gewesen wäre, wenn der Mord entdeckt würde. Was übrigens – wie er richtig bemerkte – verdammt lange hätte dauern können. Es gibt nicht viele, die sich um eine ältere Witwe kümmern. Sie hätte eine Woche lang daliegen können, ohne dass jemand sie vermisst hätte.«

»Und ich dachte, die Leute auf dem Lande würden sich kennen«, sagte ich mit Blick auf Gitte. »Ich dachte, sie halten zusammen und kümmern sich umeinander. Ich hab gehört, das hier sei eine vorbildliche, enge Gemeinschaft.«

»Man kennt sich, ja«, sagte Ehlers. »Das bedeutet, jeder weiß, was der andere tut. Das heißt aber nicht unbedingt, dass man um den anderen besorgt ist.«

»Na ja«, sagte ich. »Aber jetzt können ja alle erleichtert aufatmen. Und es wird keine Flucht von Sommergästen geben.«

»Außer von Frau Zahrtmann«, sagte Ehlers. »Und dann noch ihr Mann und Mörder, natürlich.«

»Wisst ihr etwas über sie?«, fragte Gitte.

»Nur dass sie eine reiche Erbin und zwanzig Jahre mit ihm verheiratet war. Warum sollten wir bei ihr nachforschen? Sie ist doch tot.«

»Na schön«, sagte Gitte – fügsam wie ein Kind. Das ist doch klar: Wenn Leute tot sind, wirklich richtig tot, gibt es keinen Grund, Nachforschungen anzustellen. Es sind die Lebenden, die noch Lebenden, bei denen es Gründe gibt nachzugraben.

Es entstand eine kurze Pause. Aus irgendeinem Grund hoben wir alle drei unsere Kaffeetassen gleichzeitig – und grinsten uns verlegen an, als wir das bemerkten.

»Aber warum ausgerechnet die kleine Frau Johansen?«, fragte Gitte. »Das war doch dumm! Wäre ich es gewesen – ach Quatsch, ich meine – wäre es nicht schlauer gewesen, jemanden zu finden, der ein bisschen weiter weg wohnte?«

»Ja«, antwortete Ehlers. »Das war dumm. Aber er befürchtete, sie hätte vielleicht gehört oder gesehen, dass er früher nach Hause gekommen war, als er am Abend vorher behauptet hatte. In diesem Fall hätte sie ihn und das Auto identifizieren können. Und sie war die Einzige, die nahe genug dran war. Sie hätte eine gefährliche Zeugin sein können – dachte er.

Aber wenn Kopenhagener Architekten Urlaub auf dem Lande machen, haben sie selten Umgang mit einsamen Bauersfrauen. Deshalb war er sich nicht mal darüber im Klaren, was ich schon gestern bemerkt hatte: Sie besitzt nicht eine einzige Uhr! Sie denkt überhaupt nicht daran. Sie muss das Haus in Ordnung halten, die Hühner füttern und Essen kochen, was sie auch tut, und dazu braucht sie keine Uhr. Und ansonsten – sagt sie – schaltet sie nur ab und zu das Radio an, wenn sie die Uhrzeit wissen muss, was nur selten der Fall ist – und vorgestern Abend nicht war.«

Ich starrte – reflexartig – auf meine wieder richtig eingestellte Digitaluhr. Ehlers sah auf seine und Gitte auf ihre Goldarmbanduhr.

»Ja«, sagte Ehlers. »Von uns würde das keinem passieren, nicht wahr? Bullen, Journalisten und Anwälte müssen jeder auf seine Art die Zeit immer im Blick haben. Aber alleinstehende ältere Bauersfrauen halten das anders. Die leben in einer anderen Welt.«

»Gut, dass sie noch am Leben ist«, sagte Gitte. »Egal, in welcher Welt.«

»Danke *ihm* dafür«, sagte Ehlers und zeigte auf mich. »Es ist lange her, dass ich einem Menschen begegnet bin, Mann oder Frau, der nicht einfach abgehauen ist, als es in seiner nächsten Umgebung brenzlig wurde.«

»Lasst uns einen Whisky trinken«, sagte ich.

Wie wir so dasaßen und schweigend auf die Gläser starrten, klopfte es an der Tür. Gitte öffnete, als eine Art Tribut an meinen Fuß. Es war Frau Johansen.

»Ich möchte mich nur – für gestern bedanken«, sagte sie. »Weil Sie – mir geholfen haben. Ich hoffe, es geht Ihnen besser.«

Mit diesen wenigen Worten sank sie auf einen Stuhl, als hätte sie ihren gesamten Wortschatz verbraucht.

»Aber jetzt ...«, fuhr sie unsicher fort, während Gitte ihr ein Glas reichte, an dem sie schnupperte, wobei ihr deutlich anzusehen war, wie dubios ihr das vorkam – »jetzt werden Sie wohl wieder nach Hause fahren?«

»Ich, ja. In einer Stunde«, sagte Ehlers und blinzelte mir zu. »Nach Hause zum Halmtorvet.«

Ich sah Gitte abwartend an. Diese Urlaubstour war ihre Idee gewesen. Sie musste entscheiden.

Sie kam zu mir herüber, neben mich, und schlang, scheinbar nur liebevoll beschützend, einen Arm um meinen Hals.

Gleichzeitig flüsterte sie: »Ich will auch nach Hause. Ich will nie mehr hierher!«

Eigentlich hätte ich zufrieden sein müssen. Hätte, ich war ja von Beginn an gegen diese Idee gewesen.

Aber ich war es nicht. So ist es ziemlich oft.

»Möchten Sie eine Tasse Kaffee, Frau Johansen?«, fragte ich.

Dankbar blickte sie von dem fremdartigen Whiskyglas zu mir auf.

»Ja, vielen Dank!«, sagte sie. Das war etwas, was sie kannte.

»Hilf mir doch mal, Gitte«, sagte ich und ging mit ihr, mit meinem beschädigten Fuß als Vorwand, in die Küche.

»Ja, aber möchtest du nicht auch am liebsten wieder nach Hause?«, fragte sie, als wir außer Hörweite waren.

»Nein«, antwortete ich. »Erinnere dich, was Ehlers gesagt hat: Man darf nicht einfach abhauen, wenn es für einen in seiner nächsten Umgebung brenzlig wird.«

»Auch nicht«, fügte ich auf eigene Rechnung hinzu, »in Bezug auf Gefühle.«

Ich bekam einen dicken, warmen Kuss auf die Wange als Belohnung. Es war, als hätte ich ein Examen bestanden. Noch eins.

Als der Kaffee fertig und erneut eingeschenkt war, erzählte Frau Johansen in höflichem Plauderton kleine Episoden aus ihrer Kindheit hier in der Gegend. Diplomatisch verabschiedete sie sich gleichzeitig mit Ehlers und verschwand wieder, sie ging zurück zu ihrem Hof und er zu seinem: der Polizeiwache.

Ich ging für einen Moment in den Garten. Die Bienen und die Fliegen summten. Die Blumen standen in voller Pracht, und die Sonne brannte. Das Eichhörnchen, das ich gestern kennen gelernt hatte, schien inzwischen seine Meinung über mich geändert zu haben und begegnete mir mit etwas mehr Respekt. Die Spatzen hatten mir zu Ehren eine neue Melodie komponiert.

Gitte kam zu mir heraus. Ich fasste sie um die Hüfte, und gemeinsam blickten wir hinaus auf die Landschaft. Eine Landschaft ohne Axtmörder.

Ich hielt sie fest umschlungen und dachte: für immer.